가가
교이치로
加賀恭一郎

냉철한 머리, 뜨거운 심장, 빈틈없이 날카로운 눈매로 범인을 쫓지만, 그 어떤 상황에서도 인간에 대한 따뜻한 배려를 잃지 않는 형사 가가 교이치로. 때로는 범죄자조차도 매료당하는 이 매력적인 캐릭터는 일본 추리소설계의 일인자 히가시노 게이고의 손에서 태어나, 30년 넘게 그의 작품 속에서 함께해왔다.

가가 교이치로가 제일 먼저 등장한 것은 청춘 미스터리 소설 『졸업』이다. 교사가 될 꿈을 품은 평범한 대학생인 가가는 친구들의 연이은 죽음을 접하며 인간의 양면성과, 사건 해결에 대한 자신의 재능을 깨닫는다. 하지만 형사였던 아버지가 가정에 소홀했기 때문에 어머니가 집을 떠났다고 생각한 가가는 형사라는 직업 대신, 교사의 길을 택한다. 그러나 운명은 그를 평범한 교사로 머물게 두지 않았다. 가가 교이치로는 재직 중 어떤 사건으로 인해(자세한 내용은 『악의』에서 밝혀진다) 자신이 '교사로서는 실격'이라 판단하고 사직, 경찰에 입문한다.

가가 교이치로가 다른 추리소설 속 명탐정들과 다른 점은 무엇일까? 가가 형사는 그 어떤 경우에도 다정함과 최고의 선을 향한 인간적인 배려를 잃지 않는다. 이는 상대가 범죄자라 해도 마찬가지이다. 그리고 그것이 바로 가가 형사가 '인간의 심리를 가장 완벽하게 꿰뚫는 한 편의 드라마' 같은 추리소설을 쓰는 히가시노 게이고, 그에게 가장 사랑받는 캐릭터인 이유이다.

〈가가 형사 시리즈〉는 『졸업』을 시작으로 『잠자는 숲』『악의』『둘 중 누군가 그녀를 죽였다』『내가 그를 죽였다』『거짓말, 딱 한 개만 더』와 나오키상 수상 이후의 첫 작품 『붉은 손가락』, 『신참자』『기린의 날개』『기도의 막이 내릴 때』까지 총 10권이 출간되었다.

KEIGO HIGASHINO

現代文學　　가가 형사 시리즈　　東野圭吾

히가시노 게이고

양윤옥 옮김

붉은 손가락

현대문학

1

저녁 식사 시간이 다 되어가는데 다카마사는 아까 그 카스텔라가 먹고 싶다고 했다. 마쓰미야가 선물로 들고 간 카스텔라였다.

"이런 시간에 간식을 먹어도 괜찮아?" 마쓰미야는 종이봉투를 집어 들며 물었다.

"알 게 뭐냐? 배고프면 먹는다, 그게 몸에 제일 좋은 법이야."

"난 몰라요, 간호사한테 혼나도." 말은 그렇게 하면서도 연로한 외삼촌이 그나마 식욕을 보여준 게 마쓰미야는 반가웠다.

종이봉투에서 상자를 꺼내 뚜껑을 열었다. 한 입 크기의 카스텔라가 하나씩 포장되어 있었다. 그중 한 개의 포장을 벗겨 마쓰미야는 다카마사의 바짝 여윈 손에 건네주었다.

다카마사가 다른 한쪽 손으로 베개를 움직여 고개를 들려고 해서 마쓰미야는 얼른 다가가 거들어주었다.

보통 어른이라면 두 입에 다 먹어버릴 카스텔라를 다카마사는 시간을 들여 조금씩 조금씩 입에 넣었다. 삼킬 때 약간 힘들어 보였지만 그래도 달콤한 맛을 즐기는 것처럼 보였다.

"차는?"

"응, 좀 마시자."

마쓰미야는 곁의 카트에 얹혀 있던 페트병을 외삼촌에게 건네주었다. 거기에는 빨대가 꽂혀 있었다. 다카마사는 자리에 누운 채로 능숙하게 차를 마셨다.

"열은 좀 어때?" 마쓰미야가 물었다.

"노상 똑같아. 37도에서 38도 사이를 오락가락. 벌써 익숙해졌다. 그게 내 평상 체온이라고 생각하기로 했어."

"뭐, 아무렇지도 않다면 다행이지만 그래도……."

"그보다 슈헤이 너, 이런 데 와 있어도 괜찮아? 일은 좀 어때, 잘하냐?"

"지난번 세타가야 쪽 사건이 정리되면서 요즘은 외려 한가

한 편이야."

"그렇게 한가할 때 승진시험 공부라도 해두는 게 어때?"

"또 그 얘기야?" 마쓰미야는 머리를 긁적거리며 얼굴을 찌푸렸다.

"공부하기 싫으면 차라리 여자하고 데이트를 하든지 해야지, 병원은 왜 자꾸 들락거려? 내 걱정은 하지 마라. 나는 그냥 내버려두면 돼. 가쓰코도 노상 오는데, 뭐."

가쓰코는 마쓰미야의 어머니이자 다카마사의 여동생이기도 했다.

"내가 데이트할 여자가 어딨어? 게다가 외삼촌 심심하잖아."

"아니, 그렇지도 않아. 내가 이래 봬도 이래저래 궁리할 게 많다고."

"이거?" 마쓰미야는 카트 위에 놓여 있는 보드를 집어 들었다. 장기판인데 장기짝이 자석으로 딱 붙게 되어 있었다.

"말에는 손대지 마라. 한참 대국하는 중이야."

"나는 장기는 잘 모르지만 이거, 전에 봤을 때하고 별로 달라진 게 없는 거 같은데?"

"그럴 리가 있냐? 시시각각 전황이 변하고 있어. 상대가 제법 고수라서 말이지."

다카마사가 그렇게 말했을 때 병실 문이 열리고 간호사가 들어왔다. 서른 살 남짓으로 보이는, 둥그스름한 얼굴의 여자였다.

"체온하고 혈압 좀 측정할게요." 그녀는 말했다.

"호랑이도 제 말 하면 온다더니만. 지금 애한테 장기판 보여 주던 참이야."

다카마사의 말에 둥근 얼굴의 간호사는 미소를 지었다.

"말 놓을 자리, 정했어?"

"네, 물론이죠." 그렇게 말하더니 그녀는 마쓰미야가 들고 있는 장기판에 손을 내밀어 말 하나를 움직였다.

마쓰미야는 깜짝 놀라서 외삼촌과 그녀의 얼굴을 번갈아 바라보았다.

"엇, 간호사님이?"

"음, 대단한 강적이야. 얘, 그 장기판, 조금만 더 가까이 보여 줘."

마쓰미야는 장기판을 들고 침대 옆으로 다가섰다. 판을 쓰윽 들여다보는 다카마사의 얼굴이 자못 심각했다. 자잘한 주름들이 한층 더 깊어졌다.

"역시 만만치 않은데? 마馬로 치고 나왔어. 흠, 그런 수가 있었군."

"장기 고민은 나중에 하세요. 혈압 올라가니까요."

그녀는 능숙하게 체온과 혈압을 측정했다. 가네모리라고 적힌 이름표를 가슴에 달고 있었다. 이름이 도키코라는 건 나중에 다카마사가 알려주었다. 마쓰미야보다 나이는 좀 많지만 데이트 한번 해보는 게 어떠냐고 물어왔던 것이다. 물론 마쓰미야는 그럴 생각이 전혀 없었다. 그녀 쪽에서도 그런 마음은 없을 터였다.

"어디 아픈 데는 없으세요?" 측정을 마치고 나서 그녀는 다카마사에게 물었다.

"아니, 없어. 모두 다른 때하고 똑같아."

"그럼, 뭔가 문제가 생기면 곧바로 불러주세요." 가네모리 도키코는 웃는 얼굴로 병실을 나갔다.

그 모습을 눈으로 배웅하자마자 다카마사는 다시 장기판으로 시선을 돌렸다.

"이런 수를 들고 나왔다 이거지? 예상을 못 했던 건 아니지만 좀 의외로군."

이런 식이라면 분명 심심할 일은 없을 것 같았다. 마쓰미야는 조금 마음이 놓여서 의자에서 일어섰다.

"나도 그만 가볼게요."

"응, 네 엄마에게 인사 전해라."

마쓰미야가 방을 나서려고 문을 열었을 때 "얘, 슈헤이" 하고 다카마사가 그를 불러 세웠다.

"응?"

"……정말 이제는 무리해가면서 찾아올 거 없어. 너는 여기오는 거 말고도 해야 할 일이 너무 많을 텐데."

"아이참, 무리해서 오는 거 아니라니까."

또 올게요, 라는 말을 남기고 마쓰미야는 병실을 뒤로했다.

마쓰미야는 엘리베이터로 향하는 도중에 간호사실에 들러보았다. 가네모리 도키코의 모습이 눈에 띄어서 살짝 손을 흔들었다. 무슨 일이신지, 라는 얼굴로 그녀가 다가왔다.

"외삼촌한테 요즘 누군가 병문안 온 사람이 있었습니까? 우리 어머니 말고 또 다른 사람."

어머니 가쓰코에 대해서는 당연히 간호사들이 다 알고 있을 터였다.

가네모리 도키코는 고개를 갸우뚱했다.

"제가 아는 한에서는 아무도 온 사람이 없었는데?"

"혹시 사촌 형이 안 왔나요? 외삼촌의 큰아들인데."

"아드님? 아뇨, 안 오셨던 거 같아요."

"그래요……. 네, 바쁘신데 미안합니다."

아뇨, 라며 그녀는 미소를 짓고 자기 자리로 돌아갔다.

엘리베이터에 탄 뒤 마쓰미야는 한숨을 내쉬었다. 무력감이 엄습하면서 마음이 답답했다. 이대로 나는 아무것도 할 수 없단 말인가, 은근히 화가 나기도 했다.

외삼촌 다카마사의 누렇게 탁해진 얼굴이 떠올랐다. 그의 담낭과 간장은 암에 먹혀들고 있다. 하지만 정작 본인은 그런 사실을 알지 못했다. 담당 의사는 다카마사에게 단순한 담관염이라고 설명해주고 있다. 수술로 암세포를 떼어내는 건 이미 불가능하고 이제는 그저 할 수 있는 최대한의 연명 조치만하고 있을 뿐이다. 환자 본인이 지독한 통증을 호소했을 경우에 모르핀을 쓰는 것에 대해서는 마쓰미야도 가쓰코도 함께동의했다. 최소한 고통이라도 없이 세상을 떠나게 해주고 싶다는 게 두 사람의 공통된 마음이었다.

그날이 언제가 될지 모르는 상황이다. 의사 말로는, 당장 하루 이틀 사이에 닥쳐올 수도 있다는 것이었다. 외삼촌과 얼굴을 맞대고 이야기를 나누다 보면 도저히 그렇게까지 위중하다는 생각은 들지 않았지만, 한계 시간은 분명 재깍재깍 다가오고 있었다.

마쓰미야가 외삼촌인 가가 다카마사를 만난 것은 중학교에입학하기 직전이었다. 그때까지 마쓰미야는 어머니인 가쓰코와 단둘이 다카사키에서 살았다. 어째서 도쿄로 이사를 오게되었는지, 그때는 잘 알지 못했다. 어머니의 회사 일 때문이라는 이야기만 들었다.

처음으로 외삼촌 다카마사를 소개받았을 때는 깜짝 놀랐었다. 자신들에게 이렇게 가까운 친척이 있다는 사실을 그때까지 까맣게 몰랐기 때문이다. 어머니는 외동딸이고 외할아버지외할머니는 벌써 오래전에 돌아가셨다. 그렇게만 생각하며 살아왔었다.

가가 다카마사는 원래 경찰관이었다. 퇴직한 후에는 경비회사 고문으로 일했다. 결코 시간적인 여유가 없었을 텐데도 그는 외롭게 사는 여동생과 조카를 자주 찾아주었다. 딱히 볼일이 있어서라기보다 그저 어떻게 사는지 들여다보러 왔구나 하는 느낌이 들곤 했다. 그때마다 그는 잊지 않고 선물을 들고왔다. 찹쌀떡이나 고기만두처럼, 한창 먹성 좋은 중학생이 좋아할 것들이 많았다. 푹푹 찌는 한여름에 낑낑거리며 수박 한통을 들고 온 적도 있었다.

마쓰미야가 의아하게 생각했던 것은 이렇게 친절하게 해주는 외삼촌과 어째서 지금까지는 전혀 왕래가 없었는가 하는것이었다. 도쿄와 다카사키라면 서로 오가기가 어려운 거리도아니었다. 하지만 그에 대해 어머니나 외삼촌에게 물어봐도납득할 만한 설명은 해주지 않았다. 어쩌다 보니 서로 소식이뜸해졌다, 라는 말뿐이었다.

하지만 고등학교에 입학할 때, 마쓰미야는 드디어 어머니에게서 그 대답을 듣게 되었다. 바로 호적등본 때문이었다. 아버지 이름이 있어야 할 자리가 빈칸으로 처리되어 있었다. 그것을 어머니에게 캐물었더니, 전혀 생각지도 못한 대답이 돌아왔다.

마쓰미야의 아버지와 어머니는 결혼을 하지 않았던 것이다.

마쓰미야라는 건 어머니가 이전에 결혼했던 사람의 성씨였다.

어머니와 마쓰미야의 친아버지가 결혼을 하지 못한 것은 아버지가 이미 다른 여자와 결혼한 사람이기 때문이었다. 즉 두 사람의 관계는 세상에서 보통 말하는 '불륜'이었다. 하지만 두 사람의 관계는 단순한 바람이 아니었다. 아버지 쪽에서는 어떻게든 이혼을 하려고 했다. 그것이 이루어지지 않자 살던 집을 나와 어머니와 함께 다카사키에서 살림을 차렸다. 아버지는 요리사였다.

얼마 뒤에 두 사람 사이에 아이가 생겼지만 그 시점에서도 아버지의 이혼은 성립되지 않았다. 그래도 사람들 앞에서는 실질적인 부부처럼 생활했던 것인데, 이윽고 생각지도 못한 비극이 찾아왔다. 아버지가 사고로 목숨을 잃은 것이다. 근무하던 일본 요릿집에서 화재가 일어났고 아버지는 거기서 미처 빠져나오지 못했다.

아직 어린 자식을 안고 어머니는 당장 먹고살 생활비를 벌지 않으면 안 되었다. 어머니가 술장사를 했다는 것을 마쓰미야는 어렴풋이 기억하고 있었다. 한밤중 늦은 시간이 아니면 돌아오지 않았던 그녀는 늘 술에 취해 있었고 이따금 싱크대에서 토악질을 하곤 했다.

그런 모자에게 손을 내밀어준 사람이 외삼촌 가가 다카마사였다. 어머니는 다카사키의 주소를 어느 누구에게도 알리지 않았지만, 오빠인 다카마사만은 여동생의 소재를 파악하고 있다가 이따금 연락을 해온 모양이었다.

다카마사는 누이 가쓰코에게 도쿄로 돌아오라고 권했다. 그래야 자신이 돌봐주기 쉽다는 것이 이유였다. 가쓰코는 오빠에게 폐를 끼치고 싶지 않았지만 아들의 장래를 생각하면 고집을 부릴 상황이 아니라는 생각에 마음을 고쳐먹고 상경을 결심했다.

다카마사는 모자의 거처뿐만 아니라 가쓰코가 일할 곳까지 찾아주었다. 거기다 생활비도 조금씩 도와준 모양이었다.

그런 이야기를 듣고 마쓰미야는 자신이 어떻게 남 못지않게 이만큼 살아올 수 있었는지 그제야 깨달았다. 모두가 여동생 모자를 염려해준 외삼촌의 착한 성품 덕분이었던 것이다.

이 사람만은 배신해서는 안 된다, 어떻게든 그 은혜를 갚아야 한다, 그렇게 생각하면서 마쓰미야는 학창 시절을 보냈다. 어렵사리 장학금을 받아가며 대학 진학을 결심했던 것도 다카마사가 그러기를 원했기 때문이었다.

그리고 진로에 대해서는 망설임 없이 경찰관의 길을 선택했다. 이 세상에서 가장 존경하는 사람이 종사했던 직업이었다. 다른 직업 따위는 생각도 할 수 없었다.

모진 병마에서 외삼촌의 목숨을 구할 수 없다면, 적어도 한이나 남기는 일 없이 세상을 떠나게 해주고 싶다는 것이 지금 마쓰미야가 간절히 바라는 일이었다. 그것이 외삼촌 다카마사에게 마지막으로 은혜를 갚는 길이라고 생각했다.

2

회의용 자료의 작성을 마치고 컴퓨터를 끌까 말까 망설이고 있는데, 두 칸 건너 책상의 야마모토가 자리에서 일어섰다. 가방을 책상 위에 올려놓고 집에 돌아갈 준비를 하고 있었다.

"어이, 야마모토, 집에 가려고?"

마에하라 아키오는 말을 건넸다. 야마모토는 입사 동기고, 회사 내 진급도 아키오와 엇비슷하게 시원찮았다.

"응, 이래저래 잡무가 남았는데 그건 다음 주에 해야겠어. 자네는 뭐 해? 금요일인데 늦게까지 수고가 많네." 야마모토는 가방을 들고 아키오의 자리까지 다가왔다. 그러더니 컴퓨터 화면을 들여다보고는 의외라는 얼굴을 했다. "뭐야, 이거? 이 회의는 다음 주말이잖아. 그 자료를 벌써부터 준비하고 있어?"

"일찌감치 끝내버리려고."

"어이구, 착실하시네. 근데 금요일 퇴근시간 넘어서 할 일은 아닌 거 같은데? 잔업수당이 나오는 것도 아니고."

"아니, 그냥 좀 기분이 나서 해본 거야." 아키오는 마우스를 눌러 컴퓨터를 껐다. "그보다 어때, 오랜만에 그때 그 주점에서 한잔할까?" 그러면서 술 마시는 시늉을 했다.

"아, 미안해. 오늘은 안 돼. 집사람 친척이 온다나 어쩐다나, 오늘 빨리 오라고 몇 번이나 당부를 했거든." 야마모토는 제 얼굴 앞에서 손을 내둘렀다.

"에이, 섭섭하네."

"다음에 꼭 같이 가자고. 아니, 그나저나 자네도 일찌감치 집에 가는 게 좋지 않아? 요즘 계속 늦게까지 자리를 지키는 거 같던데."

"아냐, 계속 그런 건 아니고." 아키오는 억지웃음을 지었다. 인간이란 남을 안 보는 것 같으면서도 어디선가 지켜보는 거구나, 싶었다.

"이봐, 무리하지 않는 게 좋아."

그럼 먼저, 라면서 야마모토는 멀어져갔다.

아키오는 벽시계를 올려다보았다. 6시를 지난 참이었다.

안 그런 척, 그는 사무실 안을 둘러보았다. 영업부에는 열 명쯤 남아 있었다. 그중 아키오가 맡고 있는 납품 2과의 과원은 두 사람이었다. 한 사람은 입사 2년 차의 젊은 친구여서 아키오는 그와 일대일로 대화하는 게 영 껄끄러웠다. 또 한 사람은 아키오보다 세 살 아래, 과 내에서는 그나마 가장 말이 잘 통하는 존재였지만 체질적으로 술이 한 방울도 안 받는다는 친구다. 즉 둘 다 술 한잔하자고 청할 만한 상대가 아니었다.

아키오는 몰래 한숨을 내쉬었다. 어쩔 수 없네, 오늘은 그냥 집에 들어갈까.

그때, 휴대전화가 울렸다. 화면을 보니 집에서 걸려온 것이었다. 순간적으로 불길한 예감이 가슴속에 번지는 것을 느꼈다. 대체 뭐야, 이런 시간에 전화라니…….

"여보세요."

"아, 여보……." 아내 야에코의 목소리였다.

"무슨 일이야?"

"그게, 저기, 일이 좀 생겨서, 당신, 집에 빨리 좀 와야겠어."

아내의 목소리에는 여유가 없었다. 말이 빨라지는 건 당황했을 때의 특징이었다. 예감이 맞았구나 싶어서 아키오는 우울해졌다.

"뭔데 그래? 내가 지금 좀 바쁜데." 예방선을 쳤다.

"어떻게 좀 안 될까? 진짜 큰일이 났어."

"큰일이라니?"

"전화로는 말하기가 힘들어. 어디서부터 어떻게 말해야 좋을지도 모르겠고……. 아무튼, 여보, 빨리 집에 와."

그녀가 내쉬는 숨소리가 귓속에 전해져왔다. 상당히 흥분한 것 같았다.

"대체 어떤 쪽 일이냐고. 그것만이라도 말해봐."

"그게 그러니까……. 엄청난 일이 생겼다니까."

"그 말만 해서야 무슨 일인지 모르지. 제대로 설명해봐."

하지만 야에코의 대답은 없었다. 아키오는 답답해서 다시 뭔가 한마디 해주려고 했다. 그때 그의 귀에 흑흑거리는 울음소리가 들려왔다. 그 순간, 아키오는 심장박동이 빨라지는 것을 느꼈다.

"알았어. 지금 바로 갈게."

그렇게 대답하며 전화를 끊으려는데 "자, 잠깐만"이라고 야에코가 말했다.

"왜?"

"하루미 씨는 오늘 저녁에 우리 집에 안 왔으면 좋겠어."

"걔가 오면 안 되는 일이야?"

응, 이라고 야에코는 대답했다.

"허 참, 오지 말라는 말을 어떻게 하라는 거야."

"그러니까 그건……." 그대로 그녀는 침묵했다. 머릿속이 뒤죽박죽 혼란스러워서 생각이 정리되지 않는 듯한 기색이었다.

"그럼 하루미에게는 내가 전화할게. 이유는 적당히 둘러댈 테니까. 그러면 됐지?"

"응. 정말 바로 올 거지?"

"알았어." 아키오는 전화를 끊었다.

그의 대화를 듣고 있었는지 세 살 아래의 부하직원이 얼굴을 들었다. "무슨 일 있으세요?"

"글쎄 무슨 일인지를 모르겠네. 집에 빨리 오라고만 하니. 아무튼 이만 가봐야겠네."

"아, 네. 조심해서 들어가십쇼."

별 볼일도 없으면서 사무실에 죽치고 앉아 있는 게 도리어 이상한데요, 그의 얼굴에 그렇게 쓰여 있었다.

아키오는 조명기구 회사에서 일하고 있었다. 도쿄 본사는 주오쿠의 가야바초에 있다. 지하철역으로 향하는 도중에 휴대전화로 하루미의 집에 연락을 했다. 하루미는 아키오보다 네 살 어린 여동생이다. 지금은 남편의 성을 따라 다지마 하루미가 되었다.

전화는 하루미가 받았다. 아키오라는 것을 알자 약간 당황한 목소리로 "무슨 일 있어?"라고 갑작스레 되물었다. 앞에 "어머니한테"라는 말은 생략한 것이다.

"아니, 별일 아냐. 실은 조금 전에 야에코에게서 전화가 왔는데, 어머니가 그새 주무신다더라. 그래서 굳이 자는 사람을 깨울 건 없겠다 싶어서, 오늘 밤은 그냥 그대로 주무시게 하기로 했어."

"그럼 나는……."

"응, 오늘은 안 와도 될 것 같네. 내일, 다시 수고 좀 해줘."

"에휴……. 내일은 평소 그 시간에 가면 되지?"

"그러면 될 거야."

"알았어. 나도 지금부터 꼭 해야 할 일이 있었는데 마침 잘 됐네."

아마도 오늘 하루의 매상을 계산하는 일이 남았을 것이다. 하루미는 남편과 함께 역 앞에서 양품점을 경영하고 있었다.

"너희도 바쁠 텐데, 늘 미안하다."

"아, 됐어, 그런 말은." 하루미는 낮은 소리로 말했다. 이제 새삼스럽게 그런 공치사는 듣고 싶지 않다는 어감이 담겨 있었다.

"자, 그럼 내일 보자." 그렇게 말하고 아키오는 전화를 끊었다.

회사를 나와 한참 걸어가던 중에 우산을 깜빡 놓고 왔다는 것을 알았다. 아침에 집에서 나올 때는 비가 내렸던 것이다. 언제 그쳐버렸는지 아키오는 알지도 못했다. 오늘은 내내 회사 안에 있었기 때문이다. 다시 회사로 돌아가기도 귀찮아서 우산은 포기하기로 하고 역으로 향했다. 이렇게 회사에 갖다둔 우산이 벌써 세 개째다.

가야바초에서 지하철 1회 환승으로 이케부쿠로까지 가서 세이부센으로 갈아탔다. 차 안은 변함없이 혼잡했다. 몸을 돌리기는커녕 팔다리를 슬쩍 움직이는 것조차 주위에 신경이 쓰였다. 4월 중순인데도 사람들의 훈김으로 이마며 목덜미에 땀이 날 만큼 후덥지근했다.

아키오는 가까스로 천장에 매달린 손잡이 하나를 확보했다. 정면 창유리에 피곤한 얼굴이 비쳤다. 쉰 살을 앞둔 남자의 얼굴이었다. 요즘 몇 년 사이에 이마가 한참 위까지 올라갔다. 눈꼬리가 처진 것처럼 보이는 건 얼굴 피부가 늘어지기 시작했기 때문일 것이다. 쳐다보기에 그리 유쾌한 몰골이 아니어서 그는 눈을 감아버렸다.

아내 야에코에게서 걸려온 전화에 대해 생각했다. 대체 무슨 일이 있었던 것일까. 가장 먼저 머릿속에 떠오르는 건 어머니 마사에의 일이었다. 연로한 어머니에게 무슨 일이 생긴 것인가. 하지만 그런 일이라면 야에코가 그렇게까지 다급하게 연락하지는 않을 것 같았다. 단지 하루미는 안 왔으면 좋겠다고 한 걸 보면 어머니와 전혀 관계가 없는 일은 아닌 것 같았다.

아키오는 저도 모르게 입술을 삐죽 내밀었다. 야에코에게서 또 무슨 골치 아픈 잔소리를 듣게 될지, 상상만 해도 기분이 암울해졌다. 사실 요즘 들어 항상 이 꼴이었다. 회사에서 집에 돌아가자마자 야에코는 잔소리를 해댔다. 그녀가 얼마나 지겨워 죽을 지경인지, 그걸 참느라 얼마나 한계에 이른 상태인지, 때로는 절절하게 때로는 화를 내며 주절주절 늘어놓았다. 아키오의 역할은 그 잔소리를 들어주는 것이었다. 말없이 들어주고 결코 반론은 하지 않는다. 조금이라도 그녀의 잔소리를 부정하는 듯한 말을 했다가는 사태가 더욱 악화될 뿐이다.

급한 일거리가 있는 것도 아니면서 사무실에 죽치고 앉아 잔업을 하는 건 집에 돌아가기가 싫었기 때문이다. 집에 돌아가봤자 피곤한 몸을 쉴 수 있는 상황이 아니었다. 몸뿐만 아니라 정신까지 공연히 더 피곤해질 뿐이었다.

어머니와 살림을 합치지만 않았어도, 라고 후회하기도 했지만 그간의 사정을 되돌아보면 결국 그럴 수밖에 없었다고 새삼 되새길 뿐이었다. 부모와 자식의 관계는 끊으려야 끊을 수 없는 관계인 것이다.

하필 일이 이렇게 헝클어질 건 뭐냔 말이야……. 자기도 모르게 원망의 말이 튀어나오려고 했다. 하지만 그런 말을 들어줄 사람이라고는 이 세상 어디에도 없었다.

3

아키오가 야에코와 결혼한 것은 지금으로부터 18년 전이다. 상사의 소개로 알게 되어 1년 동안 교제를 거친 끝에 성사된 결혼이었다. 열렬한 연애로 발전했던 건 아니었다. 그저 서로 간에 따로 마음에 드는 상대가 생길 것 같지도 않고, 딱히 혜

어질 이유도 없고, 그렇다면 여자 쪽에서 혼기를 놓치기 전에 확실하게 해두는 게 좋겠다는 생각에 결혼하기로 결심했던 것이다.

독신 시절에 아키오는 따로 방을 얻어 살았었다. 결혼한 다음에는 어떻게 할까 하는 문제로 둘이서 몇 차례 상의를 했다. 따로 나와 살건 시부모님과 함께 살건 둘 다 괜찮다고 야에코는 말했지만, 결국 아키오가 혼자 살던 집에서 신혼생활을 시작하게 되었다. 본가에는 나이 든 아버지 어머니가 있어서 언젠가는 함께 살아야 한다. 그때까지 아내에게 괜한 고생은 시키지 말자는 생각에서였다.

3년 후에 아이가 태어났다. 아들이었다. 나오미라는 이름은 야에코가 직접 지어주었다. 임신했을 때부터 그 이름으로 정해두었다는 것이었다.

나오미가 태어난 뒤부터 집안의 생활 패턴이 미묘하게 변하기 시작했다. 야에코는 매사를 육아 중심으로 생각하게 되었다. 그건 뭐 나름대로 바람직한 일이라고 아키오는 생각했다. 하지만 그 밖의 집안일에는 도무지 의욕을 보이지 않아 아키오의 불만은 점점 쌓여갔다. 깔끔하게 정리되어 있던 집 안은 어질러질 대로 어질러졌다. 저녁 식사로 슈퍼마켓의 도시락이 나오는 일도 한두 번이 아니었다.

그래서 한두 마디 나무라면 그녀는 눈을 치뜨고 화를 냈다.

"애 키우기가 얼마나 힘든 줄 알아? 집 안이 좀 지저분한 게 뭐 어때서? 그렇게 마음에 안 들면 당신이 치우면 되잖아?"

아키오로서는 자신이 아이 키우는 데 그다지 공헌한 게 없다는 자각이 있었기 때문에 그녀의 반론에 아무 말대꾸도 하지 못했다. 아이 키우기가 힘들다는 건 그도 잘 알고 있었다. 야에코가 그것만이라도 군소리 없이 해주니 다행이라는 생각도 했었다.

첫 손자가 태어난 것에는 당연히 아버지 어머니도 기뻐해 주셨다. 하루하루 커가는 손자를 보여주기 위해 한 달에 한 번 꼴로 본가에 들르는 게 습관이 되었다. 야에코도 처음 한동안은 그걸 그리 싫어하는 기색은 아니었다.

하지만 몇 번째인가 본가에 갔을 때, 어머니 마사에의 한마디가 야에코를 화나게 했다. 이유식에 대한 충고였는데 그게 야에코의 육아 방침과는 전혀 달랐던 것이다. 그녀는 나오미를 품에 안더니 갑자기 밖으로 나가 택시를 타고 집으로 돌아가버렸다.

그 뒤를 쫓다시피 따라 들어온 아키오에게 야에코는 이렇게 선언하고 나섰다.

"나, 더 이상 그 집에는 안 갈 테니 그리 알아."

게다가 야에코는, 육아와 집안일에 대해 시어머니에게 이러니저러니 잔소리를 들으면서 지금까지 얼마나 꾹꾹 참아왔는지 모른다고 하소연했다. 그야말로 둑이 터진 것 같았다. 아키오가 아무리 달래봐도 아내는 듣지 않았다.

어쩔 수 없이 아키오는 당분간 본가에는 가지 않아도 된다고 말했다. 시간이 지나면 그녀도 마음이 좀 가라앉을 거라고 생각했다. 하지만 한번 어긋나버린 감정의 골은 그리 쉽게 메워지지 않았다.

그 뒤로 몇 년 동안 아키오는 부모에게 손자의 얼굴을 보여줄 수 없었다. 볼일이 있어 본가에 갈 때도 그는 늘 혼자였다. 당연한 일이지만 그는 아버지 어머니에게 이게 대체 무슨 일이냐고 추궁을 당했다. 손자를 만나게 해달라는 부탁도 받았다.

"시댁 드나들기 좋아하는 며느리 없다는 건 내가 가장 잘 알아. 시부모라는 건 이래저래 성가시기만 하겠지. 그렇다면 야에코는 안 와도 좋으니 나오미만이라도 데리고 와. 네 아버지도 항상 적적해하시니까, 그렇게 좀 해라."

어머니의 말을 듣고 아키오는 난처하기만 했다. 부모의 심정은 잘 알고 있었다. 하지만 야에코가 받아줄 것 같지 않았다. 애초에 그런 말을 꺼낼 용기도 없었다. 나오미만 데려가겠다니, 야에코가 화를 낼 게 틀림없었다.

나중에 어떻게든 해볼게, 라는 말로 아키오는 대충 얼버무리며 넘어가곤 했다. 하지만 이 문제로 야에코와 정식으로 이야기를 나눈 적은 한 번도 없었다.

그런 식으로 7년쯤이 지난 어느 날, 어머니에게서 전화가 걸려왔다. 아버지 쇼이치로가 뇌경색으로 쓰러졌다는 것이었다. 의식이 없고 위독한 상태라고 했다.

그때 아키오는 처음으로 야에코에게 같이 가자고 말했다. 아버지를 만나는 건 이번이 마지막일지도 모른다는 이유를 달았다. 야에코도 시아버지의 임종에 함께하지 않는 것은 안 좋다고 생각했는지 거부하지 않았다.

야에코와 아들을 데리고 아키오는 병원으로 달려갔다. 대합실에는 얼굴이 새파래진 어머니가 앉아 있었다. 아버지는 혈전을 녹이는 치료를 받고 있다고 했다.

"목욕하고 나와서 담배 한 대 태우는가 싶더니만 갑자기 쓰러졌어." 어머니는 금세 울음이 터질 듯한 얼굴로 말했다.

"그래서 담배는 끊어야 한다고 했잖아."

"아무리 그래도 네 아버지가 좋아하시는 건데 어떻게 끊으라고 하겠니." 어머니는 답답하다는 듯이 말한 뒤에 야에코를 보았다. "오랜만이구나. 너도 힘들 텐데 미안하다."

"아뇨. 내내 찾아뵙지도 못하고 죄송해요."

"됐다, 이래저래 바빠서 그랬겠지." 어머니는 야에코에게서 눈을 돌려 엄마 뒤에 숨듯이 서 있는 나오미에게 웃음을 건넸다. "아유, 많이 컸구나. 나, 알아보겠니? 할미란다."

인사해야지, 라고 아키오는 말했다. 나오미는 꾸벅 머리를 숙일 뿐이었다.

하루미도 남편과 함께 달려왔다. 아키오와 잠시 말을 나눈 뒤에 그녀는 어머니를 격려하듯이 곁에서 부축했다. 야에코 쪽으로는 눈길도 주지 않았다. 친할아버지 할머니에게 손자도 안 보여주는 야에코에게 화가 난 것 같았다.

어색한 분위기 속에서 아키오는 응급처치가 끝나기를 기다렸다. 치료가 잘되기를 기도하는 수밖에 없었다. 하지만 한편으로는 다른 생각도 하고 있었다. 이대로 아버지가 돌아가셨을 경우의 일이었다. 어디어디에 부고를 돌려야 하나, 장례식은 어떻게 하나, 회사에는 뭐라고 해야 하나…… 여러 가지 일이 머릿속에 떠올랐다.

우울한 상상이 점점 커져서 장례식이 끝난 뒤의 일에까지 가닿았다. 혼자 남게 될 어머니를 어떻게 해야 하는가. 당분간은 그럭저럭 지내겠지만 계속 혼자 둘 수는 없다. 어떤 형태로든 자신이 돌봐주는 수밖에 없다. 하지만…….

야에코는 조금 떨어진 의자에 나오미와 나란히 앉아 있었다. 그 얼굴에 표정이라고는 없었다. 나오미는 어떤 상황인지도 모르는지 따분해하는 기색이었다.

함께 사는 건 도저히 안 되겠다고 아키오는 생각했다. 따로 살면서 어쩌다 한 번씩 만나는 것만으로도 그토록 서로 마음이 맞지 않았던 것이다. 한 지붕 밑에서 살았다가는 어떤 큰 다툼이 일어날지 모른다.

아무튼 아버지가 깨어나기만을 아키오는 빌었다. 결국 언젠가는 맞닥뜨릴 문제였지만 그래도 일단은 뒤로 미루고 싶었다.

그 기도가 통했는지 아버지는 가까스로 목숨을 건졌다. 몸 왼편에 약간의 마비가 남았지만 일상생활에 크게 지장을 줄 정도는 아니었다. 퇴원까지의 하루하루는 순조로웠다. 퇴원 후, 아키오는 이따금 상태를 묻는 전화를 걸었지만 어머니에게서 비관적인 말은 나오지 않았다.

그런 어느 날, 야에코가 이런 질문을 던졌다.

"여보, 만일 그때 아버님이 돌아가셨다면 당신, 어머님을 어떻게 할 생각이었어?"

난감한 질문이었다. 아무 생각도 안 했어, 라고 그는 대답했다.

"같이 살자든가, 그런 생각을 했던 거 아니야?"

"그런 것까지는 미처 생각도 못 했어. 왜 그런 얘기를 물어?"

"그래도 혹시 그러자고 하면 어쩌나 싶어서."

야에코는 함께 살고 싶지 않다고 딱 잘라 말했다.

"미안하지만 나는 어머님하고 잘 살아갈 자신이 없어. 언젠가는 돌봐드려야 할 날이 올지도 모르지만, 그때도 함께 살 생각은 하지 말아줘."

그렇게까지 확실한 거절의 말을 듣고 나니 아키오로서는 아무 대꾸도 할 수 없었다. 그는 알았어, 라고 짧게 대답했다. 그리고 어머니가 먼저 돌아가시는 게 서로를 위해 좋을지도 모르겠다고 생각했다. 야에코가 시아버지에 대해서는 그리 싫은 내색을 보이지 않았던 것이다.

하지만 상황은 그가 바라는 대로 흘러가지 않았다.

그 몇 달 뒤의 일이었다. 어머니가 어두운 목소리로 전화를 걸어왔다. 아버지의 상태가 아무래도 이상하다는 것이었다.

"이상하다니, 어떻게 이상한데?" 아키오는 물었다.

"그게, 자꾸 똑같은 소리를 하고, 내가 방금 전에 한 얘기를 전혀 기억을 못 하고……." 그렇게 말하고 나서 어머니는 불쑥 중얼거렸다. "치매가 왔나……."

설마, 하고 아키오는 반사적으로 대답했다. 몸집은 작지만 아직은 건강하셔서 매일 아침 산책을 나가고 신문을 샅샅이 정독하는 아버지가 치매에 걸리다니, 여태껏 생각해본 적도 없는 일이었다. 물론 어떤 집에서나 일어날 수 있는 일이라고 머리로는 이해하고 있었지만, 나와는 상관없는 일이라고, 별 근거도 없이 딱 믿고 있었다.

아무튼 상태를 한번 보러 와달라면서 어머니는 전화를 끊었다.

그 이야기를 야에코에게도 들려주었다. 그녀는 아키오의 얼굴을 빤히 쳐다보며 말했다.

"그래서 당신한테 어떻게 하라는 거야?"

"우선 어떤지 좀 와서 보라는 거야."

"가봤는데 만일 아버님이 치매라면 어쩔 건데?"

"그건……. 아직 생각 안 했어."

"여보, 경솔하게 떠맡고 그러면 안 돼."

"떠맡다니."

"장남의 책임이라는 것도 있겠지만, 우리한테는 우리의 생활이 있단 말이야. 나오미도 아직 어리고."

그제야 야에코가 하는 말의 의미를 알았다. 치매 노인의 수발은 들 수 없다는 뜻이었다.

"당신 힘들게 하지는 않을 거야. 그런 건 나도 알아."

그렇다면 다행이지만, 이라고 야에코는 여전히 미심쩍다는 듯한 눈빛으로 말했다.

다음 날, 회사가 끝난 뒤에 아키오는 아버지의 상태를 보러 갔다. 어떤 식으로 이상해졌다는 건가, 하고 두려움과도 같은 불안을 안고 대문을 들어섰다. 그런데 나와서 맞이해준 것은 바로 그 아버지였다.

"야아, 웬일이냐? 오늘 무슨 일 있어?"

아버지는 실로 쾌활하게 말을 던져왔다. 아키오의 회사 일도 물었다. 그 모습만 봐서는 치매의 징후 따위는 털끝만큼도 느껴지지 않았다.

외출했던 어머니가 마침 돌아와서 아키오는 자신의 느낌을 말했다. 하지만 어머니는 당혹스러운 기색으로 고개를 갸웃거렸다.

"어쩌다 괜찮은 날도 있는데, 나랑 둘이 있을 때는 이상해진다니까."

"내가 가끔 보러 올게. 아무튼 큰일은 아닌 거 같아서 마음이 놓이네." 그렇게 말하고 그날은 돌아왔다.

그런 일이 두어 번 있었다. 그때마다 아버지의 상태에 이상한 점은 별로 보이지 않았다. 하지만 어머니의 말에 따르면 분명 치매기가 있다는 것이었다.

"너하고 얘기했던 것도 거의 기억을 못 해. 네가 선물로 사 온 찹쌀떡을 먹은 것도 잊어버렸더라고. 아무래도 병원에 한 번 모시고 가는 게 좋겠다. 네가 아버지를 좀 설득해봐. 내가 아무리 말해도 자기는 멀쩡하다고만 하니."

어머니의 부탁을 받고 별수 없이 아키오는 아버지를 병원에 데려갔다. 뇌경색의 재검사를 받으러 병원에 가야 한다고 달랬더니 순순히 받아들였다.

진단 결과, 역시 뇌가 상당히 위축된 것으로 밝혀졌다. 노인성 치매증이었다.

병원에서 돌아오는 길에 어머니는 앞으로 하루하루 어떻게 해야 할지 걱정이라고 했다. 그 말을 듣고도 아키오는 아무런 구체적인 해결책을 제시할 수 없었다. 최대한 협력하겠다, 라는 막연한 말만 늘어놓았을 뿐이다. 아직 상황을 그다지 심각하게 받아들이지 않았고, 야에코에게 상의도 없이 뭔가 약속을 할 수도 없었다.

　아버지의 증상은 그 뒤로 급속히 악화되었다. 그것을 알려준 건 여동생 하루미였다.

　"오빠, 한번 보러 가는 게 좋을 거야. 깜짝 놀랄 테니."

　그녀의 말은 불길한 상상을 큼직하게 키웠다.

　"놀라다니, 무슨 소리야?"

　"글쎄, 가보면 알아." 그 말만 하고 하루미는 전화를 끊었다.

　며칠 뒤, 아키오는 상황을 보러 본가에 갔다. 그리고 여동생이 했던 말의 의미를 이해했다. 아버지는 완전히 딴사람이 되어 있었다. 바짝 말라버렸고 눈에는 생기가 없었다. 그뿐만이 아니었다. 아들인 아키오를 보자마자 급히 도망가려고 했던 것이다.

　"왜 그래, 아버지, 왜 도망치는 건데?"

　주름투성이의 가느다란 팔을 붙잡고 아키오는 말했다. 그러자 아버지는 비명 같은 소리를 내지르며 한사코 그 손을 뿌리치려고 했다.

"너를 못 알아보시는 거야. 낯선 아저씨가 왔다고 생각하는 가 봐." 뒤에서 어머니가 그런 설명을 해주었다.

"어머니는 알아봐요?"

"알아볼 때도 있고 몰라볼 때도 있어. 나를 돌아가신 어머니인 줄 아는 때도 있고……. 지난번에는 하루미를 자기 마누라라고 생각하더라."

그런 이야기를 나누는 동안, 아버지는 툇마루에 나앉아 멍하니 하늘을 쳐다보고 있었다. 아들과 아내가 나누는 대화가 전혀 귀에 들어오지 않는 것 같았다. 그런 아버지의 손끝이 불그죽죽했다. 어떻게 된 거냐고 묻자 어머니는 이렇게 대답했다.

"요즘 화장품을 갖고 놀아."

"화장품을?"

"내 화장품을 주물럭거린 모양이야. 루주로 장난을 쳐서 손이 저 꼴이 되었어. 완전 어린애하고 똑같다."

어머니의 말에 의하면, 유아퇴행 증상을 드러내는 때도 있고 갑작스레 정상으로 돌아오는 때도 있다고 했다. 확실한 건 무서운 속도로 기억력이 떨어지고 있다는 것이었다. 자신이 한 일조차 기억을 못 한다고 했다.

그런 사람과 함께 산다는 게 어떤 일인지, 아키오는 상상도 되지 않았다. 단지 어머니의 고생이 이만저만이 아니라는 것만은 알 수 있었다.

"지금 힘이 드네 마네 할 정도가 아니야." 여동생 하루미를 따로 만났을 때, 그녀는 험상궂은 얼굴을 하고 오빠에게 말했다. "지난번에 내가 갔을 때는 아버지가 마구 날뛰고 있었어. 엄마한테 불같이 화를 내고, 방 안은 아주 난장판이고. 붙박이장에 있는 걸 죄다 끌어내 어질러놨어. 아버지는 자기가 아끼던 시계가 없어졌다면서 엄마가 훔쳐 갔다고 고래고래 소리를 지르는 거야."

"시계?"

"아주 오래전에 고장이 나서 아버지가 직접 내버린 거래. 그렇게 말을 해줘도 도무지 듣지를 않아. 그게 없으면 외출을 못 한다면서 아주 떼를 쓰는 거야."

"외출을 한다고?"

"학교에 갈 거라고 하던데, 무슨 소린지는 나도 엄마도 모르지. 하지만 그런 때라도 괜히 아버지 말을 거스르면 난리 법석이 나. 나중에 꼭 시계를 찾아주겠다고 해서 겨우 가라앉혔다니까. 학교는 내일 가면 된다고 살살 달랬어."

아키오는 침묵했다. 내 아버지가 그랬다는 게 도저히 믿어지지 않았다.

앞으로 어쩔 것인가, 하는 이야기가 불거져 나왔다. 하루미는 그쪽 시부모와 함께 살고 있었다. 그래도 힘닿는 대로 엄마를 도와줄 거라고 했다.

"너한테 마냥 기댈 수도 없고, 이것 참……."

"어쩌겠어, 나라도 해야지."

하루미는 새언니 야에코의 도움은 기대도 안 한다는 뜻을 은근히 내비쳤다. 아키오는 그저 입을 다물고 있을 수밖에 없었다.

실제로 야에코에게 아버지 얘기를 해봤지만 반응은 냉랭했다. 어머니가 힘드시겠네, 라고 마치 남의 일인 것처럼 말할 뿐이었다. 그런 아내에게 당신도 좀 가서 도와주라는 한마디를 아키오는 하지 못했다.

그 얼마 뒤에 아키오가 본가에 갔을 때의 일이었다. 대문을 열자마자 구린내가 났다. 화장실이 고장 났나, 하고 안으로 들어갔더니 어머니가 아버지의 손을 씻어주는 참이었다. 아버지는 둘레둘레 주위를 둘러보고 있었다. 그 몸짓은 완전히 어린아이 같았다.

얘기를 들어보니 아버지가 자신의 배설물을 종이기저귀에서 꺼내 주물럭거렸다는 것이었다. 그 이야기를 어머니는 실로 담담한 어조로 말했다. 노상 벌어지는 일이라 이제 새삼 놀랄 것도 없다는 표정이었다.

어머니는 명백히 야위어 있었다. 통통하던 볼살은 푹 꺼지고 주름은 늘어나고 눈 밑은 거무스레해져 있었다.

요양 시설에 보내자고 아키오는 제안했다. 돈은 자신이 부담한다고도 말했다. 하지만 그 자리에 있던 하루미가 아키오의 말을 듣고 어처구니없다는 듯 피식 웃었다.

"오빠는 아무것도 모른다니까. 그건 벌써 다 생각해봤지. 케어매니저에게 시설을 찾아달라고 상담을 했었어. 하지만 모두 다 거절했어. 어떤 시설에서도 받아주지를 않아. 그러니 이렇게 힘이 드는데도 엄마가 돌보고 있는 거지."

"시설에서 왜 거절하는데?"

"아버지가 아직 기운이 팔팔하셔. 건강한 어린애하고 똑같아. 고함을 내지르면서 마구 뛰어다니고 난리를 친다니까. 그나마 어린애처럼 푹 자기라도 하면 좋을 텐데 아버지는 매번 한밤중에 일어나서 돌아다녀. 그런 사람을 시설에서 받아주면 누군가 한 사람은 아예 아버지만 전담해야 하잖아. 게다가 다른 노인네들에게도 피해를 주게 돼. 시설에서 거절하는 것도 당연하지."

"하지만 그래서는 시설을 만든 의미가 없잖아."

"나한테 그런 얘기를 해봤자 뭐 해? 아무튼 지금도 시설은 찾아보고 있다는 얘기야. 근데 데이 서비스에서도 안 받아주는데 뭘."

"데이 서비스?"

그런 것도 모르느냐는 눈빛으로 하루미는 아키오를 보았다.

"낮 시간에만 돌봐주는 시설이야. 거기 담당자가 아버지 목욕을 시키려고 했는데 갑자기 날뛰면서 다른 노인네의 휠체어를 넘어뜨렸대. 다행히 그 사람이 다치지는 않았지만."

그렇게나 심한가, 하고 아키오는 암담한 기분이 들었다.

"우선 찾아낸 곳이 있긴 한데 병원이야. 그것도 정신과."

"정신과?"

"오빠는 모르겠지만 지금 일주일에 두 번씩 그 병원에 다녀. 거기서 처방해준 약이 잘 들었는지 갑작스럽게 날뛰는 일은 좀 줄었어. 거기 병원에서라면 받아준다나 봐."

모두가 처음 듣는 이야기였다. 나한테는 아예 기대도 안 하는구나, 하고 아키오는 새삼 깨달았다.

"그럼 그 병원에 입원시키는 게 어떨까. 돈은 내가 낼 거고……."

하지만 하루미는 즉각 고개를 저었다.

"거기도 단기 입원으로는 받아주지만 장기 입원은 안 된대."

"왜?"

"그 병원에서 장기 입원을 인정해주는 건 재택 간호가 불가능하다고 판단되었을 경우로만 한정되어 있어. 아버지 정도면 재택 간호가 가능하다는 판단이 나온대. 실제로 엄마가 아버지를 돌봐주고 있기도 하고. 그래서 다른 병원도 여기저기 알아보는 중이야."

"그만 됐다." 어머니가 말했다. "여기저기 물어보고 다녀봤자 거절만 하는데, 그 짓도 이제 지쳤어. 네 아버지는 오랜 세월 가족을 위해 고생했으니까 역시 집에서 돌봐주고 싶어."

"하지만 이대로 가다가는 어머니 몸이 상해요."

"그렇게 걱정되면 오빠가 어떻게 좀 해봐." 하루미가 눈을 흘겼다. "하긴 오빠도 별 도리가 없겠지만."

"……나도 시설 쪽으로 알아볼게. 아는 사람들한테도 물어보고."

그런 거 진즉에 다 했네요, 라고 하루미는 내뱉듯이 말했다.

어떻게든 해주고 싶은데 아무것도 못 하고 있는 날들이 이어졌다. 아예 포기했는지 어머니나 하루미가 울며 매달리는 일도 없어서 아키오는 그나마 다행이다 하고 어머니와 여동생의 고생을 외면하고 있었다. 양심의 가책은, 회사 일에 몰두해서 나한테는 그거 말고도 해야 할 일이 많다고 믿어버리는 것으로 대충 얼버무렸다. 본가에 가보는 일도 없어졌다.

그렇게 몇 달이 지나갔다. 아버지가 아예 자리에 드러눕게 되었다는 소식을 하루미가 알려왔다. 의식이 혼탁하고 말도 제대로 못한다고 했다.

"이제 얼마 남지 않은 것 같으니까 마지막으로 한 번쯤 얼굴이라도 봐야 하는 거 아냐?" 하루미는 차가운 말투로 쏘아붙였다.

아키오가 가보니 아버지는 안방에 눕혀져 있었다. 거의 잠이 든 채였다. 눈을 뜨는 건 어머니가 종이기저귀를 갈아줄 때뿐이었다. 그때조차 의식이 있는지 어떤지 알 수 없었다. 그 눈은 아무것도 바라보지 않는 것 같았다.

아키오는 종이기저귀 가는 것을 도와주었다. 스스로 움직일 의사가 없는 인간의 하반신이 얼마나 무거운지, 그때 통감했다.

"어머니는 이런 걸 날마다 했어?" 저도 모르게 말했다.

"날마다 했지. 그나마 자리보전을 해준 덕분에 한결 편해졌어. 전에는 날뛰는 통에 힘들었는데." 그렇게 대답하는 어머니는 전보다 더 야위어 있었다.

멍한 눈빛의 아버지를 보며 아키오는 처음으로 생각했다. 빨리 떠나세요, 라고.

차마 입 밖에 낼 수 없는 그 소원이 이루어진 건 그로부터 반년 뒤였다. 매번 그랬듯이 이번에도 하루미가 소식을 알려왔다.

야에코와 나오미를 데리고 본가로 향했다. 나오미는 할아버지네 집이 신기한 모양이었다. 생각해보니 젖먹이였을 때 이후로 이 집에 와본 적이 없었던 것이다. 할아버지가 돌아가셨다는 말을 듣고도 슬퍼하는 표정은 보이지 않았다. 제대로 만난 적도 없었으니 당연한 일이었다.

아버지는 밤사이에 숨을 거두었다고 했다. 그래서 어머니는 마지막 모습을 못 보았고, 그게 한이 된다고 했다. 하긴 내내 곁에 있었어도 잠든 줄만 알고 죽은 줄은 몰랐을 거야, 라면서 웃었다.

하루미는 야에코가 한마디 사과도 없는 것에 화를 냈다. 아무 도움도 주지 않았던 것에 대해 형식적으로라도 엄마에게 미안하다고 해야 하는 거 아니냐고 아키오에게 말했다.

"아버지가 돌아가신 다음에야 오다니, 이건 이상하잖아. 우리 집이 싫다면 아예 평생 오지 말라고 해."

미안하다, 라고 아키오는 사과했다.

"내가 나중에 말할게."

"됐어, 말 안 해도. 아니지, 어차피 말도 안 할 거잖아."

족집게처럼 딱 알아맞힌 말이라서 아키오는 입을 꾹 다물었다.

어찌 됐건 아버지의 죽음은 아키오가 몇 년째 떠안고 있던 고민을 해결해주었다. 장례 절차를 다 마쳤을 때, 그는 오랜만에 진심으로 해방감을 맛보았다.

하지만 마음 편한 시간은 그리 오래 가지 않았다. 아버지 돌아가시고 3년쯤 됐을 무렵, 이번에는 어머니가 다리를 다쳤다. 연말이라고 청소를 하다가 넘어져 무릎뼈가 부러진 것이다.

나이도 많은 데다 복합골절이었다. 수술을 했지만 원래처럼 걸을 수 없게 되었다. 외출을 하려면 지팡이가 필수품이고, 집

안 계단을 올라가지도 내려오지도 못했다.

그런 상태로는 도저히 혼자 살게 내버려둘 수 없었다. 마침내 아키오는 함께 살기로 결심했다.

물론 야에코는 난색을 드러냈다.

"나 힘들게 안 한다고 했잖아."

"그냥 함께 사는 것뿐이야. 당신 힘들 것도 없어."

"그게 말이 돼?"

"다리가 좀 안 좋을 뿐이지, 웬만한 건 어머니 혼자 다 할 수 있어. 당신이 정 싫다면 식사도 따로따로 해도 돼. 다리 안 좋은 어머니를 혼자 버려두면 주위에서 뭐라고 할지도 모르잖아."

길고 긴 입씨름 끝에 마침내 야에코가 고집을 꺾어주었다. 하지만 아키오의 설득에 넘어갔다기보다 단독주택을 손에 넣는 길은 그것밖에 없다는 계산속이 작용했다고 하는 게 옳을 것이다. 불황이 계속된 탓에 아키오의 월급은 몇 년째 제자리 상태였다. 예전에는 꿈이나마 꾸었던 내 집 마련이 이제는 거의 절망적인 상황이었던 것이다.

"함께 살아도 내 생활 스타일을 바꿀 마음은 없으니까 그리 알아." 야에코는 그렇게 다짐을 하며 이사를 승낙했다.

그렇게 해서 약 3년 전에 아키오 가족은 본가로 옮겨 왔다. 이사를 앞두고 몇 군데는 뜯어고치기도 했다. 새롭게 실내 장식을 한 방 안에 들어서자 "역시 넓은 집이 좋긴 좋네"라며 야에코는 만족스러운 듯이 말했다. 더구나 놀라운 일은 "앞으로 잘 부탁드립니다"라며 어머니에게 머리까지 숙인 것이었다.

"나야말로 잘 부탁한다."

현관 앞에서 대답하는 어머니도 흐뭇해 보였다. 어머니는 지팡이를 짚고 있었다. 손짓 발짓을 섞어가며 집에 대해 설명을 해줄 때마다 지팡이에 매달린 방울이 즐거운 듯 딸랑딸랑 울렸다.

이 정도면 괜찮겠다, 그럭저럭 잘 풀리겠다고 생각하며 아키오도 안도했다.

그렇게 모든 것이 해결되었다고 생각했다. 더 이상 고민할 일은 없다, 라고.

하지만 그렇지 않았다. 그날은 새로운 고뇌가 시작되는 날이었던 것이다.

4

우울한 회상에 잠겨 있는 사이에 전차는 역에 도착했다. 아키오는 승객의 물결에 떠밀리다시피 플랫폼으로 나왔다.

역 계단을 내려가자 버스 정류소에 사람들이 길게 줄을 서 있었다. 아키오는 그 줄 끝에 붙어 서려다 문득 발을 멈췄다. 바로 옆 슈퍼마켓 앞에서 갈분떡을 특별 판매 하고 있었기 때문이다. 어머니가 유난히 좋아하는 떡이었다.

"갈분떡, 맛있어요." 젊은 여자 점원이 상냥하게 말을 걸어왔다.

아키오는 양복 안주머니에서 지갑을 꺼냈다. 하지만 그 순간, 야에코의 부루퉁한 얼굴이 떠올랐다. 지금 집에 어떤 문제가 터졌는지 모르는 상황이다. 그런 때에 어머니가 좋아하는 떡을 들고 가서 자칫 불에 기름을 붓는 일이 되기라도 한다면 사람 꼴만 우습게 될 뿐이다.

"아, 오늘은 그냥 가야겠네요." 아키오는 사과하듯이 말하고 그 자리를 빠져나왔다.

그러자 아키오와 자리를 바꾸듯이 서른 살 남짓한 남자가 갈분떡을 파는 점원에게 다가갔다.

"혹시 핑크색 티셔츠 입은 여자애, 못 보셨어요? 일곱 살 먹은 여자애인데요."

기묘한 질문에 아키오는 발을 멈추고 돌아보았다. 남자는 사진 한 장을 점원에게 보여주고 있었다.

"키는 요만하고 머리는 어깨쯤까지 길어요."

점원은 고개를 갸웃거렸다.

"여자애 혼자였어요?"

"그럴 거예요."

"혼자 나온 여자애는 못 본 거 같아요. 미안해요."

남자는 실망한 기색으로 인사를 건네더니 몸을 돌렸다. 그리고 슈퍼마켓 쪽으로 걸어갔다. 여기저기 똑같은 질문을 하면서 돌아다닐 생각인 것 같았다.

아이를 잃어버린 모양이네, 라고 아키오는 생각했다. 일곱 살짜리 여자애가 이 시간까지 집에 돌아오지 않았다면 걱정이 되어서 역 앞까지 찾으러 나올 만도 하다. 남자는 이 근처에서 사는 사람인 게 틀림없다.

이윽고 버스가 도착했다. 아키오도 줄을 선 사람들을 따라갔다. 버스 안은 사람으로 빼곡히 들어찼다. 가까스로 가죽 손잡이를 확보했을 때는 벌써 아까 본 남자는 까맣게 잊어버렸다.

10여 분을 버스에서 흔들리다가 정류장에서 내려 다시 5분쯤 걸어간다. 일방통행의 도로가 바둑판 눈금처럼 내달리는 주택가였다. 거품경기 때는 30평 남짓한 집 한 채의 가격이 1억 엔까지 뛰었다. 그때 어떻게든 부모를 설득해서 집을 팔았더라면, 하고 아직도 못내 아쉽기만 하다. 1억 엔이 있었다면 간호 서비스가 딸린 실버타운에 아버지 어머니를 나란히 보내드릴 수 있었을 것이다. 남은 돈을 계약금으로 해서 아키오 가족도 그토록 고대하던 내 집을 마련할 수 있었을지도 모른다.

그랬다면 지금 같은 상황은 벌어지지 않았을 것이다. 이제는 아무 쓸데없는 생각이라는 것을 잘 알면서도 아키오는 이따금 그런 생각을 하지 않을 수가 없었다.

아키오가 미처 팔아치우지 못한 집의 대문은 전등이 꺼져 있었다. 녹슨 대문을 열고 들어가 현관문 손잡이를 돌렸다. 하지만 문이 잠겨 있었다. 별일도 다 있다고 생각하면서 자신의 열쇠를 꺼냈다. 문단속 좀 잘하라고 늘 얘기를 해도 야에코는 제대로 자물쇠를 채우는 일이 없었다.

집 안은 유난히 어두웠다. 복도의 불이 꺼져 있었기 때문이다. 대체 뭘 하고 있는 거야, 라고 아키오는 생각했다. 인기척이 전혀 없었다.

신을 벗고 있으려니 바로 옆의 방문이 스윽 열렸다. 흠칫 놀라 아키오는 얼굴을 들었다.

야에코가 느릿느릿 방에서 나왔다. 검은 니트에 청바지를 입고 있었다. 집에 있을 때 그녀는 치마는 거의 입지 않는다.

"늦었네." 축 처진 기색으로 야에코는 말했다.

"전화 끊자마자 회사에서 나왔는데……." 거기까지 말한 참에 아키오의 목소리가 뚝 끊겨버렸다. 야에코의 얼굴을 보았기 때문이다. 안색이 창백하고 눈이 벌겋게 충혈되어 있었다. 그 눈 밑에는 검은 그늘이 생겨서 갑자기 늙어버린 것처럼 보였다.

"⋯⋯무슨 일이야?"

하지만 야에코는 얼른 대답하지 않고 한숨을 한번 내쉬었다. 흐트러진 머리를 쓸어 올리고 두통을 억누르듯이 이마에 손을 짚고 맞은편의 다이닝룸을 가리켰다. "여보, 저쪽이야."

"저쪽이라니?"

야에코가 다이닝룸의 문을 열었다. 그곳도 깜깜했다.

이상한 냄새가 희미하게 떠돌았다. 부엌 환풍기가 돌아가고 있는 건 그 때문이리라. 냄새의 원인을 묻기 전에 아키오는 손으로 더듬더듬 전등 스위치를 켜려고 했다.

"켜지 마!" 작지만 강한 어조로 야에코가 부르짖었다. 아키오는 깜짝 놀라 손을 거둬들였다.

"왜, 왜 그래?"

"정원⋯⋯, 정원 좀 내다봐."

"정원?"

아키오는 가방을 옆의 의자에 내려놓고 정원 쪽으로 난 유리문으로 다가갔다. 커튼이 빈틈없이 꼭 닫혀 있었다. 그는 멈칫멈칫 커튼을 젖혔다.

정원이래야 가까스로 모양새만 갖춘 알량한 것이었다. 일단 잔디도 있고 나무도 심었지만 기껏해야 두 평 남짓한 공간이었다. 오히려 뒷마당 쪽이 자리가 더 널찍했다. 그쪽이 남향이었기 때문이다.

아키오는 시선을 집중했다. 벽돌담 앞에 검은 비닐봉투가 보였다. 이상하네, 하고 생각했다. 요즘에는 검은 비닐봉투를 쓰레기봉투로 쓰는 일은 없다.

"뭐야, 저 봉투?"

그가 묻자 야에코는 식탁에서 뭔가를 집어 들고 말없이 아키오 쪽으로 내밀었다.

손전등이었다.

아키오는 야에코의 얼굴을 보았다. 그녀는 시선을 피했다.

그는 고개를 갸우뚱하고 유리문의 반월형 고리를 내렸다. 문을 열고 손전등의 스위치를 켰다.

불을 비춰 보니 검은 비닐봉투로 뭔가를 덮어놓은 것뿐이었다. 그는 허리를 숙이고 비닐 아래에 있는 것을 들여다보았다.

하얀 양말을 신은 작은 발 한쪽이 보였다. 또 다른 쪽 발에는 작은 운동화가 신겨져 있었다.

몇 초 동안, 아키오의 머릿속은 하얗게 비어버렸다. 아니, 그렇게 긴 시간은 아니었는지도 모른다. 아무튼 그는 정원에 왜 그런 것이 있는지, 그 의미를 선뜻 이해할 수 없었다. 작은 발로 보이는 그것이 정말로 사람의 발인지 어떤지, 그것조차 얼른 믿어지지 않았다.

아키오는 천천히 뒤를 돌아보았다. 야에코와 눈이 마주쳤다.

"저거…… 뭐야?" 목소리가 갈라졌다.

야에코는 입술을 깨물었다. 루주가 완전히 벗겨져 있었다.

"어떤…… 여자애."

"모르는 아이야?"

"응."

"근데 왜 저기에 저러고 있어?"

대답 없이 야에코는 눈을 떨구었다.

아키오는 결정적인 사실을 묻지 않으면 안 되었다.

"살아 있어?"

야에코가 고개를 끄덕여주기를 빌었다. 하지만 그녀는 무표정한 얼굴 그대로 꿈쩍도 하지 않았다.

온몸이 한순간에 뜨거워지는 것을 아키오는 느꼈다. 그러면서도 팔다리는 얼음처럼 차갑게 식었다.

"어떻게 된 거야?"

"나도 몰라. 내가 집에 와보니까 정원에 쓰러져 있었어. 그래서, 남의 눈에 띄면 안 될 거 같아서……."

"그래서 비닐봉투로 덮었다고?"

"응."

"경찰에는?"

"어떻게 경찰에 알려?" 반항적인 눈빛으로 야에코는 아키오를 쏘아보았다.

"하지만 애가 죽었잖아."

"그러니까······." 그녀는 입술을 깨물며 고개를 돌렸다. 고통스러운 듯 얼굴이 일그러져 있었다.

돌연, 아키오는 상황을 이해했다. 아내가 갑작스레 초췌해진 이유도, '남의 눈에 띄면 안 될 거 같아서'라는 말의 의미도 깨달았다.

"나오미는?" 아키오는 물었다. "나오미는 어디 있어?"

"제 방에."

"걔 좀 불러와."

"근데 나오지를 않아."

눈앞이 절망적으로 캄캄해졌다. 소녀의 사체와 아들은 역시 무관한 게 아닌 것이다.

"뭔가 물어봤어?"

"방문 앞에서 잠깐······."

"왜 방 안에 안 들어갔어?"

그래도, 라면서 야에코는 슬쩍 아키오를 올려다보았다. 원망스러운 듯한 눈빛이었다.

"아, 됐어, 됐어. 뭐라고 물어봤는데?"

"저 여자애, 어떻게 된 거냐고······."

"그랬더니 뭐래?"

"시끄럽대. 엄마가 무슨 상관이냐고."

나오미가 내뱉을 만한 말이었다. 그 말을 내뱉을 때의 목소리 느낌까지 아키오는 충분히 상상이 되었다. 하지만 이런 상황에서도 그런 식으로밖에는 말을 못 하는가, 하고 생각하니 그게 내 아들이라는 게 도저히 믿어지지 않는 기분이었다.

"추워……, 문 닫아도 돼?" 야에코가 유리문을 잡으며 말했다. 애써 정원 쪽을 쳐다보지 않으려고 하는 것 같았다.

"정말 죽었어?"

야에코는 말없이 고개를 끄덕였다.

"확실해? 그냥 정신을 잃은 거 아니야?"

"벌써 몇 시간이나 지났어."

"그래도."

"나도 그렇게 생각하고 싶었어, 진짜로." 쥐어짜는 듯한 목소리로 그녀는 말했다. "근데 처음 보자마자 알아버렸어. 당신도 금세 알아봤잖아."

"어떤 상황이었는데?"

"어떤 상황……?" 야에코는 이마에 손을 짚고 그 자리에 쪼그리고 앉았다. "여기가 오줌으로 흥건했어. 그 여자애가 싼 거 같아. 여자애가 눈을 뜬 채로……." 더 이상 말을 이어갈 수 없는 모양이었다. 흐느낌이 새어 나왔다.

이상한 냄새의 이유를 아키오는 깨달았다. 분명 여자애는 이 다이닝룸에서 죽은 것이다.

"피는 안 흘렸어?"

야에코는 고개를 저었다. "안 흘린 것 같아."

"정말이야? 피는 안 흘렸어도 어딘가 상처는 있었을 거 아니냐. 넘어져서 머리를 찧은 흔적 같은 거, 없었어?"

제발 사고였기를 아키오는 빌고 있었다. 하지만 야에코는 다시금 고개를 저었다.

"그런 건 미처 못 봤어. 하지만 아마……, 아마 틀림없이 목이 졸린 것 같아."

가슴에 통증이 내달릴 만큼 심장이 빠르게 뛰었다. 아키오는 침을 삼키려고 했지만 입 안이 바짝 말라 있었다. 목을 조르다니, 누가?

"목이 졸린 것은 어떻게 알았어?"

"그냥 어쩐지 내 짐작에…… 그게, 목이 졸린 사체는 오줌을 흘리는 경우가 있다는 얘기를 어디선가 들어서……."

그건 아키오도 알고 있었다. 텔레비전 드라마에서 보았거나 아니면 소설에서 읽었을 것이다.

손전등이 내내 켜진 채였다. 스위치를 끄고 식탁에 내려놓았다. 그대로 문으로 향했다.

"어디 가?"

"2층에."

당연히 2층에 가지, 그럼 내가 지금 어딜 가겠느냐는 말은 꿀꺽 삼켜버렸다.

일단 복도로 나가 낡아빠진 계단을 올라갔다. 계단의 불도 꺼져 있었다. 하지만 아키오는 스위치를 켤 마음이 전혀 들지 않았다. 어둠 속에서 그저 숨을 죽인 채 가만히 있고 싶었다. 아까 불을 켜지 말라고 부르짖던 야에코의 심정이 고스란히 이해가 되었다.

계단을 올라가서 왼편이 나오미의 방이다. 문틈으로 불빛이 새어 나왔다. 가까이 가자 뭔가 시끄러운 소리가 들려왔다. 아키오는 문을 두드렸다. 대답은 없었다. 그는 한순간 망설인 뒤에 아들 방의 문을 열었다.

나오미는 방 한가운데 책상다리를 하고 앉아 있었다. 아직 어른이 채 되지 않은 몸은 팔다리가 기묘하게 길고 가늘었다. 양손에 들고 있는 건 게임기의 컨트롤러였다. 아들의 눈은 1미터쯤 앞에 있는 텔레비전 화면을 향한 채였다. 아버지가 들어온 것조차 알아차리지 못하는 것 같았다.

"나오미." 아키오는 중학교 3학년 아들을 내려다보며 불렀다.

하지만 나오미는 반응이 없었다. 손가락 끝만 잽싸게 움직일 뿐이었다. 화면에서는 컴퓨터에 의해 만들어진 리얼한 등장인물들이 살육을 거듭하고 있었다.

"나오미!"

아키오가 강한 어조로 부르자 그제야 나오미는 고개를 슬쩍 틀었다. 쳇, 하고 혀를 차는 소리가 들렸다. 에이, 시끄러워, 라고 중얼거린 것 같았다.

"저 아이, 어떻게 된 거야?"

나오미는 대답하지 않았다. 짜증 난다는 듯 손가락만 놀리고 있었다.

"네가 그랬어?"

나오미의 입가가 경련하듯이 움직였다.

"일부러 그런 거 아냐."

"그야 당연하지. 어쩌다 저렇게 됐어?"

"에이, 귀찮아. 나도 몰라."

"모르다니, 그게 말이 돼? 나오미, 똑바로 대답해. 저 아이는 누구야? 어디서 데려왔어?"

나오미의 숨이 거칠어졌다. 하지만 여전히 아무 대답도 하지 않았다. 눈을 크게 뜨고 필사적으로 게임에 빠져들려고 하고 있었다. 그걸로 귀찮은 현실에서 도망치고 싶은 모양이었다.

아키오는 우두커니 선 채 아들의 갈색 머리를 내려다보았다. 텔레비전 모니터에서는 화려한 효과음이며 음악이 흘러나왔다. 캐릭터들의 비명이며 고함 소리도 뒤섞였다.

아들의 손에서 컨트롤러를 빼앗고 싶었다. 텔레비전의 전원을 꺼버리고 싶었다. 하지만 이런 판국에서도 아키오는 차마 그렇게 할 수가 없었다. 이전에 한 번 그랬다가, 나오미가 반 미치광이 상태로 집 안의 물건을 때려 부수는 것을 목격했기 때문이다. 아키오가 힘으로 잡아 넘어뜨리려고 했더니 도리어 맥주병을 들고 덤벼들었다. 아들이 휘두른 맥주병이 아키오의 왼편 어깨에 맞았다. 덕분에 거의 2주일 동안 왼팔을 쓰지 못했다.

아키오는 아들의 침대 옆을 보았다. DVD며 만화 잡지가 산더미처럼 쌓였다. 순진한 얼굴의 앳된 소녀가 음란한 포즈를 취하고 있는 표지가 보였다.

등 뒤에서 소리가 났다. 돌아보니 야에코가 복도에서 얼굴을 내밀고 있었다.

"얘, 아가, 엄마랑 아빠한테 얘기 좀 해봐. 제발 부탁이야."

아들한테 애교를 부리는 것도 아니고, 아가는 무슨 얼어 죽을 아가인가. 아키오는 불끈 화가 났다.

그래도 아들이 아무 말이 없자 야에코는 안으로 들어와 아들 뒤에 앉았다. 오른쪽 어깨를 살짝 잡으며 말했다. "얘, 제발. 어떻게 된 건지 얘기 좀 해봐. 게임은 이제 그만하고."

그녀는 아들의 어깨를 가볍게 흔들었다. 그러자 모니터에 뭔가 폭발하는 듯한 화면이 떴다. 에이씨, 라고 나오미는 소리를 내질렀다. 게임 오버가 된 모양이었다.

"뭐야, 꺼졌잖아!"

"나오미, 그만 좀 해! 지금 무슨 일이 났는지 알기나 해?"

저도 모르게 아키오가 고함을 치자 나오미는 손에 들고 있던 컨트롤러를 바닥에 내팽개쳤다. 입을 삐뚜름하게 틀고 아버지를 노려보고 있었다.

"앗, 얘, 그러면 안 돼. 당신도 그렇게 큰소리 내지 말고." 야에코는 나오미를 달래듯이 양쪽 어깨를 붙잡고, 아키오 쪽을 올려다보았다.

"어떻게 된 건지 얘기를 하라는 거잖아. 저렇게 놔두면 일이 그냥 끝날 줄 아는 거야?"

"시끄럽네. 아빠가 무슨 상관이야."

그거 말고는 도대체 아는 단어가 없는가, 하고 아키오는 흥분한 상태로 머리 한 귀퉁이에서 생각했다. 정말 어처구니가 없을 만큼 바보 멍텅구리였다.

"알았어. 그럼 아무 말 안 해도 돼. 경찰서로 가자."

그의 말에 어머니와 아들은 동시에 바짝 굳어버렸다.

야에코가 눈을 치떴다. "여보……!"

"아니, 얘가 이렇게 나오는데, 어쩔 수가 없잖아."

"웃기고 있네!" 나오미가 난폭하게 나왔다. "내가 왜 그런 데를 가? 안 가, 나는!" 곁에 있던 텔레비전 리모컨을 움켜쥐더니 아키오를 향해 내던졌다. 아키오가 몸을 피하자 리모컨은 벽을 때리고 떨어졌다. 리모컨 안에 있던 건전지가 튀어나와 투두둑 흩어졌다.

"얘, 아가, 진정해, 제발 가만히 있어." 야에코는 끌어안다시피 나오미의 팔을 붙잡았다. "그래, 안 가도 돼. 경찰서 같은 데는 안 가도 돼."

"당신, 그게 무슨 소리야? 지금 그럴 상황이 아니잖아. 적당히 둘러대서 우선 당장 애를 달래봤자 아무 소용 없어. 어차피 언젠가는……."

"당신은 아무 말 하지 마!" 야에코가 외쳤다. "당신은 일단 나가 있어. 내가 물어볼게. 내가 다 물어본다고."

"나는 미성년자야! 미성년자가 한 일은 부모한테 책임이 있어! 나는 모른다고!"

어머니의 몸이 보호막이 된 상태에서 나오미는 그렇게 소리를 내지르며 아키오를 노려보았다. 그 얼굴에 반성이나 후회의 빛이라고는 털끝만큼도 없었다. 어떤 경우든 자신은 아무 잘못이 없고 모두 다 주위 사람들 탓이라고 떼를 써왔던 바로 그 얼굴이었다.

더 이상 말해봤자 나오미가 마음을 열어줄 것 같지 않았다.

"네 엄마한테 전부 다 얘기해." 그 말만 던져놓고 아키오는 방을 나왔다.

5

계단을 내려와 다이닝룸이 아니라 복도를 끼고 맞은편 쪽의 작은 방으로 들어갔다. 아키오가 집에 돌아왔을 때 야에코가 앉아 있다가 나온 방이다. 텔레비전과 탁자, 작은 장식장밖에 없는 살풍경하고 좁은 방이지만 그가 이 집에서 유일하게 침착해질 수 있는 장소였다. 야에코도 이 방에서 불안한 마음을 가라앉히려고 했을 것이다.

다다미 바닥에 양 무릎을 꿇고 탁자에 한 손을 얹었다. 그 사체를 좀 더 자세히 살펴봐야 한다고 생각하면서도 납덩어리를 매단 것처럼 온몸이 무거웠다. 한숨조차 나오지 않았다.

나오미가 꽥꽥거리는 소리는 들려오지 않았다. 모든 것을 털어놓도록 야에코가 단단히 다그치고 있을까.

아니, 항상 하던 대로 서너 살 먹은 아이의 비위를 맞추듯이 살살 달래고 있을 게 틀림없다. 나오미는 어렸을 때부터 걸핏하면 떼를 쓰는 성격이었기 때문에 어느새 비위를 맞춰주는 게 야에코의 육아법이 되어버렸다. 아키오는 영 못마땅했지만 육아의 대부분을 아내에게 내맡겨둔 처지에 이러니저러니 토를 달 수는 없었다.

그나저나 대체 무슨 일이 있었는가.

하지만 전혀 짐작도 못 하는 건 아니었다. 나오미가 어떤 짓거리를 했는지 아키오는 막연하게나마 머릿속에 그릴 수 있었다. 두어 달 전에 야에코에게서 들은 이야기가 있었기 때문이다.

그날 저녁, 야에코가 시장에 갔다 왔더니 나오미가 이웃집 여자애와 정원 쪽의 다이닝룸 문턱에 나란히 앉아 있었다. 나오미는 컵을 들고 여자애에게 뭔가 마시게 하려던 참이었다. 하지만 야에코를 보자마자 컵에 든 것을 정원에 쏟아버리고 여자애를 집에 돌려보냈다. 그것뿐이라면 별문제가 없다. 하지만 야에코가 그 뒤에 살펴보니 술병에 손을 댄 흔적이 있었다.

여자애에게 술을 먹이고 못된 짓을 하려고 했나, 라고 야에코는 말했다.

설마, 하고 아키오는 웃었다. 농담으로 넘겨버리고 싶었다. 하지만 그런 그에게 야에코는 심각한 얼굴로 말했다. 나오미가 어린 여자애를 좋아하는 취향이 있는 것 같다는 것이었다.

"집 앞으로 여자애가 지나가면 한참을 쳐다보고 있는 거야. 그리고 지난번 친척 장례식 때, 나오미가 유난히 에리카 옆으로 가려고 했잖아. 이제 겨우 초등학교에 들어간 여자애인데. 이상하지 않아?"

아닌 게 아니라 야에코가 들려준 이야기에는 나오미의 이상한 성향이 감지되는 대목이 많았다. 하지만 아키오는 대처할 방법이 하나도 생각나지 않았다. 아니, 그보다 사고思考가 제자리에서 헛돌고 있었다고 해야 옳을 것이다. 너무도 뜻밖의 이야기를 듣고 그 스스로가 혼란에 빠져버렸던 것이다. 어떻게든 대처해야 한다는 생각보다는 그 짐작이 부디 착각이기를 원하는 마음이 더 강했다.

"우선 좀 더 두고 볼 수밖에 없잖아?" 고심 끝에 내놓은 아키오의 대답이 그것이었다.

야에코가 그 대답에 만족했을 리 없다. 그래도 한참이나 침묵한 뒤에 "그래, 하긴 그렇다"라고 중얼거렸다.

그날 이후, 아키오는 되도록 아들의 상태를 살펴보기로 했다. 하지만 그가 보는 한에서는 나오미에게 유아 성애 같은 게 있다고는 생각되지 않았다. 물론 그가 아들의 모든 것을 지켜보았다고는 도저히 말할 수 없었다. 애초에 얼굴을 마주할 일이 너무 적었던 것이다. 아키오가 집을 나설 때 나오미는 아직 이불 속에 있었고, 회사에서 돌아왔을 때는 이미 제 방에 틀어박혀 있었다. 토요일이나 일요일 식사 때가 한 공간에서 마주하는 유일한 시간이었다. 그때도 나오미는 최대한 아버지 얼굴을 보지 않으려 했고, 어쩔 수 없이 대화를 해야 할 때에도 최소한 짧은 말로 끝내버리려고 했다.

나오미가 언제부터 그런 식이 되었는지, 아키오는 정확하게 알지 못했다. 다소 감정의 기복이 심하기는 했지만 초등학생 때는 부모 말을 곧잘 들었고 나무라면 반성을 하는 순진함도 있었다. 그런데 언제부터인지 아키오가 감당할 수 없는 존재가 되어버렸다. 뭔가 주의를 줘도 전혀 무반응이고 거기에 화가 나서 좀 심하게 나무라면 흥분해서 거칠게 날뛰었다.

아키오는 아들과 접촉하는 기회를 되도록 줄이기로 했다. 머지않아 반항기도 지나갈 것이라고 생각하면서 우선 당장 편한 대로 낙관적인 기대만 품었다.

야에코에게서 그런 이야기를 들었을 때도 아들에게 이변이 일어나고 있다면 어떻게든 일찌감치 그 싹을 잘라줘야 한다, 라는 적극성 따위는 없었다. 오히려 뭔가 문제가 발생하고 있다고 해도 내 눈앞에서만은 그런 기척을 느끼지 않게 해달라고 빌었다.

그때 어떻게든 손을 썼더라면, 이라고 아키오는 허망한 후회를 했다. 하지만 그때 어떤 대책을 세웠어야 한단 말인가.

삐그덕 하고 나무 바닥이 울리는 소리가 났다. 야에코가 계단을 내려오는 길이었다. 입을 반쯤 벌린 채 멀거니 아키오를 보면서 아내는 방으로 들어섰다.

그녀는 자리에 털썩 주저앉더니 긴 한숨을 내쉬었다. 얼굴이 조금 붉어져 있었다.

"얘기했어?" 아키오는 말했다.

야에코는 남편에게 옆얼굴을 보인 채 고개를 끄덕였다.

"뭐래?"

입을 열기 전에 야에코는 침을 꿀꺽 삼켰다.

"목을, 졸랐대⋯⋯."

아키오는 저도 모르게 눈을 질끈 감았다. 예상은 했지만 그래도 만에 하나, 뭔가 잘못 안 것이기를 간절히 상상하고 있었던 것이다.

"어떤 집 아이야?"

그녀는 고개를 저었다.

"나오미도 모른대."

"그럼 어디서 데려왔어?"

"길에서 그냥 우연히 만난 아이래. 그리고 나오미가 데려온 게 아니라 그 애가 먼저 따라왔대."

"말이 되는 소리를 해야지. 그런 말을 어떻게 믿어?"

"믿기지는 않지만 그래도⋯⋯." 그녀는 뒷말을 삼켜버렸다.

아키오는 주먹을 움켜쥐고 탁자를 내리쳤다.

나오미는 적당한 사냥감을 찾아 길거리를 돌아다녔는지도 모른다. 아니면 좋아하는 타입의 소녀를 우연히 발견한 순간, 가슴속에 똬리를 틀고 있던 마성이 눈을 떴는지도 모른다. 어느 쪽이건 틀림없이 녀석 쪽에서 먼저 접근했을 터였다. 요즘은 어떤 부모든 어린 딸에게 낯선 사람은 절대 따라가면 안 된다고 평소부터 단단히 가르치기 때문이다. 어린애들이 험한 꼴을 당하는 일이 많은 세상이고 보니 어떤 부모든 신경이 날카로워져 있는 것이다.

하지만 설마, 다른 사람도 아닌 내 아들이 그런 험한 짓을 하는 악마가 될 줄이야…….

나오미가 그럴싸한 말로 소녀의 마음을 사로잡으려 하는 모습이 아키오의 머릿속에 그려졌다. 제 마음에 드는 상대를 대할 때, 제가 원하는 것을 들어달라고 할 때, 녀석이 놀랄 만큼 상냥한 말투를 쓴다는 것을 아키오는 잘 알고 있었다.

"왜 목을 조른 거야, 대체!"

"함께 재미있게 놀려고 했는데 여자애가 말을 들어주지 않으니까 그냥 잠깐 위협만 할 마음으로 목을 잡았대. 죽일 생각은 전혀 없었대."

"놀다니…… 중학생이 그런 어린 여자애하고 뭘 하고 논단 말이야?"

"나도 모르지, 그건."

"안 물어봤어?"

야에코는 입을 다물었다. 그런 걸 어떻게 물어보겠느냐고 옆얼굴로 말하고 있었다.

아키오는 그런 아내를 노려보며 어차피 물어볼 필요도 없다고 생각했다. 텔레비전 뉴스 방송에서 간간이 귀에 들어오던 "어린 소녀를 성추행하려고"라는 말이 생각났다. 하지만 그 '성추행'의 내용에 대해 상세히 생각해본 적은 없었다. 지금 이런 상황에서도 그런 건 생각조차 하고 싶지 않았다.

하지만 "그냥 잠깐 위협만 할 마음으로"라는 말이 사실이 아니라는 건 충분히 짐작할 수 있었다. 본성을 고스란히 드러낸 나오미 앞에서 여자애는 저항하며 비명을 질렀을 것이다. 그것을 막기 위해 나오미는 소녀의 목에 손을 댔다. 살짝 한 게 아니라 최대한 힘을 줬기 때문에 소녀는 그만 숨을 거두고 만 것이다.

"어디서 죽였어?"

"다이닝룸……."

"왜 하필 그런 데서?"

"같이 주스를 마시려고 했대."

그 주스에 술이든 뭐든 넣을 속셈이었을 것이라고 아키오는 짐작했다.

"그래서, 죽인 다음에 어떻게 했대?"

"여자애가 오줌을 흘려서…… 바닥이 더러워질까 봐 정원 쪽으로 밀어냈대."

그래서 다이닝룸에 이상한 냄새가 떠돌았던 모양이다.

"……그러고는?"

"그것뿐이야."

"그것뿐?"

"어떻게 해야 할지 몰라서 제 방으로 올라갔다고 하더라고."

아키오는 현기증을 느꼈다. 이대로 정신을 잃을 수만 있다면 얼마나 편안할까, 하고 생각했다. 어린 소녀를 죽여놓고 나오미가 걱정한 건 고작 바닥이 더러워지는 것뿐이었다니…….

하지만 나오미의 머릿속을 전혀 이해하지 못하는 건 아니었다. 오히려 그 순간 아들의 심경이 어땠을지, 아키오는 손에 잡힐 듯 추측할 수 있었다. 나오미는 일이 귀찮게 되었다고 생각하고 그 귀찮은 일에서 도망치기 위해 무작정 제 방에 틀어박힌 것이다. 나중 일 따위, 고민하지도 않았을 것이다. 여자애의 사체를 그렇게 놔두면 분명 아버지나 엄마가 어떻게든 해결해 줄 거라고 생각하고 있는 것이다.

작은 장식장 위에 전화기가 놓여 있었다. 아키오는 거기에 손을 내밀었다.

"여보, 뭐 하려고!" 야에코가 목소리를 높였다.

"경찰에 전화할 거야."

"여보……."

전화기를 든 아키오의 팔에 그녀가 매달렸다. 아키오는 그 손을 뿌리쳤다.

"어쩔 도리가 없어. 이건 어떻게도 돌이킬 수 없는 일이야. 저래서야 아무리 봐도 여자애는 다시 살아날 수가 없어."

"아니, 그래도 안 돼. 나오미는 어쩌라고?" 야에코는 포기하지 않고 다시 매달렸다. "나오미의 장래는 어떻게 돼? 살인자라는 딱지를 달고 평생을 살아가야 한단 말이야."

"어쩔 수 없어. 제가 저지른 일이니 죗값을 치러야지."

"당신은 그래도 괜찮아?"

"괜찮지는 않아. 하지만 그거 말고 무슨 방법이 있다는 거야? 그나마 자수를 하면 아직 미성년자니까 갱생할 기회도 주어질 거야. 얼굴도 이름도 발표되지 않아."

"그런 거, 다 거짓말이야!" 그녀의 눈이 험악하게 번들거렸다. "신문 같은 데 안 나오더라도 이 일은 평생 따라다니게 돼. 애가 앞으로 제대로 살 수 있겠어? 틀림없이 끔찍한 인생이 될 거야. 모든 게 엉망진창이 된다고!"

이미 내 인생은 끔찍하고 모든 게 엉망진창이라고 아키오는 말하고 싶었다. 하지만 그런 말을 입에 올릴 기력도 없어서, 그는 전화기 버튼을 누르려고 했다.

"안 돼, 전화하지 마."

"그만 포기해."

맹렬히 달려드는 야에코의 가슴을 아키오는 툭 밀쳐냈다. 그녀는 뒤로 넘어져 장식장에 어깨를 부딪혔다.

"이제 다 끝났어." 아키오는 말했다.

야에코는 멍한 얼굴로 남편을 노려보더니 갑자기 장식장 서랍을 열었다. 손을 안에 넣어 더듬더듬 찾더니 뭔가를 꺼내 들었다. 그것이 끝이 뾰족한 가위라는 것을 깨닫고 아키오는 헉

숨을 삼켰다.

"무슨 짓이야!"

그녀는 가위를 움켜쥐고 그 끝을 자신의 목에 들이댔다.

"여보, 부탁이야. 전화하지 마."

"대체 왜 이래, 당신 돌았어?"

가위를 겨눈 채, 그녀는 강하게 고개를 저었다.

"그냥 위협하는 거 아니야. 나, 정말로 죽을 거야. 그 애를 경찰에 내줄 거면 차라리 이대로 죽는 게 나아. 뒷일은 당신한테 전부 맡길게."

"관둬! 가위 치워!"

하지만 야에코는 이를 악문 채 자세를 바꾸지 않았다.

이건 완전 싸구려 드라마 아닌가, 하고 아키오는 문득 생각했다. 살인이라는 심각한 현실이 얽힌 일만 아니라면 그는 아내의 너무도 연극적인 행동에 실소를 흘렸을지도 모른다. 설마하니 이런 상황에서 그녀가 스스로에게 도취된 것이라고는 생각되지 않지만, 지금까지 봐온 텔레비전 드라마나 소설을 통해 그녀가 이런 행동을 생각해낸 건 틀림없어 보였다.

야에코가 정말 죽을 각오인지 아닌지, 아키오는 정확히 파악할 수 없었다. 하지만 실제로 죽을 생각이 아니었더라도 그것을 들켜버린 것에 분이 나서 충동적으로 목을 찔러버리는 것만은 피해야 한다.

"알았어. 전화기 내려놓을 테니까 당신도 그 가위 치워."

"아니, 내가 가위 치우자마자 전화할 거잖아."

"글쎄, 안 한다니까!" 아키오는 전화기를 제자리에 돌려놓았다.

하지만 믿을 수 없다는 듯 야에코는 가위를 내려놓으려고 하지 않았다. 의심이 가득 담긴 눈빛을 남편에게로 향하고 있었다. 아키오는 한숨을 내쉬며 방바닥에 책상다리를 하고 앉았다.

"그럼 대체 어쩌자는 거야. 이대로 그냥 넘어갈 수 있는 일이 아니잖아."

하지만 야에코는 대답하지 않았다. 이대로는 어쩔 도리가 없다는 건 그녀도 잘 알고 있었다. 지금쯤 죽은 여자애 집에서도 애를 찾느라 난리가 났을 것이다.

그렇게 생각했을 때, 역 앞에서 본 남자가 퍼뜩 떠올랐다. 어린 딸을 찾고 다니던 남자였다.

"여보, 혹시 그 여자애가 입은 옷, 봤어?"

"옷?"

"핑크색 티셔츠 입고 있지 않았어?"

아, 라는 소리를 흘린 뒤에 야에코는 머리를 가로저었다.

"티셔츠인지는 모르겠지만, 핑크색이었어. 그게 왜?"

아키오는 머리에 손가락을 찔러 넣어 벅벅 긁었다. 그리고 역 앞에서 본 일을 야에코에게 말해주었다.

"그 사람이 아마 아버지일 거야. 그때 하는 걸로 봐서는 벌써 경찰에도 신고했을 거야. 경찰이 이 근처를 순찰하면 금세 들켜버려. 어차피 피할 수 없는 일이야." 그러나저러나, 라고 아키오는 말을 이었다. "그 사람이 찾던 딸아이가 우리 집에 있다니. 게다가 저런 참혹한 모습으로……."

얼굴까지 쳐다보지는 않았지만 갈분떡을 파는 점원에게 딸의 행방을 묻던 그 남자의 등에는 필사적인 느낌이 감돌았다. 지금껏 딸아이를 보물처럼 애지중지 키워왔으리라. 그런 것을 생각하니 너무도 미안한 마음에 아키오는 가슴이 미어지는 것 같았다.

야에코는 아직도 가위를 양손으로 움켜쥐고 있었다. 그 모습으로 뭔가 중얼거렸다. 목소리가 작아서 들리지 않았다.

"응? 뭐?" 아키오가 물었다.

그녀는 얼굴을 쳐들고 말했다. "내다 버리자."

"뭐라고?"

"저 애……" 침을 삼키고 야에코는 말을 이었다. "저 애, 당신이 어딘가에 내다 버리고 와. 나도 도와줄 테니까."

부탁이야, 라고 말하며 그녀는 마지막에는 바닥에 엎드려 머리를 숙였다.

아키오는 크게 숨을 토해냈다.

"당신, 진심으로 하는 소리야?"

야에코는 엎드린 채 움직이지 않았다. 남편이 동의할 때까지 그대로 돌이라도 될 작정인 것 같았다.

아키오는 신음을 내뱉었다. 신음 소리 끝에 "말도 안 되는 짓이야, 그건"이라고 뒤를 이었다.

야에코의 등이 가늘게 떨렸다. 하지만 여전히 얼굴을 들려고 하지 않았다.

말도 안 되는 소리야…….

아키오는 입 속에서 되풀이했다. 하지만 그렇게 중얼거리면서 실은 자신도 아내가 그런 제안을 해주기를 기다렸다는 자각이 들었다. 그 생각은 처음부터 머리 한 귀퉁이에 들러붙어 있었지만 아키오는 애써 외면하며 생각하지 않으려고 도리질을 쳤었다. 생각하기 시작하면 당장 그 유혹에 넘어가고 말 것 같아서 두려웠던 것이다.

그런 짓을 어떻게 한단 말인가, 게다가 우리 생각대로 풀려나갈 리가 없다, 도리어 점점 더 막다른 길로 떠밀려갈 뿐이다……. 이성적인 반론이 머릿속을 맴돌고 있었다.

"어차피……." 야에코가 엎드린 채 말했다. "어차피 우리는 끝장났어. 나오미를 자수시킨다고 해도 우리가 제대로 살아갈 수 있을 거 같아? 우리는 자식을 그런 아이로 키운 죄를 두고 두고 갚아야겠지. 자수를 시켜봤자 어느 누구도 우리를 용서

해주지 않아. 우리는 모든 걸 다 잃을 거야."

마치 독경처럼 억양이 없는 말투였다. 혼란이 극에 달해서 말에 감정을 싣는 것조차 불가능한 모양이었다.

하지만 그녀가 하는 말이 사실인지도 모른다. 아니, 아마도 그 말 그대로일 거라고 아키오는 생각했다. 나오미를 자수시킨다 해도 자신들이 남들에게 조금이라도 동정을 받을 여지 따위는 전혀 없었다. 살해된 여자애에게는 아무런 죄도 없는 것이다.

"내다 버리다니, 어떻게 내다 버려? 안 돼." 아키오는 말했다. 이 말이 중대한 한 걸음이라는 건 그도 잘 알고 있었다. 어떻게 내다 버리느냐는 말은 거절과는 명백히 다른 말인 것이다.

"왜 안 돼?" 그녀가 물었다.

"무슨 수로 들고 가? 멀리까지 나갈 방법도 없어."

아키오는 운전면허증은 있지만 자동차는 없었다. 오래된 이 집에 주차 공간이 없다는 게 중요한 이유였다. 그리고 야에코는 차가 없어서 답답할 때가 있었겠지만 아키오는 그다지 차의 필요성을 느낀 적이 없었다.

"그럼 어딘가에 숨겨둔다든가……."

"숨겨두다니, 여기 이 집에?"

"잠시만 숨겨두자는 거야. 그런 다음에 천천히 처리하면 되잖아."

야에코의 말이 끝나기도 전에 아키오는 고개를 가로저었다.

"안 돼. 역시 안 돼. 그 여자애하고 나오미가 함께 있는 걸 누군가 봤을지도 모르잖아. 만일 그렇다면 경찰은 당장 우리 집에 찾아올 거야. 집 안도 샅샅이 조사할 거라고. 사체가 발견되면 그때는 어떻게도 변명을 못 해."

아키오는 다시 장식장 위의 전화기에 눈을 돌렸다. 무의미한 말다툼을 하고 있다는 마음이 들었다. 경찰이 여기로 찾아올 정도라면 사체가 집 안에서 발견되든 외부에서 발견되든 상황은 똑같은 것이다. 그들의 의심을 떨쳐낼 자신이 전혀 없었다.

"오늘 밤 안으로 옮기면 어떻게든 될지도 몰라." 야에코가 입을 열었다.

"오늘 밤에?"

그녀가 얼굴을 들었다.

"먼 곳이 아니더라도 어딘가 다른 곳에 옮기기만 하면……다른 곳에서 죽은 것처럼 꾸며서."

"다른 곳이라니?"

"그건……." 야에코는 대답을 내놓지 못한 채 고개를 떨구었다.

그때 아키오의 등 뒤에서 희미하게 옷이 스치는 소리가 났다. 흠칫 놀라 아키오는 뒤를 돌아보았다.

복도에 드리운 그림자가 움직이고 있었다. 어머니가 일어난 모양이었다. 박자가 어그러진 콧노래가 들려왔다. 옛날 동요인 것 같은데, 아키오는 제목을 알지 못했다. 화장실 문이 열리고 안으로 들어가는 기척이 났다.

"어휴, 이런 때에……." 얼굴을 찡그리며 야에코가 중얼거렸다.

아키오와 야에코가 침묵하는 가운데, 곧이어 화장실 물을 내리는 소리가 들렸다. 문이 열리고 닫히는 소리. 그리고 맨발로 복도를 걸어가는 철떡철떡 하는 소리가 한 발 한 발 멀어져 갔다.

물이 흐르는 소리는 계속 이어졌다. 안방 장지문이 닫히는 것과 동시에 야에코가 자리에서 벌떡 일어섰다. 복도로 나가 화장실 문을 연다. 그러자 물소리가 멎었다. 어머니가 또 세면대 수도꼭지를 틀어놓은 채 나온 모양이었다. 노상 있는 일이었다.

타앙, 큰 소리를 내며 야에코는 화장실 문을 닫았다. 아키오는 그 소리에도 움찔 놀랐다.

야에코는 벽에 기대어 그대로 무너지듯이 복도에 쪼그리고 앉았다. 양손으로 얼굴을 가리고 한숨만 내쉬었다.

"왜 저러시는지 몰라. 진짜 죽고 싶다."

그게 내 탓이야? 목구멍까지 나오려던 그 말을 아키오는 꿀꺽 삼켰다.

그는 다갈색으로 변한 다다미 바닥에 눈을 떨구었다. 그 다다미가 아직 푸릇푸릇 새것이던 무렵의 일이 생각났다. 아키오가 고등학교를 갓 졸업했을 때였다. 아버지는 그렇게 뼈 빠지게 일하면서 겨우 이런 조그만 집밖에 짓지 못하는 건가…… 그런 식으로 내심 아버지를 경멸했었다.

하지만, 이라고 아키오는 생각했다. 나는 과연 무엇을 해낸 것일까. 하찮게만 여겼던 그 작은 집에 다시 들어와 살고 있고, 제대로 화목한 가정조차 만들지 못했다. 그것뿐이라면 그나마 다행이지만 남의 가정까지 불행하게 만들고 말았다. 그 요인을 키워내고 말았다.

"공원은 어떨까……." 아키오가 말했다.

"공원?"

"저기 은행나무 공원."

"거기에 사체를?"

"응."

"그냥 거기에 갖다 놓으려고?"

"아니." 아키오는 고개를 저었다. "그 공원에 공중화장실 있지? 거기 한 칸에 숨겨두면 될 것 같은데."

"화장실에……."

"거기라면 발견되는 걸 늦출 수 있을 거야."

"그래, 거기 괜찮겠다." 야에코가 네 발로 기어 방 안으로 들어왔다. 남편의 얼굴을 지그시 들여다본다. "언제 옮겨야 해?"

"한밤중에. 2시쯤…… 이면 될까?"

아키오는 장식장 위의 시계를 보았다. 아직 8시 반을 조금 넘어선 참이었다.

붙박이장에 접어서 넣어둔 골판지 상자를 꺼내 왔다. 석 달 전에 건조기를 사면서 받아둔 상자였다. 전자제품점에서 설치를 해주러 왔을 때, 상자는 그냥 두고 가라고 했었다. 안 쓰는 방석을 넣어두기에 딱 좋겠다고 야에코가 말했기 때문이다. 결국 그 상자는 쓰지 않고 넣어두었지만, 이런 일에 쓰이게 될 줄은 꿈에도 생각하지 못했다.

아키오는 상자를 들고 정원으로 내려섰다. 접힌 상자를 다시 펼친 뒤, 검은 비닐봉투를 덮어놓은 소녀의 사체 옆에 대고 크기를 가늠해보았다. 얼핏 보기에는 딱 맞게 들어갈 것 같았다.

아키오는 다시 상자를 접어 방으로 돌아왔다. 야에코는 식탁 의자에 앉아 두 손으로 머리를 잡고 있었다. 흐트러진 머리칼이 얼굴로 흘러내려서 어떤 표정인지는 잘 보이지 않았다.

"어때?" 그 자세 그대로 그녀가 물었다.

"들어갈 것 같아."

"아직 안 넣었어?"

"아직 시간이 이르잖아. 괜히 정원에서 부스럭거리다가 남의 눈에 띄기라도 하면 안 좋아."

야에코의 머리가 슬쩍 움직였다. 시계를 쳐다본 모양이었다. 하긴 그렇다, 라고 갈라진 목소리로 대답했다.

아키오는 목이 말랐다. 맥주라도 마시고 싶었다. 아니, 좀 더 강한 술이라도 좋다. 얼근하게 취해서 이 묵직한 고통에서 해방되고 싶었다. 하지만 지금 술에 취할 수는 없었다. 이제부터 중대한 일거리를 처리하지 않으면 안 되는 것이다.

그는 담배에 불을 붙였다. 연달아 연기를 빨아들였다.

"나오미는 뭐 하고 있어?"

야에코는 짧게 고개를 저었다. 모르겠어, 라는 뜻인 모양이다.

"올라가서 대체 뭐 하는지 좀 들여다봐."

야에코는 후유 하고 기나긴 한숨을 쉬고 가까스로 얼굴을 들었다. 눈 주위가 빨개져 있었다.

"지금은 그냥 가만 내버려둬."

"그래도 자세한 이야기를 들어봐야 할 거 아냐."

"뭘 물어보려고?" 아내는 얼굴을 찡그렸다.

"여자애하고 함께 있는 걸 누구 본 사람은 없었는지, 그런저런 거, 다 알아둬야지."

"그딴 거, 이제 새삼 물어봤자 별수도 없잖아."

"아니, 아까도 내가 말했지. 누군가 본 사람이 있었다면 금세 경찰에 그런 얘기가 들어가게 돼. 그러면 형사가 찾아와서 나오미에게 꼬치꼬치 캐물을 거란 말이야. 그때 가서야 허둥거려봤자 때늦은 일이야."

"형사가 와도……." 야에코는 검은 눈동자만 비스듬히 아래로 떨구었다. "나오미하고 얘기하는 건 안 된다고 할 거야."

"그런 게 통할 거 같아? 괜히 더 수상하게 생각하지."

"그럼 나오미한테 아무것도 모른다고 대답하라고 하면 돼. 여자애 같은 건 모른다고 계속 버티면 형사도 더 이상 어떻게 못 하겠지."

"그렇게 간단히 끝날 줄 알아? 만일 목격자가 나오미가 틀림없다고 주장하면 어쩔 거야. 경찰은 그리 쉽게 물러서지 않아. 게다가 혹시 나오미가 여자애하고 있을 때 누군가 말을 붙인 사람이라도 있었다면 어떻게 하지? 혹시 말을 걸어왔고 대답도 했었다면 어떻게 하느냐고. 일일이 다 둘러댈 수가 없어."

"그런 식으로 혹시, 혹시, 하는 얘기를 해봤자 무슨 소용이 있어?"

"그러니까 나오미한테 분명하게 얘기를 들어둬야 한다는 거야. 누구를 마주치지는 않았는지, 그것만이라도 정확히 알아야 할 거 아냐."

76

아키오의 말이 옳다고 생각했는지 야에코는 입을 꾹 다물었다. 그리고 무표정한 얼굴로 느릿느릿 자리에서 일어섰다.

"어디 가는데?"

"2층에. 나오미한테 물어보고 올게. 누군가 마주친 사람은 없었느냐고."

"여기로 내려와서 말하라고 해."

"꼭 그럴 것까지는 없잖아? 나오미도 지금 충격이 클 텐데."

"그렇다면 더더욱······."

아키오가 말하는 것을 무시하고 야에코는 다이닝룸을 나갔다. 슬리퍼 끄는 소리를 내며 복도를 걸어간다. 하지만 계단을 올라가면서 그 발소리가 갑자기 작아졌다. 나오미를 자극하지 않으려고 조심하는 모양이었다. 대체 언제까지 제 자식 비위를 맞춰주면서 살아야 속이 시원하려나, 하고 아키오는 모든 게 지긋지긋하기만 했다.

담뱃불을 짓이기듯 비벼 끄고 자리에서 벌떡 일어나 냉장고 문을 열었다. 캔 맥주를 꺼내 선 채로 들이켰다.

발치에 슈퍼마켓 봉투가 놓여 있었다. 야에코는 슈퍼에서 돌아오는 길에 소녀의 사체를 발견한 것이리라. 반쯤 넋이 나가서 사 온 것을 냉장고에 집어넣는 것도 잊어버린 모양이었다.

봉투에는 채소와 다진 고기가 들어 있었다. 또 햄버거를 만

들려고 했던 모양이다. 나오미가 가장 좋아하는 요리다. 그 밖에 팩에 든 반찬이 있었다. 나물 몇 가지다. 야에코는 벌써 몇 달째 남편을 위한 요리는 하지 않았다. 매번 슈퍼마켓에서 사온 반찬으로 때우는 것이다.

발소리가 들려왔다. 문을 열고 야에코가 들어섰다.

"뭐래?" 아키오는 물었다.

"마주친 사람은 없었대." 그녀는 의자에 앉았다. "그래서 혹시 형사가 와서 뭔가 물어보면 그냥 아무것도 모른다고 대답하라고 했어."

아키오는 맥주를 꿀꺽꿀꺽 마셨다.

"형사가 우리 집에 찾아온다는 건 뭔가 근거가 있기 때문이야. 그런데 아무것도 모른다고만 해서는 통할 리가 없어."

"통하든 말든 아무것도 모른다고 버티는 수밖에 없잖아."

아키오는 흥 하고 코를 울렸다.

"나오미가 그런 걸 할 수 있겠냐고."

"그런 거라니?"

"형사를 상대로 끝까지 거짓말을 하는 거 말이야. 형사라는 건 보통 사람들하고는 달라. 살인자를 여러 명 겪어보고 그런 자들을 전문으로 취조해온 게 형사야. 그런 형사가 쓰윽 노려보면 나오미 같은 건 한 방에 오그라들어. 우리한테는 제멋대로 성깔을 부리지만 걔가 사실은 배짱이라곤 쥐뿔도 없는 겁쟁이라는 거, 당신도 알잖아?"

야에코는 대답하지 않았다. 남편의 말이 맞는다고 생각했을 것이다.

"애가 저렇게 된 건 당신이 늘 어리광을 받아주기 때문이야."

"내 탓이라는 거야?" 야에코는 눈을 치떴다.

"당신이 뭐든 해달라는 대로 다 해주니 애가 도무지 참을성이 없잖아."

"말은 잘하시네. 당신은 아무것도 안 하고, 조금이라도 귀찮은 일이 생기면 항상 모르는 척 피하기만 했으면서."

"내가 언제 모르는 척했어?"

"모르는 척 피해버렸잖아. 6학년 때 일, 생각 안 나?"

"6학년 때?"

"거봐, 벌써 다 잊어버렸지? 나오미가 따돌림을 당했을 때 말이야. 당신은 나오미만 자꾸 혼을 냈지? 사내라면 가만히 당하지만 말고 대들라느니 어쩌니 하면서. 학교에 가기 싫다는 나오미를 억지로 떠밀었잖아. 나는 그러지 말라고 한사코 말렸는데."

"그건 그 애를 위한 일이라고 생각했기 때문이야."

"아니지. 당신은 그냥 귀찮아서 그런 거야. 애를 다그쳐봤자 해결되는 게 아무것도 없었어. 그 뒤에도 계속 애들에게 당했었단 말이야. 선생님이 나오미를 괴롭히던 애들에게 주의를 줘서 그 전처럼 얻어맞지는 않았지만, 졸업할 때까지 같은 반 친구가 하나도 없었어. 아무도 말을 안 받아주고 내내 무시를 당했다고."

처음 듣는 이야기였다. 나오미가 그 뒤로 별말 없이 학교에 다니는 걸 보고 왕따 문제는 풀렸나 보다고 생각했었다.

"왜 나한테 말을 안 했어?"

"나오미가 당신한테는 말하지 말라고 했기 때문이야. 나도 말 안 하는 편이 낫겠다고 생각했고. 당신, 어차피 또 나오미만 몰아붙였을 거잖아. 당신은 가족이고 뭐고 다 귀찮기만 하지?"

"이건 또 무슨 소리야?"

"항상 그렇잖아. 특히나 그때는 다른 여자한테 빠져서 집안 일 같은 거, 나 몰라라 했던 주제에." 야에코는 아키오를 원망스러운 듯 노려보았다.

"또 그 얘기야?" 아키오는 혀를 찼다.

"아니, 됐어. 여자 문제는 얘기하기도 싫어. 내가 말하고 싶은 건, 밖에서 뭘 하고 다니든 집안 문제쯤은 좀 챙겨달라는 거야. 당신은 나오미에 대해서 아무것도 몰라. 말이 나온 김에 말하겠는데, 지금도 나오미는 학교에서 외톨이야. 초등학교 때 나오미를 따돌렸던 애들이 그때 일을 떠들고 다녀서 아무도 친구가 되어주지 않았어. 당신, 그런 자식의 마음을 한 번이라도 생각해본 적 있어?"

야에코의 눈에 다시 눈물이 고였다. 슬픔 외에 분함까지 섞여 있는지도 모른다.

아키오는 눈을 돌려버렸다.

"아, 됐어. 관두자."

자기가 먼저 말을 꺼냈으면서, 라고 야에코는 중얼거렸다.

아키오는 맥주를 비워버리고 빈 캔을 찌부러뜨렸다.

"경찰이 찾아오지 않기만을 빌 수밖에. 만에 하나 경찰이 우리 집에 찾아오면…… 끝장이야. 그때는 그냥 자수하자."

"안 돼." 야에코는 고개를 저었다. "절대로 안 돼."

"그래도 어쩔 도리가 없잖아. 우리가 대체 뭘 할 수 있어?"

그러자 야에코는 등을 꼿꼿이 세우고 정면으로 바라보며 말했다.

"내가 대신 자수할 거야."

"뭐?"

"내가 죽였다고 할 거라고. 그러면 나오미는 잡혀가지 않아도 돼."

"말도 안 되는 소리 하지 마."

"그럼, 당신이 자수해줄 거야?" 눈을 큼직하게 뜨고 야에코는 남편의 얼굴을 응시했다. "싫지? 그러니 내가 자수하는 수밖에 없어."

아키오는 혀를 차며 머리를 벅벅 긁었다. 두통이 몰려왔다.

"당신이든 나든 왜 어린 여자애를 죽이겠느냐고. 이유가 없잖아, 이유가?"

"그건 지금부터 생각해봐야지."

"그럼 언제 죽였다고 할 건데? 당신은 파트타임 나갔었지? 나는 회사에 있었고. 이른바 알리바이라는 게 당신과 나한테는 분명하게 있어."

"파트타임 일 끝나고 돌아와서 곧바로 죽였다고 할 거야."

"그런 거 안 통해. 부검 같은 거 하면 살해된 시간까지 정확하게 밝혀져."

"난 그런 거 몰라. 아무튼 내가 나오미 대신 들어갈 거야."

말도 안 되는 소리, 라고 아키오는 다시 한번 말했다. 그리고 찌부러뜨린 빈 캔을 옆의 쓰레기통에 던졌다.

그때 문득, 한 가지 생각이 그의 뇌리를 스쳤다. 그것은 그의 마음을 순식간에 끌어당기는 생각이었다. 몇 초 동안, 아키오는 그 생각을 머릿속에서 굴렸다.

"뭐야, 이번에는 또 무슨 소리를 하려고?" 야에코가 물었다.

"아니, 아무것도 아냐." 아키오는 고개를 저었다. 방금 떠오른 생각을 떨쳐내려고 했다. 그것에 대해서는 앞으로도 일절 생각하지 않기로 했다. 생각하는 것 자체가 끔찍하고, 그런 생각을 해낸 스스로를 혐오하지 않으면 안 될 만큼 그 생각은 사악한 것이었다.

6

오전 1시가 지나자 아키오는 텔레비전을 껐다. 그때까지 텔
레비전을 켜놓은 것은 어린 소녀가 행방불명이라는 뉴스가 나
올 가능성이 있다고 생각했기 때문이었다. 그러나 뉴스 방송
을 이리저리 돌려보았지만 어디에서도 그런 소식은 나오지 않
았다.

야에코는 맞은편 작은방에 가 있었다. 괴롭게 묵직한 공기
를 견디지 못하겠는지 다이닝룸에서 그쪽 방으로 간 지 벌써
두 시간이 넘었다. 두 사람 사이에 더 이상의 대화는 없었다.
뭔가 이야기를 할 때마다 자신들이 막다른 궁지에 빠져 있다
는 사실을 새삼 확인할 뿐이었기 때문이다.

아키오는 담배를 한 대 피우고 자리에서 일어섰다. 다이닝
룸의 불을 끄고 정원 쪽으로 난 유리문 옆에 섰다. 커튼을 살
짝 열고 바깥의 기척을 살펴보았다.

가로등이 켜져 있었다. 하지만 그 빛은 이 집 정원까지는 와
닿지 않는다. 정원이 온통 깜깜했다.

어둠에 눈이 익을 때까지 한참을 그렇게 서 있었다. 이윽고

정원에 놓인 검정 비닐봉투가 희미하게 보였다. 아키오는 장갑을 끼고 유리문의 반월형 자물쇠를 돌렸다.

접어둔 상자와 박스테이프, 거기에 손전등을 들고 다시 정원에 내려섰다. 깜깜한 어둠 속에서 상자를 조립해 우선 바닥 부분을 박스테이프로 고정했다. 그리고 검은 비닐봉투 쪽으로 시선을 돌렸다.

긴장과 두려움이 온몸을 휘감았다. 보이는 건 소녀의 발끝뿐이었다. 아직 한 번도 사체를 제대로 본 적이 없다.

입 안이 바싹바싹 타들었다. 그냥 이대로 어디론가 도망치고 싶다는 게 본심이었다.

지금까지 살면서 사람의 사체를 한 번도 못 본 것은 아니다. 가장 최근에 목격했던 것이 아버지의 유체였다. 그 유체를 무섭다거나 끔찍하다고 생각하는 마음은 전혀 없었다. 의사에 의해 사망이 확인된 뒤에도 아키오는 그 얼굴을 만질 수 있었다.

그런데 지금은 그때의 마음과는 완전히 다르다. 검은 비닐봉투의 불룩한 부분만 쳐다봐도 다리가 후들거렸다. 도저히 그것을 들춰볼 용기가 나지 않았다.

사체가 어떤 모습인지 알지 못하기 때문에 더더욱 그것을 확인하기가 두렵기도 했다. 병을 앓다 죽은 경우에는 숨을 거두기 전과 후에 그다지 큰 변화가 생기는 건 아니다. 잠깐 쳐다보는 것만으로는 정말 죽었는지 어떤지 알 수 없을 정도였다. 하지만 이곳에 있는 사체는 그런 경우가 아니었다. 건강하게 잘 뛰어놀던 소녀가 돌연 살해된 것이다. 게다가 목이 졸려서. 그런 경우에 사체가 어떻게 변하는지 아키오는 알지 못했다.

하지만 무서운 이유는 그것뿐만이 아니었다.

만일 경찰에 신고하기 위해 살펴보는 것이라면 이렇게 큰 공포는 느끼지 않았을 터였다. 정당한 이유가 있어서 하는 일이라면 사체를 상자에 넣는 것도 그리 힘들지 않았을 것이다.

하지만 자신이 하려고 하는 짓이 너무도 비도덕적이기 때문에 무섬증이 드는 거라는 사실을 아키오는 깨달았다. 지금 사체를 들여다보는 건 그 비도덕성이 더욱더 노골적으로 드러나는 일인 것이다.

멀리서 차가 지나가는 소리가 났다. 그 소리에 퍼뜩 정신을 차렸다. 멍하고 있을 상황이 아니다. 이런 장면을 이웃 사람들이 보기라도 했다가는 그야말로 모든 게 끝장난다.

아예 검은 비닐봉투에 감싼 채로 내갈까, 하고 생각했다. 공원 화장실에 내려놓자마자 눈을 꾹 감고 비닐봉투를 벗기고 사체는 쳐다보지 않고 돌아온다. 그거라면 할 수 있을 것 같았다.

하지만 곧바로 아키오는 고개를 저었다. 사체를 반드시 확인해야만 하는 것이다. 사체에 어떤 흔적이 남아 있는지 알 수 없기 때문이다. 나오미가 손을 댔다는 증거가 어딘가에 남아 있을 가능성이 있는 것이다.

할 수밖에 없어, 라고 그는 자신에게 뇌까렸다. 아무리 비인도적인 일이라 해도 내 가족을 지키기 위해서는 달리 방법이 없다…….

아키오는 심호흡을 하고 그 자리에 쪼그려 앉았다. 검은 비닐봉투 끝을 잡고 천천히 들어 올렸다.

소녀의 희고 가느다란 다리가 어둠 속에 부옇게 떠올랐다. 놀랄 만큼 자그마한 몸이었다. 일곱 살, 이라고 역 앞에서 본 남자가 말하던 게 생각이 났다. 도대체 왜 이런 여리고 어린 아이를! 아들이 저지른 짓을 도저히 받아들일 수가 없어서 아키오는 얼굴이 일그러졌다.

너무 컴컴해서 자세한 상태를 파악할 수가 없었다. 그는 마음을 다져먹고 손전등을 당겼다. 우선 전등을 땅바닥으로 기울인 채 스위치를 켠 다음, 빛의 동그라미를 조금씩 사체 쪽으로 옮겨갔다.

소녀는 체크무늬 스커트를 입고 있었다. 위는 핑크색 티셔츠였다. 귀여운 고양이 일러스트가 그려져 있었다. 딸아이의 귀여움이 돋보이도록 엄마가 골라 입혔을 것이다. 지금쯤 그 엄마는 어떤 심정으로 밤을 보내고 있을까.

빛을 좀 더 위로 이동시켰다. 소녀의 뽀얀 얼굴이 아키오의 시선 끝에 들어왔다. 그 순간 그는 손전등의 스위치를 끄고 말았다.

그대로 한참을 아키오는 꼼짝도 하지 못했다. 헉헉 거친 숨을 토했다.

소녀는 반듯이 눕혀져 있었다. 얼굴은 위를 향하고 있었다. 소녀의 그 얼굴을 직시한 것은 아니었다. 그래도 아이의 얼굴은 그의 망막에 낙인이 되어 찍혔다. 약한 빛을 받아 크고 또렷한 눈이 반짝였던 것마저도 아키오는 똑똑히 제 눈으로 깨달았다.

더 이상은 못 해, 라고 생각했다.

딱히 나오미와 관련된 흔적도 없는 것 같고, 그냥 이대로 상자에 넣기로 했다. 괜히 섣부르게 손을 댔다가 도리어 증거를 남길 우려가 있다고 마음을 바꾸었다. 그것이 변명이라는 건 잘 알고 있었지만, 더 이상 소녀의 사체를 쳐다봤다가는 자신의 정신이 정상적으로 버텨줄 것 같지 않았다.

애써 얼굴 쪽은 쳐다보지 않도록 하면서 소녀의 몸 밑에 양손을 넣었다. 들어 올렸더니 깜짝 놀랄 만큼 가벼웠다. 영락없이 인형 같았다. 오줌이 새어 나와 치마가 축축히 젖어 있었다. 이취異臭가 콧속을 파고들었다.

상자에 넣으려면 소녀의 팔과 다리를 약간 안으로 굽힐 수밖에 없었다. 사체는 시간이 지나면 경직된다는 얘기를 들은 적이 있었지만, 막상 그다지 힘든 작업은 아니었다. 상자에 담은 뒤 아키오는 잠시 두 손을 합장하고 기도를 올렸다.

합장한 손을 내렸을 때, 발밑에 뭔가 허연 게 떨어져 있는 것이 눈에 들어왔다. 불빛을 비춰 보니 자그마한 운동화였다. 내내 흰 양말을 봤으면서도 한쪽 발의 신발이 벗겨졌다는 것을 미처 생각하지 못했다. 깜빡했으면 위험할 판이었다.

상자 안에 손을 넣어 소녀의 한쪽 발을 들어 올렸다. 운동화는 발목까지 끈이 있어서 묶은 채로는 신발을 신고 벗기가 어려웠는지 중간에서 풀려 있었다. 아키오는 소녀의 발에 신발을 신기고 단정히 끈을 묶어주었다.

그다음은 이 큼직한 상자를 어떻게 공원까지 옮겨 가느냐가 문제였다. 소녀의 몸은 가벼웠지만 상자에 넣고 보니 들기도 어렵고 중심이 잘 잡히지 않았다. 게다가 공원까지는 도보로 10여 분이나 걸린다. 가는 도중에 잠시 상자를 내려놓아야 하는 건 피하고 싶었다.

한참을 생각한 끝에 자전거를 이용하기로 했다. 현관 쪽으로 가서 집 안에 들어가 자전거 열쇠를 들고 다시 밖으로 나왔다. 자전거는 집 앞에 세워져 있다. 야에코가 시장에 나갈 때 타는 것이었다.

아키오는 조심스럽게 대문을 열었다. 앞쪽 도로에 인기척이 없는 것을 확인하고 발을 내밀었다.

자전거 열쇠를 따고 대문 바로 앞까지 끌고 와 세웠다. 다시 정원으로 가기 위해 대문을 열고 들어서던 아키오는 소스라치게 놀랐다.

상자 옆에 누군가 서 있었기 때문이다. 너무도 큰 충격에 아키오는 하마터면 비명을 내지를 뻔했다.

"거, 거기서 뭐 하고 있어?" 그는 얼굴을 찌푸리며 작은 소리로 물었다. 누구인지는 금세 알아보았다.

어머니 마사에였다. 잠옷 차림으로 우두커니 서 있었다. 딱히 상자 쪽에 관심을 보이는 것도 없이 비스듬히 위쪽을 올려다보고 있었다.

아키오는 어머니의 팔을 잡았다.

"왜 이런 한밤중에 밖에 나왔어."

하지만 어머니는 대답하지 않았다. 그의 목소리 따위, 귀에 들어오지도 않는 기색이었다. 뭔가를 찾는 것처럼 밤하늘을 올려다볼 뿐이었다. 어떤 표정을 하고 있는지는 어두워서 잘 알 수 없었다.

"날씨가 참 좋다야." 그녀가 마침내 말했다. "이 정도면 소풍 가기 괜찮겠지?"

아키오는 그 자리에 주저앉고 싶었다. 어머니의 태평한 목소리는 그의 신경을 건드려서 피로감을 배가시켰다. 아무 죄도 없는 어머니에게 아키오는 강한 증오감을 품었다.

그는 어머니의 팔을 잡고 다른 한 손으로는 등을 밀었다. 그녀는 지팡이를 짚고 있었다. 자신을 어린애라고 생각하면서도 밖에 나갈 때는 이따금 지팡이를 꺼내 든다. 앞뒤가 안 맞는 일이었지만, 치매 걸린 노인네의 마음속을 이해하는 건 불가능하다고 경험자들은 말한다.

지팡이에서 방울이 대롱거렸다. 움직일 때마다 그것이 딸랑딸랑 소리를 낸다. 아키오 가족이 이 집으로 옮겨 왔을 때, 그 방울은 즐거운 소리로 그들을 맞아주었다. 하지만 지금은 그 소리마저도 귀에 거슬렸다.

"어서 들어가. 춥잖아."

"내일, 날씨 좋을까나?" 어머니는 고개를 갸웃했다.

"날씨 좋아. 괜찮아."

아마 초등학생 때로 돌아간 모양이라고 아키오는 생각했다. 그녀의 머릿속에서 내일은 즐거운 소풍날인 것이다. 그래서 혹시라도 날씨가 궂을까 봐 걱정하다가 밖에 나와본 것이다.

현관 쪽으로 돌아와 집 안으로 등을 밀었더니 어머니는 지팡이를 신발장에 넣고 순순히 올라섰다. 그녀는 맨발 그대로 정원에 나와 있었다. 거뭇거뭇 흙 묻은 발로 한쪽 다리를 질질 끌 듯이 복도를 걸어 들어갔다.

길고 어슴푸레한 복도의 가장 안쪽이 어머니의 방이다. 덕분에 어머니와 야에코의 접촉은 최소한으로 줄일 수 있었다.

아키오는 얼굴을 쓱쓱 비볐다. 자신까지 머리가 이상해질 것만 같았다.

현관 옆의 장지문이 열리고 야에코가 얼굴을 내밀었다. 미간을 찌푸리고 있었다.

"왜 그래?"

"아무것도 아냐. 어머니야."

"또 무슨 사고를 쳤어?" 그 얼굴에 혐오감이 그대로 드러났다.

"별일 아냐. 그보다 지금 가려고."

야에코는 고개를 끄덕였다. 역시나 얼굴이 바짝 긴장되어 있었다.

"여보, 조심해."

"알았어." 아키오는 아내에게 등을 돌리고 현관문을 열었다.

정원으로 되돌아가 상자를 쳐다보며 한숨을 쉬었다. 그 안에 사체가 들어 있고 이제부터 자신이 그것을 옮겨야 한다는 게 도저히 현실로 받아들여지지 않았다. 분명코 자신의 인생에서 최악의 밤이 될 거라는 생각이 들었다.

뚜껑을 덮고 상자를 들어 올렸다. 사체만 들었을 때보다 훨씬 무겁게 느껴졌다. 상자를 안은 채 대문 밖으로 나와 자전거 짐칸에 얹었다. 짐칸이 너무 작아서 상자를 줄로 묶기는 어려웠다. 물론 자신이 자전거 안장에 올라타는 것도 불가능했다. 아키오는 한 손으로 자전거 핸들을 잡고 또 다른 손으로는 짐칸의 상자를 붙든 채 천천히 앞으로 걸었다. 등 뒤로 비치는 가로등 불빛이 길바닥에 긴 그림자를 그리고 있었다.

자정을 넘겨 2시 가까운 시간일 터였다. 어둑어둑한 거리에는 아무도 없었다. 단지 창문으로 불빛이 새어 나오는 곳이 아직 몇 집인가 있었다. 깜박 큰 소리를 내지 않도록 아키오는 조심조심 걸음을 옮겼다.

버스가 다닐 시간은 아니다. 그래서 버스길 쪽에서 사람이 걸어올 걱정은 별로 없었다. 주의해야 하는 건 자동차 쪽이다. 전차도 버스도 끊겼기 때문에 오히려 택시가 이 좁은 주택가에 들어올 가능성이 더 높다.

그런 생각을 하고 있는데 역시나 저 앞쪽에서 헤드라이트 불빛이 다가왔다. 아키오는 옆의 골목길로 슬쩍 몸을 숨겼다. 일방통행이라서 자동차가 그곳까지 들어올 염려는 없었다. 이윽고 검은색 택시가 지나갔다.

아키오는 다시 걸음을 옮겼다. 단 10분의 거리가 무섭도록 길게 느껴졌다.

은행나무 공원은 주택가 한복판에 있었다. 광장 주위에 은행나무 여러 그루가 심어져 있을 뿐인 간소한 공원이다. 벤치가 몇 개 있었지만 비와 이슬을 피할 만한 공간은 어디에도 없다. 그래서 이곳을 근거지로 삼는 노숙자는 눈에 띄지 않았다.

아키오는 자전거를 조심조심 밀면서 공원 한구석에 설치된 공중화장실 뒤편으로 돌아 들어갔다. 그날 아침까지 비가 내렸기 때문에 땅바닥이 약간 질척거렸다. 고개를 들어 쳐다보니 화장실은 불이 켜져 있지 않았다.

그는 상자를 안고 주의 깊게 주변을 살피며 화장실로 다가갔다. 남자용으로 들어갈지 여자용으로 들어갈지 잠시 망설인 끝에 남자용으로 하기로 했다. 변태성욕을 가진 자가 저지른 짓으로 보이게 하려면 그쪽이 더 낫겠다고 생각한 것이다.

남자용 화장실 안은 저절로 얼굴이 찌푸려질 만큼 악취를 풍겼다. 아키오는 최대한 숨을 참으며 상자를 들고 안으로 들어갔다. 가져온 손전등의 스위치를 켜고, 딱 한 칸뿐인 화장실 문을 열었다. 안은 끔찍하게 더러워서 아무리 사체라 해도 이런 곳에 소녀를 내버린다는 게 너무도 가엾은 마음이 들었다. 하지만 이제 와서 새삼스럽게 그런 걸 따지고 있을 때가 아니었다.

아키오는 손전등을 입에 물었다. 상자를 열고 소녀의 사체를 화장실 안으로 들고 갔다. 되도록 변기에서 먼 위치로, 벽에 기대듯이 앉혔다. 하지만 손을 놓은 순간, 소녀의 몸은 스르르 미끄러져 옆으로 누워버렸다.

그 모습을 바라보던 아키오는 하마터면 입에 물고 있던 손전등을 떨어뜨릴 뻔했다. 소녀의 등에 잔디가 잔뜩 붙어 있었기 때문이다. 말할 것도 없이 그의 집 정원에서 붙은 잔디였다.

이 잔디가 증거가 될 수 있어…….

과학수사에 대해 아키오는 자세히 알지 못했다. 하지만 잔디를 분석한다면 그것이 어떤 종류의 잔디이고 어떤 환경에서 자랐는지 금세 알아낼 것 같았다. 그렇게 되면 경찰은 근처 주택의 잔디를 철저히 조사할 것이다.

아키오는 손을 내밀어 필사적으로 그 잔디를 떼어냈다. 스커트며 머리에도 잔디가 붙어 있었다. 하지만 떼어내는 동안에 문득 깨달았다. 단순히 소녀의 몸에 붙은 잔디를 떼어내기만 해서는 아무 소용이 없는 것이다. 이 장소에서 남김없이 없애버리지 않으면 안 된다.

절망감에 휩싸여 아키오는 바닥에 떨어진 잔디들을 쓸어 모았다. 모은 것은 변기통에 내버렸다. 소녀의 머리카락 속까지 뒤졌다. 더 이상 무서워하고 있을 때가 아니었다.

마지막으로 잔디가 둥둥 떠오른 변기통의 물을 내리려고 했다. 그런데 레버를 내려도 물이 나오지 않았다. 그는 허겁지겁 레버를 눌러댔다. 하지만 아무리 눌러도 물은 나오지 않았다.

화장실을 뛰쳐나가 세면대의 수도꼭지를 돌려보았다. 가느다란 물줄기가 새어 나왔다. 그는 장갑을 벗고 양손을 오므려 그 물을 받았다. 어느 정도 고이자 조심조심 화장실로 가서 변기통에 부었다. 하지만 그런 소량의 물로 잔디는 흘러내려가지 않았다.

두 손을 그릇 삼아 몇 번이고 오락가락했다. 나는 지금 대체 뭘 하고 있는 건가, 하고 생각했다. 누군가 보고 있다면 틀림없이 경찰에 신고할 터였다. 하지만 아키오는 그런 걱정을 할 여유조차 없었다. 이제는 될 대로 되라는 자포자기의 마음이 그의 행동을 대담하게 만들고 있었다.

가까스로 잔디를 흘려보내고, 아키오는 빈 상자를 챙겨 밖으로 나왔다. 자전거를 세워둔 곳까지 돌아와 상자를 접었다. 그대로 내버리고 싶었지만 이 상자도 중요한 증거가 될 우려가 있었다. 한 손으로 들 수 있을 만큼 작게 접고, 자전거에 올라탔다.

하지만 페달을 밟으려다가 문득 생각이 나서 땅바닥에 시선을 떨구었다. 질척한 땅바닥에 희미하게 자전거 타이어 자국이 나 있었다.

큰일 날 뻔했다. 그는 자전거에서 내려와 신발 바닥으로 타이어 자국을 지웠다. 물론 발자국도 남기지 않도록 조심했다. 그다음에는 자전거를 번쩍 들어 자국이 남지 않을 만한 곳까지 나온 뒤에야 다시 올라탔다.

페달을 젓기 시작했을 때는 온몸이 흠씬 땀에 젖어 있었다. 젖은 셔츠가 등에 달라붙어 선뜩할 정도였다. 이마에서 흐른

땀이 눈으로 스며들어 아키오는 쓰라림에 얼굴을 찡그렸다.

7

집에 돌아오자 우선 빈 상자를 어떻게 처리해야 할지 난감
했다. 소녀가 흘린 오줌 냄새가 배어 있다. 하지만 밖에 내놓을
수도 없다. 태워버리면 좋을 테지만 이런 시간에 불을 놓았다
가는 그거야말로 누군가 신고를 할지도 모른다.

정원에는 아직도 아까의 검은 비닐봉투가 떨어져 있었다.
이런 건 좀 치워놓을 것이지, 내심 투덜거리며 집어 들었다. 결
국 그 봉투에 접은 상자를 넣고 집 안으로 들어갔다.

복도 안으로 들어가 안방 장지문을 조용히 열었다. 캄캄했
다. 어머니는 이불을 뒤집어쓰고 잠이 든 것 같았다.

붙박이장 위쪽을 열었다. 어머니가 마음대로 열어볼 걱정이
없는 자리다. 그곳에 비닐봉투를 밀어 넣고 살짝 닫았다. 어머
니는 꿈쩍도 않고 누워 있었다.

방을 나온 참에 아키오는 자신의 몸에서 냄새가 난다는 것
을 깨달았다. 소녀를 안아서 옮겼기 때문에 냄새가 밴 것이다.
세면대로 가서 옷을 모두 벗어 세탁기에 던져 넣었다. 그 참에
샤워도 했다. 아무리 비누로 박박 문질러도 언제까지고 이취

가 코에 남아 있는 것 같았다.

　2층 침실에서 옷을 갈아입은 뒤, 다이닝룸으로 돌아왔다. 야에코가 식탁에 잔과 캔 맥주를 차려내고 있었다. 슈퍼에서 사온 나물 반찬도 접시에 담아 내놓았다. 전자레인지로 데운 모양이었다.

　"뭐야, 이거?" 아키오가 물었다.

　"당신, 피곤할 거 같아서. 게다가 저녁부터 아무것도 안 먹었지?"

　야에코 나름대로 남편의 수고를 달래주려는 모양이었다.

　"지금 식욕이 있겠어?" 말은 그렇게 하면서도 아키오는 캔 맥주를 땄다. 억지로라도 술에 취하고 싶었다. 아무리 취해도 오늘 밤은 잠이 올 것 같지 않지만……

　부엌에서 뭔가 칼로 써는 소리가 들려왔다.

　"뭐 하는 거야?"

　하지만 야에코에게서 대답은 없었다. 아키오는 자리에서 일어나 부엌을 들여다보았다. 조리대에 큼직한 접시가 놓였고 그 안에 다진 고기가 담겨 있었다.

　"이 시간에 뭘 하려고?" 그는 다시 한번 물었다.

　"……배가 고프대."

　"배가 고파?"

　"아까 나오미가 내려와서……." 야에코는 말끝을 흐렸다.

아키오는 자신의 뺨이 파르르 떨리는 것을 느꼈다.

"배가 고파? 그런 짓을 저지르고, 부모한테 이런 고생을 시키고, 배가 고파?"

크게 한숨을 내쉬며 고개를 저었다. 그는 문으로 향했다.

"잠깐, 여보, 가지 마." 야에코의 목소리가 날아왔다. "어쩔 수 없잖아. 아직 한창때인데 낮부터 아무것도 못 먹었으니 배도 고프겠지."

"나는 뭘 먹어야겠다는 생각이 요만큼도 없어."

"그야 나도 그렇지만, 나오미는 아직 어려서 이게 얼마나 큰일인지 실감이 안 날 거야."

"그러니 내가 따끔하게 알려줘야지!"

"꼭 지금이 아니어도 괜찮잖아?" 야에코는 아키오의 팔을 잡고 늘어졌다. "일이 좀 진정된 다음에 타일러도 돼. 나오미도 큰 충격을 받았어. 걔가 아무것도 느끼지 못하는 건 아냐. 그러니 지금까지 배고프다는 말도 못 하고 있었지."

"나오미가 그 말을 안 한 건 나한테 혼나기가 싫어서겠지. 그래서 내가 나가자마자 이때다 하고 당신한테 말한 거잖아. 만약 정말로 반성했다면 왜 내려오지 않아? 왜 제 방에 틀어박혀 있느냐고!"

"아빠한테 혼나기 싫은 건 다른 애들도 다 똑같아. 아무튼 오늘 밤만은 참아줘. 나중에 내가 잘 타이를게."

"당신이 말해봤자 듣기나 하겠어?"

"그럴지도 모르지만 지금 당신이 꾸짖어봤자 어쩔 수도 없잖아. 그 애를 다그쳐봐야 아무것도 해결되지 않아. 지금 생각해야 하는 건 어떻게 그 애를 지키느냐 하는 거야."

"당신은 애를 지키는 것밖에 생각을 안 해?"

"그게 뭐가 잘못됐어? 언제 어떤 경우에라도 엄마인 나만은 그 애 편이 되자고 마음먹고 있어. 나오미가 무슨 짓을 저질렀건 나는 끝까지 지켜줄 거야. 살인을 저질렀어도 마찬가지야. 오늘 밤에는 가만히 놔둬. 제발 부탁이야. 내가 이렇게 부탁할게."

야에코의 눈에서 흘러내린 눈물은 뺨을 타고 흘러내려 턱을 적셨다. 크게 뜬 눈은 빨갛게 충혈되어 있었다.

아내의 일그러진 얼굴을 보고 아키오의 가슴에서 분노가 사라져갔다. 그 대신 허무감이 마음속에 퍼졌다.

"이 손 놔."

"안 돼, 당신 또 나오미한테……."

"놓으라고 했지? 2층에는 안 갈 거야."

야에코가 허를 찔린 듯 입을 벌렸다.

"정말이야?"

"정말이야. 이제 됐어. 햄버거든 뭐든 해주고 싶은 대로 해줘."

아키오는 야에코의 팔을 뿌리치고 식탁 의자로 돌아왔다. 잔에 남은 맥주를 단숨에 들이켰다.

야에코는 넋이 나간 듯 멍한 얼굴로 부엌에 들어가더니 다시 채소를 썰기 시작했다. 열심히 칼질을 하는 아내를 보며, 뭐가 됐든 바쁘게 손을 움직이지 않으면 제정신을 유지할 수 없을 것 같아서 그러는지도 모르겠다고 아키오는 생각했다.

"여보, 당신 것도 만들어." 아키오는 말했다. "기왕 하는 거, 당신도 먹어둬."

"난 괜찮아."

"됐으니까 당신도 먹어두라고. 앞으로 언제 또 느긋하게 식사할 수 있을지 몰라. 나도 먹을 거야. 억지로라도."

야에코가 부엌에서 나왔다.

"여보……"

"내일은 힘든 하루가 될 거야. 체력을 비축해두자고."

그의 말에 야에코는 진지한 눈빛으로 고개를 끄덕였다.

8

오전 5시 10분, 창밖이 마침내 환하게 밝아오기 시작했다.

아키오는 다이닝룸에 있었다. 커튼은 닫혀 있었지만 그 틈새로 새어 나오는 빛은 시시각각 그 강도가 더해져가는 듯했다.

식탁 위에는 먹고 남은 햄버거 접시가 놓여 있었다. 잔에도 맥주가 반쯤 남아 있었다. 하지만 아키오는 이미 그런 것에 입을 댈 마음은 나지 않았다. 야에코도 결국 햄버거 3분의 1 정도를 먹는 게 고작이었다. 먹다 말고 속이 안 좋다면서 작은방에 들어가 누웠다. 나오미만 한 접시를 싹싹 비웠는지, 조금 전에 야에코가 2층에 올라가 빈 그릇을 내왔다. 하지만 아키오는 더 이상 잔소리를 할 마음도 없었다. 오늘 하루를 어떻게 무사히 넘길 수 있을지, 그 생각만으로도 머릿속이 복잡했다.

현관 앞에서 소리가 났다. 우편함에 뭔가를 집어넣는 소리였다. 신문 배달인 모양이었다.

엉거주춤 몸을 일으켰다가 아키오는 다시 자리에 주저앉았다. 이렇게 이른 시간에 바깥에 나갔다가 만에 하나 누군가 보기라도 하면 큰일이라는 생각이 들었기 때문이다. 오늘은 토요일이다. 토요일 새벽 시간에 아키오가 대문 앞에 얼굴을 내민 일이라고는 지금까지 거의 없었다. 평소와 다른 행동을 해서 수상하게 보이고 싶지는 않았다. 게다가 오늘 아침 신문은 지금으로서는 아무 도움도 되지 않는다. 우리 가족에게 중요한 기사가 실리는 건 빨라야 오늘 석간신문일 것이다.

끼이익 소리를 내며 문이 열렸다. 아키오는 흠칫 놀라서 돌아보았다. 야에코가 다이닝룸으로 들어서는 참이었다.

"왜 그래?" 그녀가 의아한 얼굴로 물었다.

"아니, 그 문, 원래 그런 소리가 났었어?"

"문?" 그녀는 문을 몇 번 여닫았다. 그때마다 작게 삐걱거리는 소리가 울렸다. "아, 이거? 오래전부터 그래."

"그랬어? 나는 몰랐는데."

"벌써 1년 넘게 이 모양이야." 그렇게 말하고 야에코는 식탁위의 그릇을 내려다보았다. "이제 안 먹을 거야?"

"응, 치워줘." 그녀가 그릇들을 부엌으로 내가는 것을 눈으로 지켜보던 아키오는 다시 문으로 시선을 돌렸다. 여태까지 집의 문짝 같은 것에 관심을 기울여본 적이 없다. 집 안이 어떻게 되었는지 전혀 파악하지 못한 채 살아왔다.

아키오는 실내를 둘러보았다. 어렸을 때부터 익숙하게 살아온 집인데도 갑자기 모든 것이 낯설었다.

정원 쪽의 유리문 바로 앞에서 문득 시선이 멈췄다. 바닥에 걸레가 나뒹굴어 있었다.

"여기서 죽였다고 했지?" 아키오는 말했다.

"응, 뭐?" 야에코가 부엌에서 얼굴을 내밀었다. 설거지를 하는 중이었는지 팔소매를 걷어 올리고 있었다.

"이 방에서 죽였다고 했지?"

"……응."

"저 걸레로 바닥을 닦았어?" 아키오는 유리문 아래쪽을 향해 턱을 내밀었다.

"저런, 깜빡했네. 어서 치워야지."

야에코는 슈퍼 봉지를 들고 나와 걸레를 그 안에 넣었다.

"다른 쓰레기랑 섞어서 못 알아보게 버려야 해."

"알고 있어."

야에코는 부엌으로 갔다. 음식물 쓰레기통을 여는 소리가 들렸다.

아키오는 걸레가 있던 바닥을 찬찬히 바라보았다. 그곳에 소녀의 사체가 드러누워 있는 광경을 상상했다.

"여보." 다시 야에코를 불렀다.

"또 뭔데?" 부루퉁하게 찌푸린 얼굴로 나타났다.

"여자애가 여기 안에 들어와 있었다고 했지?"

"웅. 그러니까 나오미가 억지로 끌고 온 게 아냐. 여자애 쪽에도 약간은 책임이……."

"방 안이었는데 왜 신발을 신고 있었지?"

"신발?"

"그 여자애, 한쪽만 신발을 신고 있었어. 아니, 그보다 한쪽만 벗겨졌다고 하는 게 맞겠지. 방 안에 들어왔는데도 신을 신고 있는 건 이상하잖아?"

질문의 의미를 얼른 알아듣지 못했는지 야에코의 시선이 불

안하게 흔들렸다. 그리고 마침내 알아들었다는 얼굴로 고개를
끄덕였다.

"아, 그 운동화? 그건 내가 신겨준 거야."

"당신이?"

"신발은 현관에 있었어. 그걸 그대로 두면 안 될 것 같아서
내가 신겨줬어."

"근데 왜 한쪽만 신겼어?"

"신발 신기는 게 생각보다 힘들었어. 그거 신긴다고 어물거
리다가 누가 보기라도 하면 안 되잖아. 그래서 다른 한쪽은 그
냥 비닐 밑에 감춰뒀어. 당신, 혹시 그거 못 봤어?" 야에코가
눈을 동그랗게 떴다.

"봤어. 그래서 한쪽은 내가 신겨줬어."

"휴우, 다행이다……."

"그거, 정말이지?" 아키오는 눈을 치켜뜨고 야에코를 보았
다.

"뭐가?"

"원래 한쪽만 신고 있었던 거 아니지? 나오미가 억지로 안
으로 끌고 오니까 그 참에 한쪽 신발만 벗겨졌던 거 아니야?"

그러자 야에코는 어처구니없다는 듯 눈썹을 치켜올렸다.

"내가 왜 거짓말을 하겠어? 정말로 내가 신겨줬어."

"……그렇다면 됐어." 아키오는 눈을 돌려버렸다. 생각해보

니 이제는 어느 쪽이건 상관없는 일이었다.

"여보." 야에코가 말을 붙여왔다. "하루미 씨는 어떻게 해?"

"하루미?"

"어제는 집에 오지 말라고 했었잖아. 오늘은 어떻게 해?"

아키오는 얼굴을 찌푸렸다. 그 문제가 있었던가.

"오늘도 올 필요 없다고 말할게. 마침 토요일이니까 가끔은 내가 돌봐주겠다고 해야지."

"이상하게 생각하지 않을까?"

"뭘 이상하게 생각해? 하루미는 아무것도 모르는데."

"……하긴 그렇다."

야에코는 부엌에 나가 커피를 타기 시작했다. 가만히 있기가 괴로운 모양이었다. 이런 때, 나 같은 사람은 할 일이 아무것도 없다, 라고 아키오는 생각했다. 지금까지 집안일은 모두 아내에게 맡겨버렸기 때문에 어쩌다 집에 있어도 할 일이 전혀 생각나지 않는 것이다. 그는 요리라고는 해본 적이 없었다. 방 정리도 하지 않았다. 그러니 뭐가 어디에 있는지도 알지 못했다. 전에 야에코가 외출하고 없을 때, 갑작스레 초상집에 갈 일이 생겼다. 하지만 그는 검은 넥타이 하나 찾아내는 것조차 하지 못했다.

역시 신문이나 가져오자고 생각하며 자리에서 일어섰을 때, 멀리서 경찰차의 사이렌 소리가 들려왔다. 아키오는 몸이 굳어버린 채 아내를 보았다. 야에코도 커피 잔을 손에 든 채로 멈춰 서 있었다.

왔네, 라고 그는 중얼거렸다.

"너무 빠르다……." 야에코의 목소리는 쉬어 있었다.

"나오미는 뭐 하고 있어?"

"모르겠어."

"자고 있나?"

"글쎄, 나도 모른다니까. 뭐 하는지, 보고 올까?"

"아니, 지금은 됐어."

아키오는 커피를 블랙으로 마셨다. 어차피 잠을 잘 수도 없고, 그렇다면 조금이라도 머리가 깨어 있는 게 좋다. 하지만 과연 언제까지 이런 상황을 견뎌야 하는가, 라고 생각하니 눈앞이 캄캄해졌다. 설령 사체에서 어떤 단서도 찾아내지 못하더라도 경찰은 그리 쉽게 수사를 단념하지 않을 것이다. 흉악범죄의 검거율이 떨어졌다고는 하지만, 경찰의 능력 자체가 쇠퇴한 것은 아니다.

"당신, 조금 자두는 게 좋을 거야."

"당신은 안 자? 그 공원에 가보려고?"

"거길 왜 가? 괜히 긁어 부스럼이 되면 어쩌려고."

"그럼……."

"나는 좀 더 이 방에 있을 거야. 졸리면 나도 잘게."

"나도 도저히 잠이 올 것 같지 않은데." 그렇게 말하며 야에코는 자리에서 일어나 문을 열었다. 하지만 방을 나가기 전에 남편 쪽을 돌아보았다. "당신, 혹시 이상한 생각 하는 거 아니지?"

"이상한 생각?"

"경찰에 신고해야겠다든가……."

아, 그거, 라고 아키오는 고개를 끄덕였다.

"그런 생각은 안 해."

"정말이야? 믿어도 되지?"

"이제 새삼 경찰에 뭐라고 말을 하겠어?"

"하긴 그렇다."

야에코는 한숨을 내쉰 뒤, 잘 자라면서 방을 나갔다.

9

현장으로 향하는 택시 안에서 마쓰미야는 조금 긴장하고 있었다. 수사 1과에 배속된 뒤로 본격적인 살인사건에 참여한 것은 이제 겨우 두 번째다. 게다가 지난번 주부 살해사건 때는 선배 형사 뒤를 졸졸 따라다닌 것뿐이어서 수사에 참여했다는 실감도 만족감도 얻을 수 없었다. 이번에야말로 실감 나게 일하고 싶다는 생각에 나름대로 잔뜩 힘이 들어가 있었다.

"어린애라는 게 아무래도 마음에 걸려." 옆에 앉은 사카가미가 답답하다는 듯한 소리를 냈다.

"가슴이 아프죠. 부모도 큰 충격을 받았을 거고."

"물론 그런 것도 있지. 하지만 내가 말하는 건 업무 얘기야. 이런 사건은 의외로 수사하기가 어려워. 어른이 살해된 경우에는 피해자의 인간관계를 캐고 들어가다 보면 동기나 용의자가 저절로 떠오르게 마련이야. 근데 어린애일 경우에는 그런 건 기대할 수가 없어. 소문이 파다하게 난 변태가 바로 근처에 살고 있고 그놈이 바로 범인이라면 이야기는 간단하겠지만."

"그렇다면 뜨내기의 범행일까요?"

"꼭 그렇다고 할 수도 없어. 오래전부터 노리고 있던 경우가 있을 수 있으니까. 아무튼 머리가 돌아버린 놈이라는 건 분명해. 단지 문제는 어디 사는 어떤 놈이 머리가 돌아버렸는지, 겉으로는 도대체 드러나질 않는다는 거야. 그래도 어른이면 그런 놈이 접근해왔을 때 나름대로 감을 잡는데 어린애의 경우는 그렇지를 않아. 다정한 척 접근해오면 깜빡 속아 넘어가거든."

사카가미는 30대 중반이지만 수사 1과에 배속된 지 10년이 넘었다. 지금까지 이번과 비슷한 사건을 수없이 담당해왔을 터였다.

"관할은 네리마 경찰서라……." 사카가미가 불쑥 말했다.
"최근에 서장이 바뀐 참이야. 아마 군기가 바짝 잡혀 있을걸."
그는 홍 하고 코를 울렸다.

네리마 경찰서라는 말을 듣고 마쓰미야는 은근히 심호흡을
했다. 그를 긴장시킨 것은 큰 사건을 앞두고 느끼는 압력만이
아니었다. 그 사건이 네리마 경찰서 관내에서 일어났다는 것
도 사실은 마음에 걸렸다. 네리마 경찰서 형사과에는 그와 관
련이 깊은 한 인물이 있었던 것이다.

외삼촌 다카마사의 누렇게 뜬 얼굴이 머릿속에 떠올랐다.
그를 병문안한 게 바로 며칠 전이다. 그런 참에 자신이 하필
네리마 경찰서 쪽 사건을 맡게 되었다는 건, 뭔가 보이지 않는
힘이 작용한 것만 같았다.

택시는 주택가 안으로 들어갔다. 정확히 구획 정리가 되어
서 자로 그린 듯 쭉 뻗은 도로를 따라 분위기가 비슷비슷한 주
택이 줄줄이 이어졌다. 생활수준은 중상쯤 될까, 하고 마쓰미
야는 상상했다.

저 앞에 구경꾼들이 울타리처럼 둘러서 있었다. 경찰차도
몇 대나 와 있었다. 그 앞에서는 제복 경관이 통행하려는 자동
차를 우회시키고 있었다.

여기서 내려주세요, 라고 사카가미 형사가 운전기사에게 말
했다.

택시에서 내려 마쓰미야는 사카가미와 함께 구경꾼들을 헤치듯이 앞으로 나갔다. 보초를 선 경관에게 인사를 건네고 출입금지 구역 안으로 들어갔다.

사건 현장이 은행나무 공원이라는 곳의 공중화장실이라고 마쓰미야는 들었다. 단지 살인 현장인지 어떤지는 명확하지 않았다. 단순히 사체가 그곳에서 발견되었다는 것뿐이다. 즉 처음에는 사체 유기사건으로 신고되었다. 하지만 사체에 명확한 타살 흔적이 있다는 것이 밝혀지면서 살인사건일 가능성이 높다는 판단이 내려졌던 것이다.

은행나무 공원과 맞닿은 도로의 안쪽이 출입금지 구역으로 설정되어 있었다. 공원에 다가가자 그 입구 근처에 아는 얼굴이 있었다. 고바야시라는 베테랑 주임이었다. 하지만 계장인 이시가키의 모습은 보이지 않았다.

"빨리 오셨네요." 사카가미가 고바야시에게 말했다.

"나도 조금 전에 도착한 참이야. 아직 안은 못 봤어. 관할서에서 얘기는 대강 듣고 왔어." 고바야시는 담배를 오른손에 끼운 채 대답했다. 왼손에는 휴대용 재떨이를 들고 있었다. 마쓰미야가 소속된 수사 5계에서는 최근에 형사 몇 명이 담배를 끊었다. 하지만 고바야시는 금연에 대한 화제 자체를 싫어할 만큼 헤비 스모커였다.

"사체를 발견한 사람은 누구였어요?" 사카가미가 물었다.

"근처에 사는 할아버지야. 꼭두새벽에 공원에 나와서 담배한 대 태우는 게 사는 즐거움이시래. 그거, 건강한 습관인지 불건강한 습관인지 모르겠더라고. 아무튼 노인네라서 소변이 잦아. 그래서 공중화장실에 들어갔는데 화장실 문이 묘한 상태로 반쯤 열려 있더래. 아무래도 이상해서 안을 들여다봤더니여자애의 사체가 있었다는 거야. 그 할아버지도 참, 새벽 댓바람부터 끔찍한 걸 발견하셨지 뭐야. 수명이 팍 줄어들지나 않으셨으면 좋으련만." 이야기를 하면서 독설을 내뱉는 것은 고바야시의 버릇이었다.

"사체의 신원은 파악됐어요?" 다시금 사카가미가 물었다.

"지금 관할서 쪽에서 유족으로 보이는 사람에게 확인하고있을 거야. 감식과의 의견으로는 사후 열 시간은 지났다는 모양이야. 기동수사대하고 관할서가 지금 뛰고 있는데, 범인이아직도 이 근처에 숨어 있을 것 같진 않아."

고바야시의 이야기를 들으며 마쓰미야는 공원 안으로 시선을 던졌다. 그네와 미끄럼틀 같은 일반적인 놀이 시설은 저 끝쪽에 있고, 중앙부는 피구쯤은 할 수 있을 만한 빈 공간이었다. 감식과 과원들이 구석진 화단 틈새에서 뭔가 찾고 있는 게 보였다.

"공원에는 아직 들어가면 안 돼." 마쓰미야의 시선을 알아본 듯, 고바야시가 말했다. "감식과에서 찾는 게 있는 모양이니까."

"흉기입니까?" 마쓰미야가 물어보았다.

"아니, 흉기는 쓰지 않았을걸? 이거야, 이거." 고바야시는 손가락에 담배를 끼운 손으로 자신의 목을 조르는 시늉을 했다.

"그러면 뭘 찾는 거예요?"

"비닐봉투라든가 골판지 상자라든가, 뭐, 그런 거지. 사체를 넣었던 거."

"현장은 이곳이 아니고 어딘가에서 옮겨 왔다는 건가요?"

마쓰미야의 질문에 고바야시는 표정을 바꾸지 않고 슬쩍 고개를 끄덕였다.

"아마 그럴 거야."

"성추행을 할 목적으로 여자애를 화장실에 데려갔는데 저항을 하니까 죽였다……. 그런 가능성은 없습니까?"

그러자 곁에서 사카가미가 후우 하고 한숨을 내쉬었다.

"언제 누가 들어올지 모르는 공중화장실에서 그런 짓을 한다고? 아무리 변태라도 그런 생각은 안 하지."

"하지만 한밤중이라면……."

"한밤중에 어린애가 혼자 돌아다녔겠어? 그리고 그때까지 납치해두고 있었다면 좀 더 괜찮은 장소에 데려갔겠지, 일반적으로."

그것도 그렇겠다 싶어서 마쓰미야는 입을 다물었다. 고바야시와 사카가미는 사건의 개요를 들은 시점에 이미 이곳이 살해 현장이 아니라고 감을 잡은 모양이었다.

"엇, 관할서에서 나오셨네." 고바야시가 담배 연기를 내뿜으며 마쓰미야와 사카가미의 뒤쪽을 턱으로 가리켰다.

마쓰미야가 돌아보니 회색 양복 차림의 남자가 이쪽으로 다가오는 참이었다. 머리를 깔끔하게 갈라놓은 탓인지 형사라기보다 착실한 회사원 같은 분위기를 풍겼다.

관할서의 형사는 마키무라라고 이름을 댔다.

"피해자 신원 확인, 어떻게 됐어요?" 고바야시가 마키무라에게 물었다.

마키무라는 미간에 주름을 잡았다.

"아무래도 그 사람들이 틀림없는 것 같아요. 어머니 쪽은 도저히 말을 할 상황이 아니지만, 아버지는 수사에 도움이 된다면 한시라도 빨리 협조하겠다고 하고 있어요."

"어젯밤에 벌써 수색원이 들어왔다고 하던데?"

"밤 8시가 지나서 부모가 네리마 경찰서에 왔어요. 버스길 건너편에 살고 있고 아버지는 회사원이랍니다." 마키무라는 수첩을 펼쳤다. "피해자 소녀의 이름은 가스가이 유나예요."

마쓰미야도 자신의 수첩을 꺼내 소녀의 이름을 적었다.

마키무라는 부모 쪽의 이름도 알려주었다. 부친은 가스가이 다다히코, 어머니는 나쓰코라고 했다.

"피해자는 초등학교 2학년. 학교는 여기서 도보로 약 10분 거리에 있어요. 어제 오후 4시경에 일단 집에 돌아왔다고 합니다. 그 뒤에 어머니가 인지하지 못한 사이에 외출했고 그길로 소식이 끊겼다는군요. 신고를 받은 뒤에는 손이 비어 있던 경관이 중심이 되어 자택이며 학교 주변에서부터 역 근처까지 찾아다녔는데 끝내 눈에 띄지 않았다고 합니다. 단지 오후 5시경에 버스 길가의 아이스크림 집에서 피해자와 비슷한 나이의 여자애가 아이스크림을 사 갔다는 정보가 있었어요. 유감스럽게도 그쪽 점원은 피해자의 사진을 보고서도 동일 인물인지 아닌지 알 수 없다고 진술했다는군요."

"아이스크림이라⋯⋯." 고바야시가 중얼거렸다.

"그 여자애는 아이스크림 한 개를 샀다고 하고요, 동행은 없었답니다."

"아이스크림을 사 먹으려고 집을 나왔을까?" 고바야시가 누구에게랄 것도 없이 물었다.

"그럴 가능성도 있어요. 꽤 활발한 여자애였는지, 가끔 말없이 놀러 나가는 일이 있었다고 합니다."

고바야시는 고개를 끄덕이고 나서 "피해자 아버지의 진술은 우리도 들을 수 있겠죠?"라고 마키무라에게 확인했다.

"현재 이곳의 마을회관을 빌려 그곳에서 대기할 수 있게 조치했습니다. 방금 얘기한 내용들도 거기서 들었어요. 만나보시겠습니까?"

"계장이 아직 안 오기는 했지만, 일단 우리라도 진술을 들어 봐야겠어요. 어이, 자네들도 함께 가자고." 고바야시는 마쓰미 야와 사카가미에게 말했다.

살인사건이 일어나면 관할 경찰서의 형사나 기동수사대의 수사원이 초동수사를 담당한다. 유족의 진술을 듣는 것도 그 일환이었다. 하지만 수사 1과가 사건을 인계한 이상, 다시 관계자의 진술을 듣지 않으면 안 된다. 피해자 가족으로서는 몇 번이나 똑같은 이야기를 해야 하는 것이라서, 지난번 사건에서도 마쓰미야는 그 점이 몹시 안타까웠다. 또다시 그 우울한 순서를 밟아야 한다고 생각하니 마음이 어두워졌다.

마키무라가 안내해준 마을회관은 2층짜리 허름한 아파트의 1층에 있었다. 근처에 살고 있는 집주인이 동네를 위해 저렴하게 제공했다는 이야기였다. 건축 연수가 20년은 넘어 보이고 외벽에는 금이 가 있었다. 집을 빌리려는 사람을 찾지 못한 채 방치해두는 것보다는 동네에 빌려주는 게 이익이라고 생각했는지도 모른다.

문을 열자 희미하게 곰팡이 냄새가 났다. 입구 바로 앞에 다다미방이 있고 그곳에 얇은 파란색 스웨터를 입은 남자가 책상다리를 하고 앉아 있었다. 그는 한 손으로 얼굴을 가리고 깊숙이 고개를 떨어뜨리고 있었다. 사람이 들어온 것을 모를 리 없을 텐데도 돌덩어리처럼 움직이지 않았다. 몸도 마음도 굳어버릴 만도 하다고 마쓰미야는 충분히 짐작이 갔다.

"가스가이 씨."

마키무라가 말을 건네자 가스가이 다다히코는 가까스로 얼굴을 들었다. 볼은 창백하고 눈은 움푹 꺼져 있었다. 머리칼이 헤싱헤싱해져가는 정수리가 기름기로 번들거렸다.

"이쪽은 경시청 수사 1과에서 나온 분들이에요. 죄송합니다만, 다시 한번 상세한 이야기를 해주시겠습니까?"

가스가이는 멍한 눈으로 마쓰미야 일행을 바라보았다. 눈가에 눈물의 흔적이 있었다.

"그건 몇 번이라도 이야기하겠지만……."

"죄송합니다." 고바야시가 머리를 숙였다. "한시라도 빨리 범인을 잡기 위해서는 역시 저희도 부모님께 직접 말씀을 들어두는 게 좋다고 생각해서요."

"어떤 것부터 이야기하면 되겠습니까?" 애써 슬픔을 견디고 있는지 신음하는 듯한 목소리가 나왔다.

"수색원을 어젯밤 8시쯤에 내셨다고 하던데, 따님이 없어졌다는 것을 알게 된 건 언제입니까?"

"아내 얘기로는 6시쯤이었대요. 저녁을 차리던 중이었기 때문에 유나가 언제 집을 나갔는지는 전혀 모르겠다고 합니다. 내가 회사에서 돌아오는 도중에 휴대전화로 연락이 왔었어요. 유나가 없어졌는데 혹시 역 쪽에 갔을지 모르니까 주의해서 좀 봐달라고요. 작년에 한 차례 그런 일이 있었거든요. 유나 혼자 역까지 마중을 나왔었어요. 그때, 위험하니까 절대 혼자 나와서는 안 된다고 타일러서 그 뒤로는 그런 일이 없었는데……."

여기서부터 역까지는 도보로 30분 가까이 걸린다. 어린 딸아이가 아버지를 기쁘게 해주려고 작은 모험을 감행했던 것이리라. 흔히 있을 만한 일이라고 마쓰미야는 생각했다.

"그 시점에서는 부인께서 그다지 걱정은 하지 않으셨던가요?"

고바야시의 질문에 가스가이는 고개를 저었다.

"아뇨, 물론 걱정스러운 기색이었죠. 나도 어쩐지 마음이 뒤숭숭했어요. 단지 아내로서는 자기가 직접 역으로 찾아 나섰는데 혹시 그사이에 유나가 집에 돌아오면 안에 들어갈 수 없을 테니까 나오려야 나올 수가 없는 상황이었어요."

그 말을 통해 이들 가족이 세 사람인 것으로 마쓰미야는 파악했다.

"내가 집에 도착한 게 6시 반쯤이에요. 유나가 그때까지도 돌아오지 않았다는 걸 알고는 정말 걱정이 됐어요. 그래서 옆집에 우리 집 열쇠를 맡기고 애 엄마하고 둘이서 생각나는 대로 갈 만한 곳은 여기저기 찾아다녔습니다. 역 앞에도 사진을 들고 물어보고 다녔어요. 그 밖에 가까운 공원이며 초등학교도…… 이쪽 공원도 보러 왔었는데 설마 그, 그 화장실이라고는……." 가스가이는 괴로운 듯 얼굴을 일그러뜨리며 목이 멘 소리를 냈다.

마쓰미야는 차마 그를 마주 볼 수 없어서 애써 메모하는 일에만 몰두하려고 했다. 하지만 수첩에 적히는 내용은 참혹한 상황을 다시금 곱씹는 듯한 것이었다.

마쓰미야가 수첩을 한 장 넘겼을 때였다. 희미한 소리가 들려왔다. 그는 얼굴을 들었다.

휘이휘이 하는 틈새 바람 같은 소리였다. 닫힌 방문 건너편에서 들려오는 것 같았다.

다른 형사들도 알아차린 듯 마쓰미야와 같은 곳을 바라보고 있었다.

그러자 가스가이가 불쑥 말했다. "유나 엄마예요."

아, 하고 마쓰미야는 저도 모르게 소리를 흘렸다.

"저 방에서 좀 쉬시라고 했어요." 마키무라가 옆에서 조용한 어조로 말했다.

다시 휘이휘이 하는 소리가 들려왔다. 그것은 분명 사람의 목소리였다. 울고 있구나, 라고 마쓰미야는 마침내 깨달았다. 하지만 그 울음은 소리가 되어 나오지 않았다. 목이 말라붙어서 울부짖으려 해도 틈새 바람 같은 한숨만 토해져 나올 뿐이었다.

휘이, 휘이―.

형사들은 잠시 침묵에 잠겼다. 마쓰미야는 이 자리를 지키고 앉아 있는 게 힘들었다.

10

오전 10시를 조금 지났을 무렵이었다. 마에하라가의 현관 차임벨이 울렸다. 그때 아키오는 화장실에 있었다. 급하게 손을 씻고 있는데 야에코가 인터폰으로 대답하는 소리가 들려왔다. 인터폰 수화기는 다이닝룸 벽에 붙어 있었다.

"……아, 네. 하지만 우리는 아무것도 모르는데요." 상대가 무슨 말을 했는지, 잠시 틈을 두고 나서 다시 야에코가 말했다. "……아, 네. 알았어요."

아키오가 다이닝룸에 들어가자 야에코는 수화기를 내려놓는 참이었다.

"여보, 왔어."

"누가?"

"경찰." 야에코의 눈가가 흐려졌다. "당연히 경찰이지 누구겠어……."

아키오의 심장은 그때까지도 침착해지는 일이 없었지만 아내의 말을 듣고 한층 더 두근거리기 시작했다. 체온이 갑자기 쭈욱 올라가는 듯한 느낌이었다. 그러면서도 등에는 오싹 한기가 내달렸다.

"왜 우리 집에?"

"몰라. 아무튼 어서 나가 봐. 수상하게 생각하면 안 되잖아."

아키오는 고개를 끄덕이고 현관으로 향했다. 중간에 몇 차례 심호흡을 거듭했다. 그래도 심장의 두근거림은 전혀 가라앉지 않았다.

경찰이 찾아오는 것을 예상하지 못한 건 아니었다. 나오미가 소녀를 살해하기 전까지 어떤 행동을 취했었는지, 아키오는 전혀 알지 못한다. 어쩌면 누군가 목격한 사람이 있었는지도 모르는 것이다. 그럴 경우에도 어떻게든 대충 둘러대야 한다고 아키오는 마음을 정했다. 이미 뒤로 물러설 수 없는 상황인 것이다.

그런데도 실제로 경찰이 찾아왔다고 하니 역시 불안과 두려움으로 다리가 바들바들 떨리려고 했다. 프로 수사원들을 상대로 아마추어가 둘러대는 말이 어디까지 통할지 전혀 짐작도 가지 않았고 솔직히 끝까지 버텨낼 자신도 없었다.

문을 열기 전에 아키오는 눈을 감고 열심히 호흡을 가다듬었다. 가슴이 방망이질을 치는 것은 겉으로 드러나지 않겠지만, 호흡이 지나치게 흐트러지면 경찰관들도 수상하게 생각할 게 틀림없었다.

괜찮아, 괜찮아, 라고 아키오는 자신을 다독였다. 경찰관이 집에 찾아왔다고 해서 반드시 뭔가 들켰다고 할 수는 없다. 단순히 사건 현장 주변을 이 잡듯이 찾아다니는 것뿐인지도 모른다.

아키오는 입술에 침을 바르고 한 차례 헛기침을 하고 나서 문을 열었다.

낮은 대문 밖에 거무스레한 양복을 입은 남자가 서 있었다. 키가 크고 30대 중반쯤으로 보이는 남자였다. 햇볕에 그을려서 윤곽이 깊은 얼굴의 음영이 한층 더 짙게 보였다. 남자는 아키오를 보고 가볍게 인사를 건네왔다.

"주말에 쉬시는데, 죄송합니다." 남자가 쾌활한 어조로 말했다. "잠깐 괜찮을까요?" 문짝을 손끝으로 가리킨다.

집 안에 들어가도 되겠느냐는 뜻인 모양이었다. 그러시죠, 라고 아키오는 대답했다.

남자는 대문을 열고 짧은 징검돌을 건너왔다. 현관문 옆에까지 온 뒤에 그는 경찰수첩을 꺼냈다.

남자는 네리마 경찰서의 형사, 이름은 가가 교이치로라고 했다. 말투가 부드러워서 형사다운 위압감은 없었다. 하지만 어딘지 가까이 다가가기 어려운 분위기를 풍기는 인물이었다.

바로 맞은편 집의 현관 앞에도 양복을 입은 남자가 서 있었다. 그 집 아줌마를 상대로 뭔가 이야기를 하고 있었다. 그도 형사일 터였다. 즉 수사원 여러 명이 현재 이 근처 일대에서 탐문 수사를 하고 있다는 얘기다.

"무슨 일이십니까?" 아키오는 물었다. 사건에 대해 모르는 척하는 게 좋겠다고 판단한 것이다. 어떻게 알고 있느냐고 물었을 때, 대답할 말이 없었기 때문이다.

"은행나무 공원을 아십니까?" 가가 형사가 물었다.

"네, 알아요."

"실은 오늘 아침에 거기서 여자애의 사체가 발견되었어요."

어헛, 하고 아키오는 탄식 비슷한 소리를 냈다. 좀 더 깜짝 놀란 척하는 게 좋을지도 모르지만, 그럴 만한 여유는 없었다. 그저 무표정한 얼굴이라는 게 스스로도 느껴졌다.

"그러고 보니 아침부터 경찰차 사이렌 소리가 들리더니만."

"아, 그런가요? 이른 아침부터 죄송했습니다." 형사는 머리를 숙였다.

"아뇨. 저어, 어느 집 아이인가요?"

"4번지에 사시는 분의 따님이에요." 가가는 품에서 사진 한 장을 꺼냈다. 피해자의 이름은 밝히지 않는 게 규칙인지도 모른다. "이렇게 생긴 여자애인데요."

사진이 눈앞에 불쑥 들어온 순간 아키오는 일순 숨이 턱 막혔다. 온몸에 소름이 돋는 게 느껴졌다.

사진에 찍혀 있는 건 눈이 큼직한 귀여운 여자애였다. 겨울철에 찍은 사진인지 목에 머플러를 둘렀고 위로 올려 묶은 머리에는 털 방울이 달려 있었다. 그 얼굴에 번진 웃음은 행복감이 가득 넘쳤다.

이 소녀가 어젯밤 자신이 상자에 넣어 더럽고 어두운 공중화장실에 버리고 온 그 사체라고는 도저히 생각할 수 없었다. 생각해보면 사체의 얼굴을 한 번도 똑바로 들여다본 적이 없는 것이다.

이렇게도 예쁜 아이를……. 그 생각을 하니 아키오는 가만히 서 있을 수가 없는 심정이었다. 이대로 주저앉아 실컷 소리를 내지르고 싶었다. 그리고 지금 당장 2층으로 뛰어 올라가, 현실에 등을 돌리고 제가 만들어낸 빈약한 세계에 틀어박혀 있는 아들을 이 형사들 앞에 들이대고 싶었다. 물론 그 스스로도 죄를 갚고 싶었다.

하지만 그는 그렇게 하지 않았다. 다리 힘이 스르르 풀리려는 것을 꾹 참고, 얼굴 표정이 바짝 굳으려는 것을 필사적으로 견뎠다.

"혹시 이 아이를 보신 적은 없습니까?" 가가 형사가 물었다. 입가에 웃음을 띠고 있었지만 지그시 아키오를 응시하는 눈이 섬뜩했다.

글쎄요, 라고 아키오는 고개를 갸웃거렸다.

"이 나이 또래의 여자애라면 이 근처에서도 자주 보는데, 일일이 얼굴을 확인한 일도 없고…… 애초에 낮 시간에는 내가 집에 없어서……."

"회사에 다니시는군요?"

"예."

"그러면 일단 가족분들께도 좀 물어보고 싶은데요."

"가족이라니……."

"지금 아무도 없습니까?"

"아뇨, 그건 아니고."

"죄송하지만 어떤 분이 계시죠?"

"아내가 있는데요." 어머니와 나오미에 대해서는 덮어두기로 했다.

"그러면 부인을 잠깐 볼 수 있을까요? 그리 오래 걸리지 않습니다."

"그건 괜찮은데…… 그럼 잠깐 기다리세요."

아키오는 일단 현관문을 닫았다. 길고 굵은 한숨이 새어 나왔다.

야에코는 식탁 의자에 앉아 있었다. 불안과 두려움이 뒤섞인 눈으로 남편을 보았다.

형사의 용건을 전하자 그녀는 혐오감이 그대로 드러난 얼굴로 고개를 저었다.

"싫어, 형사를 어떻게 만나. 여보, 당신이 어떻게든 좀 해봐."

"형사가 당신에게 직접 물어보겠다잖아."

"그건 어떻게든 둘러댈 수 있잖아. 지금 일하느라고 바쁘다고 하든지. 아무튼 나는 싫어." 그렇게 말하더니 야에코는 일어나서 방을 나가버렸다.

여보, 라고 아키오가 급히 불렀지만 야에코는 대답하지 않고 계단을 올라갔다. 침실에 가서 꼼짝 않고 있을 모양이다.

아키오는 고개를 내젓고는 얼굴을 비비며 다시 현관으로 향했다.

문을 열자 형사가 억지웃음을 짓고 서 있었다. 그 얼굴을 보면서 아키오는 말했다.

"지금 좀 바쁜 모양이에요."

"아, 그렇습니까." 형사는 기대가 어긋났다는 듯한 얼굴을 했다. "그러면요, 정말 죄송하지만 이것을 부인께 보여주실 수 있을까요?" 조금 전의 소녀 사진을 내밀었다.

"예, 그건 괜찮은데요." 아키오는 사진을 받아 들었다. "본 적이 있는지 없는지, 그것만 물어보면 되지요?"

"그렇습니다. 귀찮게 해서 죄송합니다." 가가가 머리를 숙였다.

문을 닫고 아키오는 계단을 올라갔다.

나오미의 방에서는 아무 소리도 들려오지 않았다. 때가 때이니만큼 역시 텔레비전 게임은 안 하는 모양이다.

맞은편 방문을 열었다. 그곳이 부부 침실이었다. 야에코는 경대 앞에 앉아 있었다. 물론 화장을 하려는 건 아니다.

"형사는 갔어?"

"아니, 당신한테 이걸 보여주래." 아키오는 사진을 내밀었다.

야에코는 사진에서 눈을 돌려버렸다.

"우리 집에 왜 온 거야?"

"나도 모르지. 아마 이 근처 집집마다 다 찾아다니는 모양이야. 목격자 정보를 수집하고 있을 거야."

"형사한테 이런 애는 본 적이 없는 모양이라고 전해줘."

"당연히 그렇게 말할 수밖에 없지. 하지만 당신도 한번 사진을 잘 봐."

"왜?"

"우리가 어떤 끔찍한 짓을 했는지 자각하기 위해서."

"무슨 소리야, 이제 와서 새삼스럽게." 야에코는 고개를 홱 돌린 채 말했다.

"됐으니까, 아무튼 봐줘."

"싫어. 보고 싶지 않아."

아키오는 한숨을 내쉬었다. 소녀의 천사 같은 웃음을 본다면 자신의 결심이 무너져버린다는 것을 야에코도 알고 있는 것이다.

그는 발길을 돌려 방을 나왔다. 맞은편 방의 문을 열어보려고 했다. 하지만 잠겨 있었다. 원래 잠그는 문이 아니었는데 나오미가 제멋대로 고리식 자물쇠를 달았다.

"여보, 뭐 하는 거야?" 야에코가 그의 어깨를 잡았다.

"녀석에게 사진을 보여줄 거야."

"그래서 뭘 어쩌려고?"

"반성하게 해야지. 제가 저지른 짓을 뼈저리게 느끼게 해줘야 한다고."

"지금 그러잖아도 나오미는 충분히 반성하고 있어. 그러니까 제 방에 여태 틀어박혀 있지."

"아니, 녀석은 도망친 것뿐이야. 현실을 외면하고 있다고."

"그렇다고 해도……." 야에코는 얼굴을 찌푸리고 아키오의 몸을 흔들었다. "지금은 제발 가만히 내버려둬. 일이 다 끝난 다음에, 끝까지 잘 숨겨서 일이 마무리된 다음에 차근차근 얘기해도 되잖아. 왜 굳이 이런 때 일부러 애를 괴롭히려는 거야. 당신, 그러고도 아버지야?"

아내의 눈에서 눈물이 흐르는 것을 보고 아키오는 문손잡이를 놓아버렸다. 설레설레 고개를 저었다.

아닌 게 아니라 그렇다고 생각했다. 지금은 눈앞에 닥친 위기를 뛰어넘는 게 선결문제인 것이다.

하지만 과연 끝까지 이 위기를 넘어갈 수 있을까. 엄청난 잘못을 저지른 아들과 느긋하게 이야기를 주고받을 날이 정말로 오기나 할까…….

현관으로 다시 돌아와 사진을 형사에게 돌려주었다. 물론, 아내는 본 적이 없다고 한다는 말도 덧붙였다.

"그렇습니까? 네, 폐를 끼쳐서 죄송합니다." 가가는 사진을 품속에 챙겨 넣었다.

"이제 됐어요?" 아키오가 말했다.

예에, 라고 고개를 끄덕이더니 가가는 바로 옆의 정원 쪽으로 눈길을 던졌다. 아키오는 가슴이 덜컹했다. "아직도 무슨?"이라고 물어보았다.

"이상한 질문이긴 합니다만"이라고 가가는 전제를 달았다. "이 댁 잔디는 어떤 종류지요?"

"잔디요?" 목소리가 이상하게 갈라져 나왔다.

"잔디 종류를 모르십니까?"

"글쎄요, 전부터 정원에 있던 거라서……. 잔디를 아주 오래전에 심었어요. 이 집이 원래 부모님 때부터 살던 곳이라서."

"그렇군요."

"아, 근데 잔디가 왜요?"

"아뇨, 아무것도 아닙니다. 신경 쓰지 마세요." 형사는 웃는 얼굴로 손을 저었다. "마지막으로 한 가지만 더 묻겠는데요. 어제부터 오늘 아침 사이에 혹시 집을 비우신 적이 있습니까?"

"어제부터 오늘 아침이라…… 글쎄요, 없었던 거 같은데?"

왜 그러느냐고 아키오가 물어보려고 했을 때였다. 정원 쪽의 다이닝룸 유리문이 드르륵 열렸다. 아키오는 흠칫해서 그쪽을 돌아보았다. 어머니가 밖으로 나오는 참이었다.

가가도 놀란 모양이었다. "엇, 저분은?"이라고 물었다.

"어머니예요. 아, 근데 뭘 물어봐도 대답을 못 해요. 여기에 노환이 생겨서." 그렇게 말하고 아키오는 자신의 머리를 가리켰다. "그래서 아까 말을 안 했는데."

어머니는 뭔가 중얼중얼하면서 쪼그리고 앉아 줄줄이 늘어선 화분 쪽을 들여다보고 있었다.

더 이상 견딜 수가 없어서 아키오가 그쪽으로 달려갔다.

"어머니, 여기서 뭐 해?"

장갑, 이라고 그녀는 중얼거렸다.

"장갑?"

"장갑을 안 끼면 혼이 나."

어머니는 아키오에게 등을 돌린 채 화분 앞에서 부스럭거리고 있다가 이윽고 일어서서 아키오 쪽으로 몸을 돌렸다. 그 손에는 더러워진 장갑이 끼워져 있었다. 그것을 보자마자 아키오는 온몸이 얼어붙는 듯한 한기를 느꼈다. 어젯밤에 그가 사용했던 바로 그 장갑이었다. 그러고 보니 사체를 유기하고 온 뒤에 장갑을 어디에 두었는지 전혀 기억이 나지 않았다. 무의식중에 집 안 어딘가에 내던져버린 모양이었다.

"이거 끼면 되지요, 아저씨?" 그렇게 말하며 어머니는 형사에게 다가가 두 손을 그의 얼굴 앞에 쑥 내밀었다.

"앗, 어머니, 뭐 해? 이거, 죄송합니다. 어머니, 이제 됐으니까 안에 들어가서 놀아야지. 금세 비가 쏟아질 거야." 아키오는 마치 아이를 달래듯이 말했다.

어머니는 하늘을 올려다보더니 맞는 말이라고 생각했는지 정원을 가로질러 다이닝룸으로 올라갔다.

활짝 열려 있던 유리문을 닫고 아키오는 현관 쪽을 보았다. 가가 형사가 의아한 얼굴을 하고 있었다.

"보시다시피 어머니가 저런 상태라서요." 아키오는 머리를 긁으며 다시 현관 앞으로 갔다. "그래서 수사에는 별로 도움이 안 될 겁니다."

"힘드시겠네요. 집에서 돌봐드리는 모양이지요?"

"예, 뭐 그렇죠." 아키오는 고개를 끄덕였다. "저어, 이제 그만 됐습니까?"

"예, 됐습니다. 바쁘신데 협조해주셔서 고맙습니다."

형사가 문을 열고 나가는 것을 아키오는 그 자리에 선 채 눈으로 배웅했다. 그 모습이 보이지 않을 때까지 기다렸다가 정원 쪽으로 시선을 돌렸다.

소녀의 옷에 묻어 있던 잔디가 생각나서 아키오는 숨이 막혀왔다.

11

수사본부는 네리마 경찰서에 설치되었다. 오후 2시를 지나 첫 번째 합동 수사회의가 열렸다. 마쓰미야는 대각선으로 저 앞쪽에 앉아 있는 인물에게 아까부터 주의를 기울이고 있었다. 이렇게 가까이에서 보는 건 10여 년 만이다. 다부진 옆얼굴은 예전 그대로였다. 오랜 세월 검도로 연마해온 체격에도 달라진 데가 없고 등을 꼿꼿이 세우고 앉는 자세도 옛 모습 그대로였다.

이번 사건을 담당하게 되면서부터 머지않아 그와 마주칠 거라고 마쓰미야는 생각했었다. 하지만 얼굴을 마주했을 때 그가 어떤 반응을 보일지는 전혀 예상할 수 없었다. 마쓰미야가 경찰관이 되었다는 건 그도 알고 있을 테지만 경시청 수사 1과에 배속되었다는 것까지 파악하고 있는지 어떤지는 알 수 없었다.

상대는 마쓰미야보다 먼저 와서 앉아 있었다. 마쓰미야가 나중에 뒤에 앉았기 때문에 아직도 그는 자신을 알아보지 못

했을 터였다.

수사회의는 틀에 박힌 형식대로 진행되었다. 사망 시각은 전날 오후 5시부터 9시 사이일 것으로 추정되었다. 살해 방법은 액살縊殺. 그 밖에 외상은 보이지 않았다.

위액에서 아이스크림이 검출되었다. 따라서 아이스크림 가게에 혼자 찾아왔던 소녀가 피해자일 가능성이 높았다. 그럴 경우, 좀 더 사망 추정시각을 좁힐 수 있게 된다.

은행나무 공원 주변에 노상주차를 한 자동차 몇 대가 목격되기도 했다. 대부분 영업용 차량이거나 평소부터 상습적으로 불법 주차를 했던 차들이었다. 심야 시간에는 현재로서는 목격된 차량이 없었다.

범인의 유류품으로 단정할 만한 것은 발견되지 않았다. 단지 감식과에서 흥미로운 보고가 들어왔다. 사체의 의류에 미량이지만 잔디가 부착되어 있었다는 것이다. 잔디 종류는 금잔디, 생육 상태는 별로 좋지 않고 손질도 하지 않았다. 잔디 외에 클로버 잎사귀도 발견되었다. 흔히 볼 수 있는 세 잎 클로버였다. 잔디 속에 잡초로 끼어 있었던 게 아닌가 하는 것이 감식과 쪽의 견해였다.

가스가이 일가가 사는 곳은 맨션이라서 당연히 정원이 없었다. 피해자 가스가이 유나가 평소 자주 가던 공원에는 잔디가 있었지만 이쪽은 들잔디라는 다른 종류였다. 참고로, 은행나무 공원에는 잔디가 나 있지 않았다. 또한 가스가이 유나의 양말에서 소량이나마 잔디에 묻은 것과 같은 종류의 흙이 검출되었다. 사체로 발견되었을 때, 그녀는 운동화를 신고 있었다.

정원이나 공원 잔디밭에 들어가거나 드러눕기도 하겠지만 그런 때에 운동화를 벗는 경우는 그리 많지 않다, 라는 게 수사원들의 일치된 견해였다. 게다가 어제는 오전까지 비가 내렸다. 실외의 잔디가 축축했을 터라서 그런 곳에 맨발이라면 또 모르지만 양말 바람으로 들어갔으리라고는 생각할 수 없었다. 더구나 가스가이 유나가 신고 있던 신발은 발목까지 끈을 묶는 타입이어서 잘못해서 벗겨질 일도 없었다. 즉 아이가 잔디에 누운 것은 자신의 의사에 의한 것이 아니었을 가능성이 높다는 것이다.

살해된 뒤에 어딘가 잔디 위에 눕혀졌다, 라고 생각하는 것이 가장 자연스러웠다. 그렇다면 남의 눈에 띄기 쉬운 공공장소라고는 생각할 수 없다. 역시 개인주택의 정원, 이라는 결론이 나오는 것이다.

이상의 사실은 비교적 빠른 단계에 판명되었기 때문에 기동수사대나 네리마 경찰서 수사원들도 공원 근처에서 금잔디가 있는 장소를 조사해본 모양이었다. 단지 이 금잔디는 국내에서 가장 보편적이라고 해도 좋을 만큼 흔한 종류였기 때문에 개인주택만 해도 상당한 수에 이르렀다. 게다가 범인이 자동차를 이용했다면 해당되는 장소가 비약적으로 불어나기 때문에 단서로서 유효할지 어떨지 현재로서는 확실히 말할 수 없는 상황이었다.

현장 부근의 개인 정원을 탐문 조사한 결과에 대해 보고하는 순서가 되었다. 이 보고를 위해 가장 먼저 나선 사람이 아까부터 주의를 기울였던 바로 그 인물이었기 때문에 마쓰미야는 좀 더 긴장해서 들었다.

"네리마 경찰서의 가가 교이치로입니다." 그는 그렇게 이름을 밝히고 보고를 시작했다. "1번지에서 7번지까지, 정원에 잔디가 있는 집은 스물네 곳이었습니다. 그중 금잔디인 집은 열세 곳입니다. 이건 단순히 집주인을 통해 들은 사항이기 때문에 집주인의 착오가 있을 가능성도 배제할 수 없습니다. 나머지 열한 집은 집주인이 어떤 품종인지 알지 못했습니다. 모든 집에 피해자의 사진을 제시했는데, 이전부터 피해자를 알고 있었다는 곳이 세 집이었습니다. 단지 모두가 피해자를 근처에서 본 적은 없다고 했습니다."

통보가 들어온 뒤, 곧바로 탐문 수사에 나섰구나, 라고 마쓰미야는 가가의 보고를 들으며 생각했다.

그 밖에도 마찬가지로 탐문에 나선 수사원이 있었는지 그 비슷한 보고가 있었다. 다만 현시점에서 유력한 단서가 될 만한 내용은 없었다.

수사 1과장이 앞으로의 방침에 대해 얘기한 뒤, 일단 해산하기로 했다. 지금으로서는 범인이 전부터 피해자를 노리고 있었는지, 아니면 우연히 그 여자애를 사냥감으로 선택했는지 단언할 수 없었다. 어느 쪽이건, 자동차를 이용해 납치한 것 같다는 의견이 유력했다. 사체가 내버려진 곳이 피해자의 자택과 가까운 곳이라고 해서 범인 역시 이 근처 사람이라고 한정할 수는 없었다. 어쩌면 그렇게 생각하게 하기 위한 눈속임일 가능성도 높기 때문이다. 단지 은행나무 공원이라는 별로 알려지지 않은 작은 공원을 유기 장소로 선택한 것은 범인이 이 근처의 지리에 대해 잘 알고 있는 사람일 것이라는 게 수사 책임자들의 일치된 의견이었다.

그 뒤에 계장 이시가키가 두 명의 주임을 불러 이런저런 상의를 하기 시작했다. 네리마 경찰서 쪽의 수사원들도 불러서 잠깐씩 이야기를 주고받았다. 그 속에는 가가도 있었다. 무슨 이야기를 하는지 마쓰미야는 몹시 궁금했다.

회의를 마친 고바야시 주임이 마쓰미야 일행에게로 다가왔다.

"우리 쪽은 현장 주변을 조사하기로 했어. 목격 정보는 물론이고 최근에 어린애들이 어떤 피해를 당했다는 이야기가 없는지, 그런 것들을 조사할 거야. 그리고 잔디가 있는 집. 감식과 쪽에서 잔디나 토양에 대한 분석 결과를 내줄 모양이니까 수상한 집이 있을 경우에는 차례차례 대조해나가자고."

고바야시는 부하들에게 일거리를 나눠주며 말했다. 마쓰미야에게도 탐문 수사의 지시가 떨어졌다.

"아, 마쓰미야, 자네는 가가 형사와 한 팀으로 나가."

고바야시의 말에 에엣, 이라고 마쓰미야는 되물었다.

"자네도 당연히 알고 있겠지만 가가는 정말 우수한 형사야. 나도 몇 번 함께 일한 적이 있어. 좀 힘들지도 모르지만 이번에는 그를 따라서 움직여줘. 자네한테도 틀림없이 좋은 경험이 될 거야."

"하지만……."

"뭐지?" 고바야시가 흘끗 눈동자를 움직였다.

아뇨, 라고 마쓰미야가 고개를 저었을 때, 뒤쪽에서 "잘 부탁한다"라며 말을 붙여오는 사람이 있었다. 돌아보니 가가가 마쓰미야를 지그시 쳐다보고 있었다. 뭔가 의미심장한 눈빛이었다.

나야말로 잘 부탁합니다, 라고 마쓰미야는 대답했다.

회의를 마친 뒤, 마쓰미야는 가가 쪽으로 향했다. "오랜만이야."

응, 이라고 짧게 대답한 뒤 "점심은 먹었나?"라고 가가가 물었다.

"아니, 아직."

"그럼 같이 가자. 꽤 괜찮은 식당이 있어."

둘이 나란히 경찰서를 나왔다. 가가는 역 앞 상점가로 향하는 것 같았다.

"일은 좀 익숙해졌어?" 걸음을 옮기며 가가가 물었다.

"뭐, 슬슬." 마쓰미야는 말했다. "세타가야 주부 살해사건을 담당했었어. 그 사건을 통해 이래저래 배운 게 있으니까 살인사건에는 좀 익숙해졌다고 할 수 있지."

작은 허세였다. 이 사람에게만은 신입 취급을 받고 싶지 않았다.

가가는 퓨우 하고 웃음을 머금은 숨을 내쉬었다.

"사건에 익숙해지는 일 따위는 없어. 살인사건을 담당할 때는 특히 더 그렇지. 유족이 오열하는 모습에 익숙해진다면 그건 인간으로서 문제가 있는 거 아닌가? 내가 질문한 건 형사라는 입장에 익숙해졌느냐는 뜻이야. 제복 차림일 때와는 주위에서 보는 눈도 달라졌을 테니까."

"뭐, 그런 거라면 이제 다 알지."

"그렇다면 다행이다. 어쨌거나 시간이 해결해줄 일이기도 하고."

가가는 역 앞 큰길에서 조금 벗어난 곳에 있는 정식집으로 안내해주었다. 테이블이 네 개, 그중 두 개에 손님이 있었다. 가가는 입구 가까운 자리에 앉았다. 앉기 전에 에이프런을 두른 주인 여자에게 잠깐 인사를 건네는 걸 보면 아마 단골로 드나드는 식당인 모양이었다.

"이 식당, 뭐든 다 맛있어. 추천은 닭 꼬치구이 정식."

오호, 하고 고개를 끄덕인 뒤에 마쓰미야는 메뉴판을 보고 생선조림 정식을 주문했다. 가가는 돼지고기 생강구이 도시락을 주문했다.

"오늘 아침에 통보를 받고 형을 만나겠구나 짐작은 했어."

"그래?"

"깜짝 놀랐지, 내가 와 있어서?"

"별로 그렇지도 않아. 아까 보고, 왔구나 하고 생각했을 뿐이지."

"수사 1과에 배속된 거, 알고 있었어?"

"당연하지."

"외삼촌한테 들었어?"

"아니, 관할서에 있어도 1과의 정보는 귀에 들어와."

"그렇구나."

가가 교이치로는 예전에 수사 1과에서 근무했었다. 그때 함께 일했던 이들이 아직 건재하는지도 모른다.

"교이치로 형과 한 팀이 될 줄은 생각도 못 했어. 우리 주임에게 미리 귀띔이라도 했어?"

"아냐. 근데 뭐, 마음에 안 들어?"

"그런 뜻은 아니고. 좀 마음에 걸려서."

"정 싫으면 내 쪽에서 고바야시 주임에게 바꿔달라고 말해줄까?"

"그런 거 아니라고 말했잖아." 저도 모르게 가시 돋친 목소리가 튀어나왔다.

가가는 테이블에 팔꿈치를 짚고 고개를 돌린 채 얘기를 시작했다.

"관할서 형사는 수사 1과의 지시에 따를 뿐이야. 그러니까 우리가 한 팀이 된 건 단순한 우연이야. 쓸데없는 데 신경 쓸 필요 없어."

"물론 나도 신경 안 써. 계장과 주임의 지시대로 움직일 뿐이지. 형에 대해서도 관할서의 한 사람으로만 대할 생각이야."

"당연하지. 그러면 됐잖냐?" 가가는 스스럼없이 말했다.

주문한 음식이 나왔다. 아닌 게 아니라 맛있어 보였다. 양도 넉넉하고 영양 밸런스도 좋을 것 같았다. 지금까지 독신 생활을 고수하고 있는 가가에게 이 식당은 소중한 곳일 거라고 마쓰미야는 생각했다.

"고모님은 건강하시지?" 부지런히 젓가락을 움직이며 가가가 물었다.

갑작스레 친척다운 질문을 던지는 바람에 마쓰미야는 당황했다. 대답하지 않는 그에게 가가는 의아한 듯한 시선을 던졌

139

다.

너무 뻣뻣하게 구는 것도 철없는 어린애처럼 보일 것 같아서 마쓰미야는 순순히 고개를 끄덕였다.

"응, 덕분에 여전히 말만은 청산유수야. 그러고 보니 교이치로 형 만나면 인사 전해달라고, 꽤 오래전에 얘기했었어. 그때는, 언제 만나게 될지 모른다고 대답했었는데."

그래, 라고 가가는 고개를 끄덕였다.

침묵 속에서 마쓰미야는 묵묵히 젓가락질만 했다. 여러 가지 일이 한꺼번에 떠올라서 음식 맛은 반도 음미하지 못했다.

먼저 식사를 마친 가가는 휴대전화를 꺼내 자판을 누르기 시작했다. 하지만 금세 끝난 것을 보면 메일을 보낸 건 아닌 모양이다.

"며칠 전에 외삼촌에게 다녀왔어." 마쓰미야는 그렇게 말하면서 조심스레 가가의 반응을 살폈다.

가가는 휴대전화를 다시 품속에 넣고 드디어 마쓰미야 쪽으로 시선을 돌렸다.

"그랬냐?"

관심 없다, 라는 말투였다.

마쓰미야는 젓가락을 내려놓았다.

"가끔 좀 찾아뵙지 그래? 외삼촌, 몸 상태가 별로 좋지 않아. 분명히 말하겠는데, 정말 이제 얼마 안 남으신 거 같아. 내 앞에서야 건강한 척하시지만."

하지만 가가 교이치로는 대답하지 않았다. 찻잔을 입으로 옮길 뿐이었다.

"교이치로 형."

"쓸데없는 입 놀리지 말고, 어서 먹기나 해. 애써 차려준 음식 다 식겠다. 게다가 이번 사건에 관해서 상의할 일도 많아."

자기가 먼저 이쪽 일을 물었으면서, 라고 불만스럽게 생각하면서 마쓰미야는 다시 식사에 들어갔다.

다 먹었을 즈음에 휴대전화가 울렸다. 고바야시 주임에게서 걸려온 것이었다.

"감식과에서 새로운 보고가 들어왔어. 피해자의 의복에 하얀 알갱이가 붙어 있었는데, 그게 뭔지 알아낸 모양이야."

"하얀 알갱이? 그게 뭐였는데요?"

"발포스티롤이야."

"아, 예⋯⋯." 그게 무슨 의미가 있다는 건지 마쓰미야로서는 알 수 없었다.

"가전제품을 포장할 때 발포스티롤을 쓰잖아? 그 스티로폼이라는 게 감식과 쪽 이야기야."

"그렇다면⋯⋯"

"포장 상자야." 고바야시는 즉석에서 대답했다. "범인은 사체를 포장 상자에 넣어서 옮겼어. 그 상자에 발포스티롤 알갱이가 남아 있어서 피해자의 의복에 붙은 거야."

"아, 그렇군요."

"지금부터 은행나무 공원 주변을 찾아보겠지만, 그 상자는 범인이 다시 가져갔을 가능성이 높아. 어딘가에 내버렸을 수도 있지만 범인이 근처에 살고 있다면 그대로 가져갔을 거야. 잔디를 채취할 때, 그 비슷한 상자가 있는지도 점검해봐. 감식과 쪽 얘기로는 피해자의 배설물로 상당히 냄새가 났을 터라서 집 안에는 들이지 않았을 거라고 하더라고."

알겠습니다, 라고 대답하고 마쓰미야는 전화를 끊었다.

가가가 의아한 얼굴을 하고 있어서 방금 나눈 대화를 들려주었다. 그리고 이렇게 덧붙였다.

"우리가 돌아보는 쪽에서는 헛수고만 할 것 같아."

그 한 마디에 가가는 반응을 보였다. 즉각 "어째서?"라고 물어왔다.

"내가 범인이라면 그런 상자를 집에 가져가진 않을 거야. 설령 집이 바로 근처라도 그런 걸 왜 들고 가겠어? 자동차로 멀리 나가서 어딘가 적당한 곳에 버리고 오지. 당연하잖아?"

하지만 가가는 고개를 끄덕이지 않았다. 뭔가 생각에 잠긴 얼굴로 턱을 괸 채 휴대전화의 화면을 들여다보고 있었다.

12

야에코의 얼굴 표정이 홱 변했다. 차가운 두 손을 녹이려는 듯 따뜻한 물 잔을 감싸고 있었지만 그 손을 식탁에 탁 내려놓았다.

"여보, 왜 또 새삼스럽게……. 그거 진심으로 하는 말이야?"

"진심이야. 그만 포기하는 게 좋아. 나오미를 경찰서에 데려가자."

야에코는 남편의 얼굴을 빤히 쳐다보며 고개를 저었다.

"말도 안 돼……."

"아니, 이제는 어쩔 도리가 없어. 방금도 말했다시피 경찰은 틀림없이 잔디에 대해 조사할 거라고. 우리 집 잔디라는 게 밝혀지면 어떻게도 둘러댈 말이 없어."

"그걸 어떻게 알아? 사체에 잔디가 붙어 있었다고 형사가 직접 얘기한 것도 아니잖아?"

"말 안 해도 뻔하지. 그러지 않고서야 왜 잔디 종류를 물어보겠어? 그 여자애의 몸에 잔디가 붙어 있었다고. 틀림없어."

"그래도 당신, 옷에 붙은 잔디를 떼어냈다면서? 그래서 화장실 변기에 흘려보냈다고……."

"그건 아까부터 몇 번이나 말했잖아. 내 눈에 띈 잔디는 전부 떼어냈어. 하지만 그렇게 컴컴한 속에서 완벽하게 떼어냈는지 어땠는지, 그건 나도 몰라. 몇 가닥은 남아 있었을 수도 있다니까."

"그렇게 잘 알면서 왜 확실하게 떼어내지 않고……." 야에코는 미간을 찌푸린 채 답답한 듯 입술을 깨물었다.

"더 이상 나한테 뭘 어쩌라는 거야? 얼마나 힘들었는지 알기나 해? 누구한테 들켜서도 안 되고, 어서 빨리 끝내기는 해야 되고. 옷에 촘촘히 잔디가 붙어 있는 걸 상상해봐. 그걸 컴컴한 데서 남김없이 떼어낼 수 있겠어? 아니면 잔디가 붙은 것을 봤을 때, 사체를 다시 집에 들고 오기라도 했어야 돼?"

이런 참에 말다툼을 해봤자 아무 소용 없다고 생각하면서도 아키오는 말투가 거칠어지는 것을 멈출 수가 없었다. 사체를 처분하던 당시의 괴로움이 되살아난 탓도 있었지만, 잔디를 완벽하게 떼어내지 않으면 안 된다고 생각하면서도 한시라도 빨리 그 고역에서 도망치고 싶은 마음에 적당히 해치우고와버린 것을 얼버무리려는 의도도 있었다.

야에코는 식탁에 팔을 대고 이마를 짚었다.

"대체 어떻게 해야……."

"글쎄 이제는 어쩔 도리가 없어. 나오미를 자수시키는 수밖에 없다고. 우리도 공범이 되겠지만 그건 뭐, 어쩔 수 없어. 자업자득이지."

"당신, 그래도 괜찮아?"

"괜찮지는 않지만, 어쩔 수 없잖아?"

"어쩔 수 없다, 어쩔 수 없다, 자꾸 그렇게 포기하는 말만 하면 어떡해." 야에코가 얼굴을 들고 남편을 노려보았다. "당신, 알고 있어? 이건 나오미의 일생이 걸린 일이야. 소매치기를 했다든가 누구를 좀 다치게 했다든가 하는 정도라면 또 모르지만, 사람을 죽이고……. 게다가 그런 어린애를 죽였다고 하면, 나오미의 인생은 이제 완전히 끝장난 거야. 그런데도 당신은 어쩔 수가 없다고? 나는 도저히 그런 식으로는 생각할 수가 없어. 마지막의 마지막 순간까지 절대로 포기 못 해."

"그럼 어떻게 할 건데? 무슨 뾰족한 수라도 있어? 잔디 일로 추궁을 하면 어떻게 대답할 거야?"

"우선은……. 모른다는 것으로 밀고 나가야지."

아키오는 한숨을 내쉬었다.

"그런 말을 경찰이 받아들일 거 같아?"

"아니, 설령 잔디가 우리 집 것으로 판명이 난다고 해도 그게 나오미가 죽였다는 증거가 되는 건 아니잖아? 우리도 모르는 사이에 그 여자애가 마음대로 정원에 들어왔을 가능성도 있는 거야."

"형사는 우리가 집을 비운 적이 있었느냐고 물었어. 마음대로 들어왔다면, 집에 있었으면서 왜 못 봤느냐고 따지고 들겠지."

"못 볼 수도 있지. 계속 정원만 지켜보는 것도 아닌데."

"그런 개똥 같은 이론이 경찰에게 통하겠냐고."

"통하든 안 통하든, 해보지 않고서는 모르는 거잖아!" 야에코가 목소리를 높였다.

"그게 쓸데없는 몸부림이라는 거야."

"그래도 좋아. 나오미를 경찰에 보내지 않기 위해서라면 나는 무슨 짓이든 다 할 거야. 그보다, 당신은 대체 뭐야? 미리다 포기하고 하나도 좋은 생각은 안 해주고 있잖아."

"나도 엄청 고민한 끝에 별수가 없다는 결론을 내린 거야."

"아니, 당신은 고민 같은 건 하지도 않아. 당신 머릿속에는 지금 이 고통에서 달아나자는 생각밖에 없어. 나오미를 자수시키면 당신은 편해질 거라고 생각하지? 자식의 미래 같은 거, 어떻게 되건 상관도 없는 거지?"

"그렇지 않아!"

"그럼 어째서 내가 하는 말마다 번번이 트집을 잡아? 트집을 잡을 거면 다른 대안을 내놔야지. 그게 없다면 당신은 입다물고 있어. 경찰이 만만치 않다는 것쯤, 당신이 굳이 말하지 않아도 나도 잘 알아. 그래도 나는 내가 할 수 있는 일을 최대한 해보겠다는 거야."

야에코의 험악한 기세에 아키오는 기가 질렸다.

마침 그때, 기묘한 노랫소리가 들려왔다. 어머니의 목소리였다. 그 소리는 야에코의 신경을 더욱더 자극한 모양이었다. 그녀는 곁에 있던 이쑤시개 통을 내던졌다. 바닥에 가느다란 이쑤시개가 우수수 흩어졌다.

아키오는 입을 열었다.

"괜히 어설픈 거짓말을 하다가 체포되느니 깨끗이 자수하는 게 결과적으로 좀 더 빨리 사회에 복귀할 수 있어. 미성년자라서 이름도 나오지 않을 거고, 어딘가 다른 지역으로 이사를 가면 과거 일은 아무도 모를 거라고. 나는 그 얘기를 하는 거야."

"사회 복귀는 무슨 사회 복귀?" 야에코는 내던지듯이 말했다. "이 상황에서 그런 입에 발린 소리를 해서 뭐 해? 신문에 이름이 안 난다고 소문도 안 날 줄 알아? 그리고 아무리 멀리 이사해봤자 소용없어. 어린애를 죽였다는 소문은 어차피 평생 따라다녀. 그런 사람을 어느 누가 받아주겠어? 당신이라면 받아줄까? 그런 사람을 평등하게 대할 수 있어? 나라면 못 해. 그게 당연한 거야. 여기서 잡혀 들어가면 나오미의 인생은 끝장이고 우리 인생도 끝장이야. 그런 것도 몰라, 당신은? 머리가 어떻게 된 거 아니야?"

이번에야말로 아키오는 대꾸할 말이 없었다.

야에코의 말이 더 현실적이라는 건 그도 알고 있었다. 바로 어제까지만 해도 자신 역시 소년법 따위는 필요 없다는 의견을 가지고 있었던 것이다. 어른이건 미성년자건 죄를 범한 자에게는 그에 합당한 죗값을 치르게 해야 한다고 생각했었고, 더구나 살인이라는 무거운 죄일 경우에는 사형에 처하는 게 좋다고 생각했던 것이다. 살인을 저지를 만한 사람이 다시 새 사람이 된다는 건 있을 수도 없는 일이고, 그런 사람이 형기를 마쳤다고 다시 세상에 돌아오는 현행법의 허술함에 아키오도 불만을 품고 있었다. 야에코가 말한 그대로였다. 설령 철없는 청소년기에 저지른 죄라고 해도 살인 전력이 있는 사람을 아무런 차별 없이 받아들일 도량 따위, 그에게는 없었다. 그것이 옳다고 생각하며 여태까지 살아왔었다.

"왜 아무 말도 안 해? 뭐라고 말 좀 해봐." 야에코의 목소리에는 눈물이 섞여 있었다.

어머니의 노랫소리는 여전히 들려왔다. 마치 독경처럼 한없이 이어졌다.

"어중간한 건 안 돼." 아키오는 툭 내뱉었다.

"뭐야, 어중간하다니?"

"어중간한 거짓말을 해봤자 소용없어. 속일 거면 아주 완벽하게 속여야지. 잔디 때문에 경찰이 우리 쪽을 주목하게 된다면 그때는 분명 나오미부터 의심하고 들 거야. 형사에게 집요하게 추궁을 받았을 때, 그 녀석이 끝까지 거짓말을 해낼 수 있을 거 같아?"

"그러니 어떻게 하느냐고."

아키오는 눈을 감았다. 구역질이 날 것처럼 속이 울렁거렸다.

사태를 파악했을 때부터, 그리고 사체를 처분하기로 정했을 때부터, 그에게는 한 가지 생각이 있었다. 나오미가 죄를 추궁받지 않도록 하기 위한 어떤 수단에 대해서였다. 하지만 그는 지금까지 그 생각을 의식적으로 머릿속에서 떨쳐내려고 했다. 인간으로서 절대로 해서는 안 될 일이라고 생각했기 때문이기도 했지만, 그보다는 일단 그 생각에 사로잡히면 두 번 다시 돌아설 수 없으리라는 것을 잘 알고 있었기 때문이기도 했다.

"여보……." 재촉하듯이 야에코가 말했다.

"만약 이다음에 형사가 오면……." 아키오는 말을 이어갔다. "그래서 만일 거짓말이 안 통하게 되었을 때는……." 입술을 핥았다.

"그때는 어떻게 해?"

"자수…… 시킬 거야."

"여보!" 야에코의 눈이 험악해졌다. "그러니까 그건 안 된……."

"내 얘기를 들어봐." 아키오는 심호흡을 했다. "나오미가 아니라……."

13

야마다라는 문패 아래쪽의 인터폰 차임벨을 누르자 남자의 목소리가 돌아왔다. "예."

마쓰미야는 마이크 부분에 입을 가까이 대고 말했다.

"경찰에서 나왔는데요, 지금 좀 괜찮을까요? 잠깐 부탁드릴 게 있어서요."

"아, 예……." 상대는 당황한 듯한 목소리였다.

잠시 뒤에 현관문이 열리고 머리가 벗어진 남자가 불안해 보이는 얼굴을 내밀었다. 짧은 계단을 내려와 마쓰미야 일행이 서 있는 대문 쪽으로 나왔다.

"오늘 아침에는 정말 고마웠습니다." 마쓰미야 옆에서 가가가 말했다.

"이번에는 무슨 일입니까?" 집주인이 불만스러운 얼굴로 마쓰미야와 가가를 보았다.

"이 댁 정원에도 잔디가 있지요?" 마쓰미야가 말했다.

"예."

"그 잔디를 채취해 갔으면 합니다."

"예? 우리 집 잔디를?"

"은행나무 공원에서 여자애의 사체가 발견된 사건은 이미 뉴스를 통해 아시겠지만, 그 수사에 꼭 필요한 일입니다. 이 근처는 집집마다 모두 협조해주시고 있어요."

"왜 잔디를……"

"대조할 게 있어서요."

"대조?" 남자의 얼굴이 흐려졌다.

"야마다 씨의 정원이 문제가 있다는 건 아니고요." 가가가 나서서 말했다. "전체적으로 이 동네에 어떤 잔디가 심어졌는지 조사할 필요가 있거든요. 그래서 이렇게 부탁하고 다니고 있죠. 안 된다고 하시면 물론 억지로 하지는 않겠습니다만."

"아니, 안 된다는 건 아니고…… 혹시 우리 집을 의심하는 건 아니지요?"

"그야 물론이죠." 가가는 웃는 얼굴을 내보였다. "주말에 쉬시는 참에 죄송합니다. 금방 끝날 거니까요, 어때요, 괜찮을까요? 전부 우리 쪽에서 다 할 거고, 잔디에 흔적이 남지 않게 소량만 채취하겠습니다."

"그런 거라면, 뭐, 좋아요. 정원은 이쪽이에요." 집주인은 그제야 이해했는지 마쓰미야 일행을 안으로 들여주었다.

마쓰미야는 가가와 함께 정원에 잔디가 깔린 집을 한 집 한 집 찾아가 잔디와 흙을 채취했다. 어떤 집에서나 물론 흔쾌한 얼굴로 맞아주지는 않았다. 혹시 자기네를 의심하는 건 아니냐고 날카롭게 질문을 던져오는 일이 많았다.

"효율성이 떨어지는 방법인 것 같아." 야마다 씨네 집에서 나온 뒤에 마쓰미야는 말했다.

"그런가?"

"일일이 설명을 해야 하는 게 너무 번거롭잖아. 본부에서 누군가 미리 전화로 사정 이야기를 해두면 우리 쪽 작업도 순조롭게 진행될 텐데."

"설명 담당과 잔디 채취 담당을 각각 나눠서 진행하면 좋다는 건가?"

"교이치로 형은 그렇게 생각하지 않아?"

"그런 생각은 안 하지."

"어째서?"

"오히려 효율성이 떨어지기 때문이야."

"왜?"

"사건 수사는 사무직이 아냐. 사정을 설명하고 다니는 것도 그저 기계적으로 해서는 안 돼. 왜냐하면 상대가 범인일 가능성이 있으니까. 이야기를 하면서 상대의 반응을 관찰하는 것에서 힌트를 얻는 경우가 많아. 하지만 전화로는 그런 것까지는 알아낼 수가 없지."

"그럴까? 목소리 상태를 통해 알아내는 수도 있잖아?"

"자, 그럼 그럴 수도 있다고 하자. 그래서 너의 제안을 채용했다고 하자고. 사정을 설명하기 위해 전화를 건 수사원이 상대의 대응에 부자연스러운 것을 느꼈을 경우에는 잔디 채취 담당 수사원에게 일일이 그런 뜻을 전달해야겠지? 그건 효율성이 더 떨어진다고 생각되지 않냐? 게다가 직감이라는 건 남에게 전하기 어려운 거야. 능숙하게 전달되지 않았을 경우, 실제로 상대와 접촉하는 수사원이 말도 안 되는 실수를 하게 될수도 있어. 그리고 사전에 전화로 사정을 설명한다는 건 범인에게 뭔가 준비할 수 있는 유예를 부여하는 일이 되기도 하지. 따분한 작업에 맥이 빠지는 심정은 이해가 가지만 어떤 일에나 의미는 있는 법이야."

"뭐, 꼭 맥이 빠지는 건 아니야." 마쓰미야는 변명을 했지만, 가가의 의견에 대한 반론은 생각나지 않았다.

담당 구역 내에서 정원에 잔디가 깔린 집을 마쓰미야는 가가와 함께 차례차례 돌았다. 채취한 잔디는 하나하나 비닐봉투에 넣고 어느 집의 것인지 기록했다. 분명 맥 빠지는 작업이었다. 고바야시의 지시대로 포장 상자에 대해서도 빠짐없이 체크했다. 하지만 아직까지 수상쩍은 상자라고는 발견되지 않았다. 발견될 리가 없다고 마쓰미야는 내심 생각하고 있었다.

한 집 앞에서 가가가 멈춰 섰다. 찬찬히 현관 쪽을 응시하고 있었다. 마에하라라는 문패가 걸려 있었다. 잔디를 채취할 대상에 들어 있는 집이었다. 하지만 가가의 눈초리가 지금까지와는 달리 한층 더 예리해진 것 같아서 마쓰미야는 은근히 신경이 쓰였다.

"뭔가 있어?" 그는 물었다.

"아니, 아무것도 아냐." 가가는 슬쩍 고개를 저었다.

2층짜리 오래된 가옥이었다. 대문이 있고 곧바로 정면에 현관이 있었다. 짧은 징검돌의 오른편이 정원이었다. 거기에 잔디가 깔려 있었다. 얼핏 보기에 그다지 손질은 되어 있지 않았다.

가스가이 유나의 의복에는 잔디 외에 클로버도 붙어 있었다. 손질이 잘된 정원이라면 그런 잡초는 뽑아냈을 것이라는 게 잔디에 대해 잘 아는 수사원의 이야기였다.

마쓰미야는 인터폰을 눌렀다. 네, 라는 여자 목소리가 들렸다.

탐문 형식에 따라 우선 이쪽의 이름을 밝혔다. 역시 상대는 예, 라고 짧게 대답했다.

현관문이 열리기까지 마쓰미야는 서류를 들여다보며 마에하라가의 가족 구성을 확인했다. 네리마 경찰서에 있는 자료를 복사해 온 것이었다. 세대주는 마에하라 아키오, 47세. 처는 야에코, 42세. 14세의 아들과 72세 된 어머니가 있었다.

"그냥 평범한 집안이네." 마쓰미야는 불쑥 내뱉었다.

"아니, 이 집 할머니, 인지증인 것 같았어." 가가가 말했다. "평범한 집이라고는 이 세상에 하나도 없어. 바깥에서 보면 평온한 가족으로 보여도 다들 이래저래 사연을 안고 있는 법이야."

"그거야 나도 알지. 다만 이번 사건과는 관계가 없을 것 같다는 의미에서 해본 말이야."

현관문이 열렸다. 나타난 사람은 작은 몸집의 중년 남자였다. 폴로셔츠 위에 트레이닝복을 걸치고 있었다. 마에하라 아키오일 터였다. 그가 마쓰미야와 가가를 보고 슬쩍 인사를 건넸다. "자꾸 찾아와서 미안합니다"라고 가가가 먼저 사과의 말을 건넸다.

마쓰미야가 잔디를 채취하고 싶다고 설명하자 마에하라 아키오는 일순 당황한 표정을 보였다. 그 작은 변화를 어떻게 파악해야 좋을지 마쓰미야는 잘 알 수 없었다.

"예, 그러시죠." 마에하라는 간단히 대답했다.

실례합니다, 라는 말과 함께 마쓰미야는 정원으로 들어가 정해진 순서대로 잔디 채취에 들어갔다. 감식과로부터 되도록 흙을 많이 채취해 오라는 말을 들었다.

"저어……." 마에하라가 멈칫거리며 조심스럽게 말했다. "그 걸로 뭘 알 수 있어요?"

가가가 아무 말이 없어서 마쓰미야가 작업을 계속하면서 대답에 나섰다.

"자세한 것까지는 말할 수 없지만 이 근처 주택에는 어떤 잔디가 있는지 데이터를 수집하는 중이에요."

"아, 네, 그런 데이터를……."

그런 게 수사에 어떻게 도움이 된다는 건지, 마에하라는 궁금한 게 틀림없었다. 하지만 더 이상 질문을 하지는 않았다.

잔디를 비닐봉투에 넣고 마쓰미야는 몸을 일으켰다. 그리고 마에하라에게 인사말을 하려고 했다.

그때 집 안에서 큰 소리가 들려왔다.

"제발 그만하세요, 어머니!" 여자 목소리였다.

이어서 뭔가 넘어지는 듯한 소리도 났다.

마에하라는 "아, 잠깐 죄송합니다"라고 마쓰미야와 가가에게 말하더니 당황한 기색으로 문을 열고 안을 들여다보았다. "여보, 왜 그래?"

집 안에 있던 여자가 뭔가 말하고 있었다. 내용은 알아들을 수 없었다.

이윽고 마에하라는 문을 닫고 마쓰미야 쪽을 향했다. 난처한 듯한 얼굴을 하고 있었다.

"허 참, 창피한 꼴을 보이고 말았네요."

"무슨 일이 있었습니까?" 마쓰미야가 물었다.

"아니, 별일은 아니고, 어머니가 또 사고를 친 모양이에요."

"어머니? 아, 예……."

마쓰미야는 조금 전에 가가에게서 들은 이야기가 생각났다.

"괜찮으세요? 저희가 뭔가 도와드릴 일이 있으면 말씀해주세요." 가가가 말했다. "치매로 길을 잃는 노인에 대한 상담 창구도 우리 경찰서에 있는데요."

"아뇨, 걱정해주셔서 고마워요. 우리끼리 뭐 그럭저럭 해나가야죠." 마에하라는 억지로 지어낸 듯한 웃음으로 대답했다.

마쓰미야 일행이 문밖으로 나오자 마에하라도 집 안으로 사라졌다. 그것을 지켜본 뒤에 마쓰미야는 한숨을 내쉬었다.

"회사 일만으로도 이래저래 힘들 텐데 집안에 저런 문제를 안고 있다니, 저 아저씨도 참 힘들겠네."

"저게 요즘 일본 가정의 한 가지 유형이야. 사회가 고령화하고 있다는 건 벌써 몇 년 전부터 알려져 있었어. 그런데도 적절한 준비를 하지 않은 정부의 태만에 따른 빚을 지금 개개인이 떠안게 된 거야."

"치매 노인을 집에서 돌봐야 하다니, 생각만 해도 아찔하다. 나도 남의 일이 아니야. 언젠가는 어머니를 돌봐드려야 할 테니까."

"수많은 사람이 공통적으로 떠안고 있는 고민이지. 정부에서 아무것도 해주지 않으니 각자 스스로 해결하는 수밖에 없어."

가가의 말에 마쓰미야는 저항감을 느꼈다.

"교이치로 형은 좋겠네." 그는 말했다. "외삼촌을 혼자 두고 마음대로 살아갈 수 있으니까. 아무 데도 얽매일 게 없어서 좋겠어."

입 밖에 내고 나서야 약간 말이 지나쳤다고 생각했다. 가가가 화를 낼지도 모른다.

"하긴 그렇다." 하지만 가가는 간단히 대꾸했다. "살아가는 것도 죽어가는 것도 혼자 몸이면 속 편하고 좋긴 하지."

마쓰미야는 발을 멈췄다.

"그러니까 지금, 외삼촌도 혼자 돌아가시라는 얘기야?"

그러자 가가는 역시나 허를 찔린 듯한 얼굴로 마쓰미야를 쳐다보았다. 하지만 그리 동요하는 기색 없이 천천히 고개를 끄덕였다.

"어떤 식으로 죽음을 맞이할 것인가는 어떻게 살아왔는가에 의해서 결정돼. 그 사람이 그런 죽음을 맞이한다면 그건 모두 그 사람의 삶의 방식이 그랬기 때문이라고 할 수밖에 없어."

"그 사람이라니……."

"따뜻한 가정을 만든 사람은 세상을 떠날 때도 따뜻한 시선 속에서 떠날 수 있어. 하지만 가정다운 가정을 만들지 못한 사람이 마지막 순간에만 그런 것을 바란다면 너무 이기적인 거 아니냐?"

"외삼촌은 나한테, 아니, 어머니와 나한테는 그런 가정을 만들어주셨어. 나는 외삼촌 덕분에 따스한 가정이라는 것을 느꼈다고. 어머니와 나, 둘뿐인 집이었지만 그걸 힘들게 여기지 않고 살 수 있었던 건 모두 외삼촌 덕분이야. 나는 외삼촌에게 고독한 죽음을 맞이하게 할 마음은 전혀 없어." 마쓰미야는 가가의 차가운 눈을 마주 쏘아보며 말을 이어갔다. "교이치로 형이 외삼촌을 돌보지 않겠다면, 뭐, 그건 마음대로 해. 내가 외삼촌을 돌봐드릴 거야. 외삼촌의 임종도 내가 할 거라고."

뭔가 반론이 나올 거라고 생각했는데 가가는 조용히 고개를 끄덕일 뿐이었다.

"좋을 대로 해라. 네 삶의 방식에 참견할 마음은 없다." 그렇게 말하고 그는 걸음을 옮겼지만 바로 멈춰 섰다. 마에하라가 옆에 서 있는 한 대의 자전거를 빤히 쳐다보고 있었다.

"그 자전거가 무슨 문제라도 있어?" 마쓰미야는 물었다.

"아무것도 아냐. 어서 서두르자. 아직도 돌아야 할 집이 많아." 가가는 빙글 등을 돌렸다.

14

커튼 틈새로 유리문 너머 집 앞의 길을 살펴보았다. 초등학생인 듯한 남자애 둘이 자전거를 타고 지나갔다.

두 형사가 다녀간 뒤로 10여 분이 지났다. 그들이 다시 돌아오는 기척은 없었다.

아키오는 한숨을 내쉬고 커튼 옆에서 벗어나 소파에 자리를 잡았다.

"어때?" 식탁 의자에 앉아 있던 야에코가 물었다.

"형사는 없어. 그리고 감시 같은 것도 없는 모양이야."

"그럼 우리 집에만 찾아왔던 건 아니지?"

"그럴 거야. 장담은 못 하겠지만."

야에코는 두 손으로 관자놀이를 꾹꾹 눌렀다. 아까부터 머리가 아프다는 말을 내비쳤다. 잠이 부족한 탓일 것이다.

"하지만 잔디를 가져갔으니까 이제 어쩔 도리가 없겠지?"

"그래, 과학수사라는 게 굉장하다던데. 우리 집 잔디라는 게 밝혀질지도 몰라."

"언제쯤이 될까."

"뭐가?"

"다음에 경찰이 우리 집에 오는 거. 그런 거, 금세 아는 걸까?"

"글쎄. 하지만 이틀이고 사흘이고 걸리지는 않을 거야."

"빠르면 오늘 밤이라도?"

"그럴 수도 있어."

야에코는 눈을 감고 아아, 하는 소리를 흘렸다. 절망감이 감도는 목소리였다.

"여보, 정말 잘될까……."

담배에 손을 뻗으려던 아키오는 슬쩍 혀를 찼다.

"이제 와서 새삼스럽게 무슨 소리야?"

"그래도……."

"나오미가 잡혀가지만 않는다면 무슨 짓이라도 하겠다고 한 건 당신이잖아. 그래서 이런 방법을 생각해낸 거고. 아니면 뭐야, 역시 나오미를 경찰에 데려갈까?"

아키오의 말투에는 짜증이 담겨 있었다. 그로서는 충분히 고뇌한 끝에 결심한 일이었던 만큼, 이제 와서 야에코가 약한 소리를 하는 것에 화가 났다.

야에코는 당황한 기색으로 머리를 가로저었다.

"그런 거 아냐. 마음을 바꾼 게 아니라 반드시 잘해야겠다 싶어서 뭔가 실수는 없는지 확인해본 것뿐이야."

그녀의 목소리에는 머뭇머뭇 눈치를 보는 듯한 여운이 있었다. 아키오의 기분을 상하게 해서는 안 된다고 생각하는 것 같았다.

그는 성급하게 담배를 빨아들여 한 개비를 금세 재로 만들었다.

"우리 둘이 몇 번이나 계획을 확인했잖아. 그래서 이거라면 반드시 잘될 것이라고 결론을 내렸어. 그다음에는 운을 하늘에 맡기는 수밖에 없어. 나는 이제 단단히 각오했어. 당신도 이제 와서 괜히 갈팡질팡하지 마."

"아니, 갈팡질팡한 게 아니라니까. 뭔가 빠뜨린 것은 없는지 확인해본 거야. 나도 각오했어. 방금 전에도 연기를 잘했잖아. 그 형사들, 어떤 표정이었어?"

아키오가 고개를 갸우뚱했다.

"글쎄. 당신 목소리가 연기라는 건 눈치채지 못한 것 같은데, 얼마나 강한 인상을 주었는지는 모르겠어."

"그래?" 야에코는 적잖이 실망한 기색이었다.

"어머니가 사고 치는 장면을 직접 목격했다면 상당히 임팩트가 강했을 텐데 억지로 그러라고 할 수도 없고…… 아 참, 어머니는 뭐 하고 있어?"

"글쎄, 아마 방에 누워 계실 거야."

"나오미는 뭐 하고 있고?"

아키오의 물음에 야에코는 곧바로 대답을 하지 않았다. 미간을 좁힌 채 생각에 잠겨 있었다.

"뭐야, 또 게임이야?"

"아, 아냐. 나오미한테도 계획을 말해줬으니까 그걸 저도 나름대로 생각하고 있을 거야. 나오미도 엄청 큰 상처를 입었어."

"그 정도 반성으로 뭐가 돼? 아무튼 잠깐 불러와."

"뭐 하려고? 지금 여기서 혼내봤자……."

"그런 거 아냐. 이번 계획을 제대로 성사시키려면 우리 모두가 완벽하게 거짓말을 하지 않으면 안 돼. 조금이라도 앞뒤가 안 맞는 점이 있으면 경찰은 그 부분을 철저히 찔러볼 거란 말이야. 그러니까 예행연습을 해둬야지."

"예행연습?"

"경찰은 나오미 얘기도 들어보려고 할 거야. 그런 때 괜히 중언부언 딴소리를 하면 일이 다 어그러져. 정확하게 서로 말을 맞춰야지, 안 그러면 경찰의 질문을 당해낼 수 없어. 그러니까 경찰이 물어볼 만한 것을 내가 미리 질문하면서 연습하자는 얘기야."

"그런 얘기였구나." 야에코는 시선을 떨구었다. 뭔가 고민하는 눈치였다.

"왜 그래? 어서 불러와."

"당신이 하는 말은 알겠는데, 지금은 좀 어렵지 않을까? 이따가 나중에 하는 게 좋을 거 같아."

"어렵고 말고 할 게 뭐가 있어? 대체 왜 그래?"

"여자애를 죽게 해버린 충격으로 걔가 아직도 영 기운이 없어. 이 계획에 대한 이야기는 해줬는데, 아무래도 나오미는 형사 앞에서 그런 연기는 못 할 것 같아. 여보, 나오미는 집에 없었던 것으로 하면 안 될까?"

"집에 없었다고?"

"사건이 일어났을 때 나오미는 집에 없었던 것으로 하면 좋을 것 같아. 그러면 형사도 굳이 나오미를 불러다 뭘 물어볼 이유가 없잖아."

야에코의 제안에 아키오는 천장을 우러러보았다. 온몸에서 힘이 쭉 빠지는 것 같았다.

"그거, 그 녀석이 한 얘기지?"

"응?"

"나오미가 그러자고 했지, 자기는 집에 없었던 걸로 해달라고."

"아니, 나오미가 얘기한 게 아니라 내가 그러는 게 낫겠다고 생각한 거야."

"형사는 안 만나겠다고 나오미가 떼를 썼기 때문이겠지. 안 그래?"

야에코는 입술을 깨물다가 고개를 숙였다.

"그럴 만도 하잖아. 그 애는 아직 중학생이야. 형사라면 잔뜩 겁을 내고 있어. 그러니까 나오미는 그런 거, 못 할 것 같아."

아키오는 고개를 내저었다.

아내의 말은 충분히 이해가 갔다. 참을성 없고 감정 통제가 안 되고 저 하고 싶은 대로 해온 나오미가 집요하게 질문을 거듭하는 형사를 상대하는 건 무리라고 생각되었다. 짜증이 나고 귀찮아서 중간에 다 술술 불어버릴 것이다. 하지만 애초에 누가 저지른 잘못인가. 누구 때문에 이런 고통을 겪고 있는 것인가. 사태가 이렇게 된 지금도 나오미가 모든 것을 부모에게

밀어붙이고 도망치려고 하는 것이 아키오는 한심하기만 했다.

"그러면 거짓말에 또 거짓말을 덧붙이게 돼." 아키오는 말했다. "나오미가 집에 없었다면 어디에 갔었다고 할 거야? 적당히 거짓말을 둘러대도 경찰에서 그 말에 대한 증명 수사를 하니까 금세 들키게 돼. 어찌 됐건 나오미가 형사를 안 만나고 그냥 넘어갈 수는 없어. 그렇다면 거짓말은 최대한 줄이는 게 좋잖아."

"아니, 그래도……."

야에코가 말을 어물거렸을 때였다. 인터폰 차임벨이 울렸다.

아키오는 아내와 얼굴을 마주 보았다.

"또 형사야?" 야에코는 겁에 질린 듯 얼굴이 흐려졌다. "잔디 때문에 뭔가 알아냈나?"

"설마, 그렇게 빨리는 알아내지 못할 텐데?" 아키오는 마른 입술을 적시고 인터폰을 집어 들었다. 예, 라고 낮게 말해보았다.

"응, 오빠? 나야, 하루미."

아키오는 휴우 하고 굵은 한숨을 내쉬었다. 귀에 들려온 건 하루미의 목소리였다. 하지만 경찰이 아니라는 것에 안도하면서도 아키오는 당황스러웠다. 여동생을 어떻게 할 것인지는 아직 생각해두지 않았던 것이다.

"뭐야, 오늘은 유난히 일찍 왔구나. 너희 가게, 쉬는 날이냐?" 일부러 느긋한 목소리를 냈다.

"그렇진 않은데, 마침 이 근처에 온 김에 잠깐 들렀어."

"응." 아키오는 인터폰을 내려놓고 야에코를 바라보았다. "큰일 났네. 하루미가 와버렸어."

"어, 어떻게 하지?"

"어떻게든 그냥 돌려보내야지."

아키오는 현관으로 나가 문을 열었다. 하루미는 이미 대문 안에 들어와 있었다. 그녀로서는 결혼 전에 살던 내 집이기 때문에 조심하고 말 것도 없을 터였다.

"미안, 하루미. 오늘도 괜찮은데." 아키오는 말했다.

"괜찮다니, 무슨 소리야?"

"어머니는 우리가 어떻게든 할게. 실은 지금 좀 티격태격하느라 경황이 없어." 아키오는 거북한 얼굴을 지어 보였다.

"왜, 무슨 일이야?" 하루미가 미간을 찌푸렸다. "엄마 때문에 그래?"

"아니, 그런 게 아냐. 어머니는 상관없고, 나오미 때문이야."

"나오미?"

"걔 진학 문제로 네 새언니하고 말다툼을 하던 중이야."

하루미는 "웬일이야"라고 의아한 표정을 보였다.

"어머니는 방에 얌전히 계셔. 몸 상태도 괜찮은 거 같고. 식사 거드는 건 내가 할 수 있어. 그러니 오늘은 그냥 가도 괜찮아."

"그래? 괜찮다면야 나는 좋지만."

"일부러 와줬는데 미안하게 됐다."

"아니, 괜찮아. 자, 이거 엄마 드시라고 해." 그러면서 하루미는 들고 있던 슈퍼 봉지를 내밀었다.

안을 들여다보니 샌드위치와 종이 팩 우유가 몇 개 들어 있었다.

"이런 걸 드셔도 되나?"

"요즘 엄마가 샌드위치를 제일 좋아하잖아. 소풍 나간 기분이 드는가 봐."

"그래?" 아키오는 처음 듣는 이야기였다.

"엄마 방 도코노마⁺에 놔주면 돼. 그러면 엄마가 드시고 싶을 때 드실 테니까."

"근데 왜 도코노마야?"

"나도 몰라. 엄마한테는 엄마만의 규칙이 있는 모양이지. 어린애하고 똑같아."

이해하기 어려운 이야기였지만 아키오로서는 받아들이는 수밖에 없었다.

✛ 방 한편의 바닥을 한 층 높이고 족자나 장식물을 놓는 곳.

"내일은 어떻게 해?"

"글쎄. 꼭 필요하면 내가 전화할 테니까 연락 없으면 안 와도 돼."

"어머, 그래?" 하루미는 눈을 둥그렇게 떴다.

"요즘 이삼일, 어머니 상태가 좋아져서 조용하시고, 주말에는 내가 있으니까 그럭저럭 때울 수 있을 거야. 항상 너한테 신세를 지는 것도 마음에 걸리고."

"새언니가 그래도 괜찮대? 그러다 부부싸움 하는 거 아냐?"

"말다툼은 나오미 진로 문제 때문이랬잖아. 아무튼 별문제 없으니까 어머니 걱정은 안 해도 돼."

"그렇다면 다행이다. 하지만 방심하면 안 돼. 얌전하다가도 갑자기 이상한 짓을 하시니까. 새언니 화장품 같은 건 감춰두는 게 좋을 거야."

"화장품?"

"엄마가 요즘 화장하는 데 관심이 많아. 하긴 다 큰 여자들이 하는 그런 화장 말고, 어린애가 엄마 흉내를 내면서 루주로 장난치고 그러지? 그런 거하고 똑같아."

"어머니가 그런 장난을 해?"

아키오는 아버지 일이 생각났다. 그러고 보니 아버지도 그런 이상한 짓을 했었다. 그것을 가르쳐준 건 어머니였다. 그런 어머니가 이제는 똑같은 짓을 하고 있다니.

"그러니까 화장품 같은 건 눈에 띄는 곳에 두면 안 돼."

"알았다. 야에코한테 말해둘게."

"잘 부탁해. 혹시 무슨 일 있으면 전화해줘."

"알았어."

하루미가 문밖으로 나가는 것을 아키오는 현관 앞에서 배웅했다. 지금 자신들이 하려는 일을 생각하면, 그녀에 대해 참으로 죄송한 마음이 들어 가슴이 아팠다.

아키오가 다이닝룸으로 돌아가자 즉시 야에코가 물었다.

"하루미 씨가 뭐래?"

"이틀을 연달아 도움이 필요 없다고 했으니 이상하게 생각하는 눈치야. 그래도 대충 둘러대서 보냈어."

"화장품이 어쩌고저쩌고하는 소리가 들리던데?"

"응, 어머니 얘기야." 아키오는 하루미에게서 들은 이야기를 아내에게 전해주었다.

"그런 못된 장난을 쳤어? 나는 전혀 몰랐네."

못된 장난, 이라는 말이 아키오의 귀에 거슬렸다. 하지만 그런 것에 불만을 드러낼 상황이 아니었다.

"나오미 좀 불러와." 그는 말했다.

"여보, 그러니까 그건……."

"지금 달콤한 소리를 하고 있을 때가 아냐. 우리가 하려는 일이 어떤 일인지 알기나 해? 죽을 각오를 하지 않고서는 통

169

하지 않는 일이야. 나오미한테도 그걸 알려줘야지. 토라져 있으면 부모가 뭐든 다 들어준다고 생각한다면 그야말로 큰 착각이야. 이 녀석이 부모를 대체 뭐라고 생각하는 거야? 아무튼 불러와. 당신이 싫다면 내가 가야겠어."

그가 엉덩이를 쳐들자 야에코가 먼저 일어섰다.

"알았어, 내가 갈게. 근데 제발 부탁이니까 심하게 나무라지 마. 그러잖아도 지금 잔뜩 겁이 나 있단 말이야."

"겁이 나는 게 당연하지. 빨리 불러오기나 해."

응, 이라고 대답하고 야에코는 나갔다.

아키오는 술을 마시고 싶었다. 의식을 잃을 만큼 술에 취해 널브러지고 싶었다.

문득 손을 보니 하루미에게서 받아 든 슈퍼 봉지를 아직도 들고 있었다. 아키오는 한숨을 내쉬고 다이닝룸을 나섰다. 안방 장지문을 열자 어두침침한 가운데 어머니가 등을 돌린 채 앉아 있었다.

어머니, 라고 다정하게 말을 건네고 싶었다. 하지만 그렇게 불러봐도 반응이 돌아오지 않는다는 것을 아키오는 잘 알고 있었다. 아키오가 누구인지, 지금의 어머니는 알지 못하는 것이다. 어머니 이름대로 "마사에 짱"이라고 부르면 곧잘 대답을 해준다고 하루미가 알려주었지만 아키오는 어머니를 그런 식으로 부르고 싶지는 않았다.

"샌드위치 먹자."

아키오의 말에 어머니가 빙글 몸을 돌렸다. 그리고 빙긋이 웃었다. 어린 소녀처럼 웃는다고 표현할 수 있을지도 모르지만, 그 모습을 보고 아키오는 오싹 한기를 느꼈다.

마사에는 네 발로 기어서 아키오에게 다가오더니 슈퍼 봉지를 움켜쥐고 다시 네 발로 기어 도코노마 쪽으로 갔다. 그리고 봉투에서 샌드위치를 꺼내 하나씩 옆으로 늘어놓기 시작했다.

어머니가 또다시 그 장갑을 끼고 있는 것이 아키오의 눈에 들어왔다. 뭐가 마음에 들었는지, 그로서는 도무지 이해할 수 없었다. 알고 있는 건, 억지로 벗기려고 하면 미친 듯이 화를 내며 날뛴다는 것뿐이었다.

방을 나와 장지문을 닫았다. 어두운 복도를 걸으며 바로 조금 전에 야에코에게 했던 자신의 말을 되씹었다.

부모를 대체 뭐라고 생각하는가…….

그건 자기 자신에게 던져야 할 물음이라는 것을 문득 깨닫고 아키오는 고개를 툭 떨구었다.

15

어머니와 함께 살기로 한 건 잘한 결정이었다, 라고 아키오는 이 집에서 살기 시작하고 한참 동안은 미덥게 생각했었다. 야에코도 나오미도 새로운 생활에 익숙해진 것 같고, 어머니도 자신의 페이스대로 살아가는 것처럼 생각되었기 때문이다. 하지만 그건 표면상의 일에 지나지 않았다. 얼마 안 되어 무겁고 답답한 공기가 확실하게 이 집을 휘감았다.

눈에 보이는 최초의 이변은, 저녁 식사 때에 일어났다. 여느 때처럼 식탁에 앉은 아키오는 어머니가 자리를 비운 것이 이상하게 생각되었다.

"어머님은 자기 방에서 드실 거래." 그의 물음에 야에코는 아무렇지도 않게 대답했다.

왜 그러냐고 되물었지만, "글쎄, 나도 모르지"라면서 그녀는 고개를 갸우뚱할 뿐이었다.

그날 이래, 어머니가 가족과 함께 식탁에 마주 앉는 일은 없어졌다. 그뿐만이 아니라 메뉴도 각자 따로였다. 야에코는 그때 이미 파트타임 일을 나가고 있었지만, 그녀가 집에 없는 사이에 어머니는 자신의 저녁 식사를 따로 준비하는 모양이었다.

"여보, 어머니한테 프라이팬 좀 씻지 말라고 말해줘. 세제로 박박 문질러 씻으면 애써 기름을 먹여둔 게 다 소용없게 된단 말이야." 그런 식으로 야에코에게 타박을 당하는 일도 차츰 많아져갔다.

왜 따로 음식을 해 먹는가, 왜 함께 먹지 않는가, 그런 의문을 품으면서도 아키오는 입 밖에 내지 않았다. 대답이 대략 짐작이 갔기 때문이다. 야에코와 어머니는 좋아하는 음식도, 양념도 전혀 달랐다. 그런 문제로 두 사람 사이에 다툼이 일었고 그런 일이 길게 꼬리를 끌고 있는 게 틀림없었다.

시어머니와 며느리의 다툼쯤이야 세상에 흔해빠진 일이라고 결론을 내버리고 아키오는 시종 보고도 못 본 척하는 태도로 일관했다. 그러다 보니 집에 돌아오는 게 마음이 무거워서 술집에 들르는 일이 많아졌다. 그런 속에서 한 여자를 알게 되었고 어느새 깊은 관계로 발전했다. 신바시의 술집에서 일하는 여자였다.

마침 그 무렵에 나오미가 학교에서 괴롭힘을 당한다는 문제로 야에코가 상의를 해왔다. 시시하고 귀찮은 문제라는 생각만 들었다. 그리 대수로운 일이 아니라고 생각했기 때문에 나오미를 나무랐다. 귀찮은 일을 만들어 온 것이 짜증 나고 분통이 터졌던 것이다.

가정에 관심을 가지지 않던 시기였기 때문에 아키오는 여자에게 정신없이 빠져들었다. 2주일에 한 번이던 게 매주가 되고, 이윽고 사흘이 멀다 하고 가게에 들락거렸다. 그 여자의 집에 들러 아침에 돌아오는 일도 자주 있었다.

역시 야에코도 눈치를 챘다.

"어떤 여자야?" 어느 날 밤, 야에코가 캐물었다.

"무슨 소리야?"

"시치미 떼지 마. 매일 밤마다 대체 어디 가는 거야? 솔직하게 말해."

"회사 일로 술자리에 가는 거지. 이상한 오해는 하지 마."

"그렇게 나를 속여 넘기려고? 나를 바보로 아는 거야?"

거의 매일 밤마다 말다툼이 벌어졌다. 물론 아키오는 여자가 있다는 건 끝까지 인정하지 않았다. 야에코도 명확한 증거는 잡지 못한 것 같았다. 하지만 그녀의 의심이 풀린 건 아니었다. 오히려 남편의 외도를 확신하고 있었다. 아키오가 그 여자와 헤어지고 몇 년이 지났는데도 야에코가 이따금 자신의 휴대전화를 훔쳐본다는 것을 아키오는 알고 있었다.

답답한 하루하루가 이어지던 어느 날의 일이었다. 어머니가 꼬박 하루가 넘도록 방에서 나오지 않았다. 무슨 일인가 하고 아키오가 안방에 가봤더니 어머니는 툇마루 쪽에 앉아 바깥을 내다보고 있었다.

"뭐 하고 있어?"라고 물었다. 돌아온 대답은 예상외의 것이었다.

"손님이 오셨으니까 나는 이 방에 가만히 있을 거야."

"손님? 그런 사람 안 왔는데?"

"아냐, 손님 오셨어. 저거 봐, 들리지?"

들려오는 건 야에코와 나오미의 이야기 소리였다.

아키오는 맥이 빠졌다. 어머니가 미운 소리를 하는 거라고 생각했기 때문이다.

"무슨 일이 있었는지 모르겠지만, 어머니도 제발 사이좋게 지내줘. 나도 정말 피곤하다고."

하지만 어머니는 어리둥절한 기색이었다.

"내가 모르는 손님이지?"

"아아, 됐어. 어머니 맘대로 해." 그렇게 말하고 아키오는 방을 나왔다.

그때만 해도 아직 별다른 의심을 하지 않았었다. 뭔가 마음에 안 드는 일이 있어서 어머니가 야에코를 생판 타인 대하듯 이죽거리는 거라고만 생각했었다. 실제로 그 바로 뒤에는 평소와 다름없는 기색으로 야에코나 나오미를 대하고 있었다. 물론 사이가 좋아졌다는 게 아니라 늘 하던 대로 티격태격하고 있었다는 뜻이다.

하지만 사태는 그렇게 만만한 것이 아니었다.

어느 날 밤, 아키오가 이불 속에서 막 잠이 들려고 하는데 야에코가 갑자기 그를 흔들어 깨웠다. 아래층에서 뭔가 소리가 난다는 것이었다. 잠에 취한 눈을 비비며 내려가봤더니 어머니가 작은방에 있던 탁자를 다이닝룸 쪽으로 끌어내고 있는 참이었다.

"어머니, 뭐 하는 거야?"

"아니, 이건 이쪽 방이잖아."

"왜 그래, 그건 작은방에 놔두기로 했잖아?"

"하지만 밥을 먹는 곳에 갖다 놔야지."

"뭔 소리야, 대체? 여기는 식탁이 있다고."

"식탁?"

저기 봐, 라고 말하며 아키오는 문을 열었다. 다이닝룸에 식탁이 보였다. 함께 살기로 결정했을 때, 부엌과 접한 작은방을 다이닝룸으로 개조했었다. 그때 사들인 것이었다.

그제야 기억이 난 듯 어머니는 입을 헤벌리고 그대로 우두커니 서버렸다.

"아무튼 됐으니까 빨리 가서 자. 이건 내가 다시 갖다 둘 테니까."

어머니는 말없이 자기 방으로 돌아갔다.

자다가 잠깐 정신이 어떻게 됐었나 보다고 아키오는 생각했다. 하지만 야에코에게 그렇게 말했더니 그녀의 생각은 달랐다.

"어머니가 아무래도 치매가 온 거 같아." 냉랭한 어조였다.

설마, 하고 아키오는 말했다.

"당신은 회사에 가 있으니까 눈치를 못 챘겠지만, 분명히 치매기라니까. 음식을 만들어서 그냥 내버려두는 일이 자주 있어. 먹는 걸 깜빡 잊어버리는 거 같아. 어머니, 냄비의 죽은 안 드세요, 하고 물었더니 자기는 그런 거 끓인 적이 없다는 거야. 물론 항상 그런 건 아니지만."

아키오는 말문이 턱 막혔다. 아버지에 이어 어머니까지 그런 병에 걸릴 줄은 상상도 하지 못했다. 눈앞이 캄캄해졌다.

"당신, 어쩔 거야? 미리 말해두겠는데 나는 병시중을 들려고 이 집에 들어온 거 아냐."

알고 있어, 라고 대답하는 게 고작이었다. 하지만 해결책이라고는 하나도 생각나지 않았다.

어머니의 치매는 그 뒤로 급속히 진행되었다. 치매에도 다양한 타입이 있다는데, 어머니의 증세는 아무튼 기억력이 저하되는 것이었다. 방금 했던 이야기를 잊어버리고 자신이 했던 행동을 잊어버리고 가족의 얼굴을 잊어버리고, 그뿐인가, 자신이 누구인지도 애매해지는 심한 인지증이었다. 하루미가 병원에 데려갔지만 치료할 수 있는 전망은 없다는 것이었다.

야에코는 요양 시설에 보내는 게 좋겠다고 했다. 시어머니를 내보낼 천재일우의 기회라고 생각했는지도 모른다. 하지만 하루미가 단호히 반대하고 나섰다.

"엄마는 이 집에 있는 게 가장 마음이 편안해. 게다가 개축하기 전의 옛날 집에 집착하고 있어. 그 오래된 집에서 아버지하고 함께 산다고 생각하고 있어. 그런 믿음으로 겨우 마음이 가라앉는 거야. 다른 곳으로 옮기면 틀림없이 고통스러워. 그런 건 난 절대로 허락할 수 없어."

아무리 그래도 어머니를 돌봐야 하는 건 우리라고 야에코는 반박했다. 그러자 하루미는 자신이 어떻게든 하겠다고 했다.

"오빠나 새언니가 힘들지 않게 할게. 내가 돌봐드릴 거야. 어머니는 이 집에 그냥 있게 해줘. 그러면 되지?"

여동생이 그렇게까지 호소하는데 아키오로서는 대꾸할 말이 없었다. 우선은 그런 선에서 지내보자고 결론이 났다.

처음 한동안은 하루미가 낮 시간에 찾아왔다. 어머니와 말동무도 해주고 밥도 먹여주다가 아키오가 회사에서 돌아올 즈음에 돌아가는 것이었다. 하지만 얼마 지나지 않아 밤에 오는 게 좋겠다는 쪽으로 이야기가 흘러갔다. 낮 시간에는 어머니가 대부분 잠을 자고 저녁 무렵에 일어나는 일이 많았기 때문이다. 매일 밤, 정해진 시간에 하루미는 오게 되었다. 늘 직접 만든 음식을 들고 왔다. 어머니는 야에코가 요리한 것은 먹지 않았기 때문이다.

언젠가 하루미가 이런 말을 한 적이 있었다.

"엄마는 내가 엄마인 줄 알아. 자신은 어딘가 낯선 집에 맡겨졌고, 밤이 되면 엄마가 자기를 만나러 와준다고 생각하는 거 같아."

아키오로서는 선뜻 믿을 수 없는 이야기였다. 하지만 어머니의 행동을 지켜보면 아닌 게 아니라 유아퇴행의 증상이 나타나는 것 같았다. 아키오는 인지증 관련 책자도 몇 권 읽어보았다. 어떤 책에나 거의 비슷한 조언이 적혀 있었다.

치매 노인에게는 본인이 만들어낸 세계가 있다. 그 세계를 무너뜨리려고 해서는 안 된다. 그것을 유지해가면서 조심스럽게 접하지 않으면 안 된다…….

어머니의 머릿속에서 이 집은 이미 알지 못하는 집인 것이다. 그리고 그곳에 살고 있는 아키오 역시 어머니에게는 알지 못하는 사람인 것이다.

16

마쓰미야와 가가가 담당 구역의 집을 모두 돌고 났을 때는 이미 밤이 되어 있었다. 가방 안은 잔디를 채취한 비닐봉투로 가득했다.

수확이 있었는지 어떤지, 마쓰미야 스스로도 잘 알 수 없었다. 그가 돌아다닌 어떤 집에도 소녀를 죽일 만한 사람은 살고 있지 않았다. 모두가 그저 평범했고, 먹고사는 데 약간의 차이는 있지만 다들 열심히 하루하루를 살아가는 사람들처럼 보였다.

"이 동네에는 없는 것 같아." 버스길을 향해 걸으며 마쓰미야는 말했다. "그런 짓을 하는 건 역시 정신에 병이 든 놈이야. 혼자 사는 남자고 변태성욕을 가진 인간이지. 생각해봐, 길에 지나가는 여자애를 갑자기 차로 끌고 가서 납치한 거야. 무슨 못된 짓을 할 생각이었는지는 모르지만, 아무튼 대개는 그 장소에서 최대한 멀리 벗어나려고 하는 게 일반적이잖아? 어딘가 다른 곳에서 아이를 살해하고는 이 동네로 돌아와 사체를 버린 거야. 범인이 이 동네 사람인 것처럼 위장하려고. 그렇다면 범인은 이 동네 사람은 아니야. 내 추리에 뭔가 모순된 점은 없지?"

옆에서 걸어가는 가가는 말이 없었다. 고개를 숙이고 뭔가 생각에 잠긴 얼굴이었다.

"교이치로 형." 마쓰미야가 불렀다.

가가는 그제야 고개를 들었다.

"내 얘기, 안 들었어?"

"아니, 듣고 있었어. 네 생각은 충분히 알았어. 타당성도 있는 것 같아."

에둘러서 하는 말로 들려서 마쓰미야는 살짝 짜증이 났다.

"아니, 할 말 있으면 속 시원히 해봐."

가가는 쓴웃음을 지었다.

"그런 거 없어. 내가 말했었지? 관할서 형사는 수사 1과의 지시를 따를 뿐이라고."

"그 말만 자꾸 하고, 어쩐지 화가 나는데?"

"싫은 소리를 하자는 게 아냐. 기분이 나빴다면 사과하지."

두 사람은 버스길로 나갔다. 마쓰미야는 택시를 잡으려고 했지만, 그 전에 가가가 말했다.

"난 잠깐 들렀다 갈 데가 있어."

빈 차를 발견하고 번쩍 손을 들었던 마쓰미야는 황급히 그 손을 내렸다.

"어딘데? 들렀다 갈 데가 어디야?"

가가는 잠시 망설인 뒤에 마쓰미야를 따돌리기가 어렵다고 생각했는지 한숨을 내쉬고 나서 대답했다.

"한 군데 마음에 걸리는 집이 있어. 그래서 다시 가볼 생각이야."

"어떤 집인데?"

"마에하라라는 집."

"마에하라……." 마쓰미야는 가방에서 파일을 꺼내 각 세대의 리스트를 훑어보았다. "아, 그 집? 치매 할머니가 있던 집이지? 근데 어째서 그 집이 마음에 걸리지?"

"말하자면 길어. 게다가 아직은 추측 단계일 뿐이야."

마쓰미야는 파일을 탁 덮으며 가가를 노려보았다.

"관할서는 1과의 지시에 따라야 한다면서? 그렇다면 1과 사람에게 뭔가 숨기면 안 되지."

"딱히 숨길 마음은 없는데?" 가가는 난처한 듯 덥수룩하게 수염이 자란 뺨을 손끝으로 벅벅 긁고는 어깨를 으쓱 쳐들었다. "알았어, 같이 가자. 근데 가봤자 헛수고일 가능성이 높다는 건 미리 알아둬."

"아, 예, 전혀 괜찮거든요? 얼마나 헛수고를 하고 돌아다녔느냐에 따라 수사 결과가 달라진다고, 어떤 분이 가르쳐주셨거든."

외삼촌 다카마사가 가르쳐준 말이었다. 가가가 어떤 얼굴을 하려나 하고 슬쩍 살펴봤지만 그는 아무 말도 하지 않고 걸음을 옮겼다.

가가의 뒤를 따라 한참 걸어가자 은행나무 공원이 나왔다. 출입금지는 해제되었지만, 공중화장실 주변에는 아직도 로프가 쳐져 있었다. 인기척이 전혀 없는 것은 밤 시간이라는 것도 있겠지만 이번 사건이 벌써 소문이 났기 때문인지도 모른다.

가가는 로프를 타 넘고 화장실 쪽으로 다가갔다. 입구 앞에서 발을 멈췄다.

"범인은 어째서 사체를 이런 곳에 버렸을까?" 가가가 선 채로 물어왔다.

"그거야 밤 시간의 공원이라면 남의 눈에 띄지도 않을 거고 아침까지 사체가 발견될 걱정도 없다. 대충 그런 거 아닐까?"

"하지만 남의 눈에 잘 안 띄는 장소라면 그 밖에도 얼마든지 있어. 굳이 깊은 산중까지 갈 것도 없이, 이를테면 인접한 니자시(丹) 쪽으로 가면 한동안 아무도 못 들어갈 만한 풀숲이 곳곳에 널려 있어. 그런 곳에 버렸다면 사체 발견도 한참 늦춰졌을 텐데 말이야. 왜 범인은 그렇게 하지 않았을까?"

"아까 내가 말했던 것처럼 이 동네 사람이 한 짓으로 위장하려고 그런 거 아냐?"

하지만 가가는 머리를 갸웃거렸다. "그럴까."

"아니라는 거야?"

"범인 입장에서는 그런 속임수보다 사체 발견이 최대한 늦춰지는 게 훨씬 더 이익일 텐데? 유괴 가능성이 있어서 경찰도 당장 공개적으로 움직일 수는 없었어."

"그럼 교이치로 형은 어떻게 생각하는데? 범인이 왜 이 장소를 선택한 거야?"

가가는 천천히 마쓰미야 쪽으로 얼굴을 돌렸다.

"나는 범인이 어쩔 수가 없어서 이곳에 내다 버렸을 거라고 생각하고 있어."

"어쩔 수가 없어서?"

"응, 범인에게는 이곳 외에는 다른 선택지가 없었어. 좀 더 먼 곳으로 가고 싶었지만 그럴 수단이 없었다는 거야."

"수단이라니, 자동차?"

"그렇지. 범인은 차 운전을 못하거나 차 자체가 없었어."

"글쎄, 그건 아닐 거 같은데."

"왜?"

"차가 없어서는 이번 범행은 불가능해. 첫째로 어떻게 사체를 실어 나르겠어? 여기까지 직접 들고 걸어왔을까? 아무리 어린애라지만 20킬로그램은 될 거야. 게다가 사체는 상자에 담겨 있었어. 상당히 큼직한 상자야. 그걸 들고 도보로 옮기기는 힘들어."

"그 포장 상자 말인데, 사체에 발포스티롤 알갱이가 붙어 있었다고 했지?"

"응, 그래서 가전제품 상자를 이용했을 것으로 추정하고 있어."

"발포스티롤 알갱이가 붙어 있었다는 건……" 가가는 둘째 손가락을 세웠다. "범인이 상자에 사체를 그대로 넣었다는 얘기야."

일순 마쓰미야는 가가가 무슨 말을 하는지 이해할 수 없었다. 머릿속에서 그 광경을 떠올려보고서야 가까스로 아하, 하고 감지되는 게 있었다. "아, 그렇구나!"

"너, 차가 있었던가?"

"있어. 중고차."

"중고차라고 해도 소중한 내 차겠지? 그럼 너라면 어떻게

했을까? 차로 운반하려고 할 때, 상자에 사체를 그대로 넣을까?"

"뭐, 딱히 문제는 없을 거 같은데?"

"사체가 축축한 상태인데도?"

"축축하다니……?"

"피해자는 목이 졸렸을 때, 오줌을 흘렸어. 발견되었을 때도 치마가 축축하게 젖어 있었지. 나는 감식과보다 먼저 현장을 봤기 때문에 분명히 기억하고 있어. 화장실 안이어서 냄새는 별로 안 났지만."

"그러고 보니 수사 자료에 그런 얘기가 쓰여 있었던 거 같네."

"다시 한번 물어보자. 그런 사체라도 그대로 상자에 넣을까?"

마쓰미야는 입을 혀로 적셨다.

"사체의 오줌이 상자에 스며서 내 차에 얼룩이라도 생기면 그건 별로 안 좋겠네."

"그래, 차에 얼룩이 생기고 냄새까지 나게 돼. 게다가 차 안에 사체의 흔적이 남을 거야."

"사체를 일단 비닐 시트 등으로 꽁꽁 싸매고 그다음에 상자에 넣는다…… 아마 그렇게 했을 거야."

"이번 범인은 그렇게 하지 않았어. 왜일까?"

"……차로 실어 나른 게 아니기 때문에?"

가가는 어깨를 으쓱 쳐들었다.

"물론 반드시 그렇다고 단언할 수 있는 건 아니야. 범인이 털털한 성격이어서 차가 더러워지는 것쯤은 신경을 쓰지 않았는지도 모르지. 하지만 나는 그럴 가능성은 낮다고 생각해."

"근데 차를 이용하지 않았다면 어떻게 그 큼직한 종이 상자를 날랐지?"

"문제는 바로 그거야. 너라면 어떻게 하겠냐?"

"아까 말했던 대로, 여기까지 직접 들고 오는 건 너무 힘들어. 밀차를 이용했다면 한결 편리하겠지만 한밤중에 그런 걸 밀고 나왔다가는 금세 눈에 띄겠지."

"나도 같은 생각이야. 눈에 띄지 않으면서 밀차와 똑같은 역할을 하는 것이라면, 그게 뭘까?"

"유모차……? 아니지, 옛날 유모차라면 모를까, 요즘 것으로는 무리겠네."

가가는 싱긋 웃더니 휴대전화를 꺼냈다. 그것을 조작해서 마쓰미야 쪽으로 내밀었다.

"이거 좀 봐."

마쓰미야는 휴대전화를 받아 들었다. 액정화면에 휴대전화 카메라로 어딘가 땅바닥을 찍은 사진이 올라와 있었다.

"이건 뭐야?"

"지금 네가 서 있는 땅바닥이야. 감식과에서도 사진을 찍었을 테지만, 일단 나도 따로 몇 장 찍어뒀어."

"이게 어쨌는데?"

"잘 봐, 뭔가 지운 듯한 자국이 있는 거, 보이지?"

아닌 게 아니라 지면에 몇 줄기 굵은 선이 나 있었다.

"이거, 어린애들이 땅바닥에 낙서한 거 아냐?"

"그렇다면 오히려 범인이 다녀간 흔적이 전혀 없다는 게 마음에 걸리지. 밀차가 됐건 밀차를 대신할 뭔가가 됐건, 범인은 그걸 이용해 사체를 이곳에 옮겨 왔을 텐데 말이야. 어제는 오전까지 비가 왔으니까 이 근처 땅바닥이 상당히 질척거리는 상태였어."

"그렇다면 이게 그 흔적일 수도 있겠네. 근데 지워버렸으니 별수가 없어." 그렇게 말하며 마쓰미야는 휴대전화를 가가에게 건네주려고 했다.

"아니, 잘 봐. 지운 흔적의 폭이 어느 정도인 것 같아?"

"폭?" 다시 한번 화면을 들여다보았다. "30센티미터 정도인가?"

"나도 그 정도라고 생각했어. 30센티미터라면 밀차라고 하기에는 너무 작아."

"진짜네. 그렇다면 이건……?" 마쓰미야는 화면에서 얼굴을 들었다. "자전거 흔적?"

"응, 아마도." 가가는 말했다. "게다가 뒤에 짐칸이 있는 자전거야. 요즘 자전거는 뒤에 짐칸이 없는 게 많아. 좀 더 말하자면 그리 크지 않은 자전거야."

"어째서?"

"실제로 해보면 알아. 큼직한 상자를 짐칸에 싣고 그걸 감싸가면서 다른 한 손으로 핸들을 잡는다고 해봐. 자전거가 너무 크면 손이 안 닿겠지."

그 상황을 마쓰미야는 머릿속에 그려보았다. 가가의 추리는 타당성이 있는 것처럼 느껴졌다.

"범인과 가까운 곳에 잔디가 있다. 범인은 운전을 못하거나 차가 없는 사람이다. 그 대신 짐칸이 있는 자전거를 갖고 있다…… 그거네!" 말을 하면서 마쓰미야는 그런 조건에 합치하는 집을 짚어보았다. "아하, 그래서 마에하라 씨네 집이었구나. 분명 그 집에는 차고도 주차 공간도 없었어. 자전거는…… 아, 교이치로 형이 그 집 자전거를 유심히 보고 있었지?"

"응, 짐칸이 있는 자전거였어. 그 자전거라면 웬만큼 큰 상자도 실을 수 있어."

"와아, 그렇구나. 하지만……."

"뭐지?"

"그것만으로 딱 한 집으로 수사망을 좁히는 건 너무 단순한 추리 아닌가? 이를테면 집에 차는 있었는데 범인이 직접 운전

188

할 수 없었을 가능성도 있는 거고."

마쓰미야의 말에 가가는 고개를 끄덕였다.

"나도 단지 그것만으로 그 집을 주목한 건 아냐. 또 한 가지, 마음에 걸리는 게 있었어. 바로 장갑이야."

"장갑?"

"초동수사 단계에서 내가 그 집에 갔었어. 가스가이 유나의 사진을 보여주면서 목격 정보를 수집하러 다니던 때야. 그때 그 집의 인지증 걸린 할머니를 봤어. 그 할머니가 휘청휘청 정원에 나와서 그곳에 떨어져 있던 장갑을 집어다 끼고 있었어."

"왜 그런 거지?"

가가는 어깨를 으쓱 들어 올렸다.

"인지증 환자의 행동을 논리적으로 설명하려고 해봤자 소용없어. 그보다 문제는 그 장갑이야. 할머니가 그 장갑을 나한테 보여줬어. 이런 식으로." 그는 마쓰미야의 얼굴 앞에서 손을 좍 악 펼쳤다. "그때 냄새가 났어."

"엣?"

"희미하게 이상한 냄새가 났어. 오줌 냄새였지."

"피해자는 오줌을 흘렸다…… 바로 그 냄새라는 거야?"

"강아지도 아니고 내가 그런 것까지는 모르지. 하지만 그때 이런 생각을 했어. 범인이 장갑을 꼈다면…… 아니, 분명 장갑을 꼈을 거야. 맨손으로 사체를 만지면 지문이 남을 우려가 있으니까. 그렇다면 그 장갑은 피해자의 오줌으로 더러워졌을 것이다, 라고. 그 뒤에 발포스티롤이 의복에 붙어 있다는 게 판명되었고, 그래서 방금 말한 것들이 생각났어. 그러고 보니 점점 더 그 집이 마음에 걸렸다는 거야."

마쓰미야는 마에하라의 집을 머릿속에 떠올렸다. 어디에나 있을 법한 평범한 집이었다. 마에하라 아키오라는 세대주에게서도 범죄의 낌새는 느끼지 못했다. 굳이 말하자면 인지증의 어머니가 사고를 쳐서 난처하다는 얘기가 기억 속에 남아 있는 정도다.

마쓰미야는 파일을 펼쳐 마에하라가에 관한 자료를 살펴보았다.

"47세의 회사원, 그 아내, 중학생 아들, 그리고 인지증 할머니…… 이 중 누군가가 범인이라는 거야? 그러면 다른 가족은 그 일을 모르는 건가. 근데 가족에게 들키지 않고 과연 이번 범행이 가능한가?"

"아니, 불가능할 거야." 가가는 즉석에서 대답했다. "만일 그 집의 누군가가 범인이라면 다른 가족들은 범행의 은닉을 도와줬다고 생각할 수 있어. 애초에 이번 사건은 최소한 두 명 이상이 범행에 관련되었다고 나는 판단했어."

단정적인 그 말투에 마쓰미야는 가가의 눈을 다시 바라보았다. 거기에 답하듯이 가가는 품속에서 뭔가를 꺼냈다. 한 장의 사진이었다.

가가가 그것을 마쓰미야에게 건네주었다. 피해자의 발을 촬영한 사진이었다. 양쪽 모두 운동화가 신겨진 상태였다.

"이 사진이 왜?" 마쓰미야가 물었다.

"운동화 끈을 묶는 방법을 잘 봐." 가가는 말했다. "자세히 보면 양쪽 신발 끈을 묶는 방법에 미묘한 차이가 있어. 둘 다 리본 모양으로 묶었지만 끈의 위치가 반대야. 게다가 한쪽은 단단히 묶었는데 다른 한쪽은 약간 느슨하지. 일반적으로 한 사람이 운동화 끈을 묶었을 때, 그 묶는 방법이 좌우가 다르게 나오는 경우는 거의 없어."

"그러고 보니……." 마쓰미야는 얼굴을 바짝 대고 사진을 응시했다. 아닌 게 아니라 가가가 말한 그대로였다.

"감식과의 보고에 따르면 운동화는 양쪽 다 한 차례 벗겨졌던 흔적이 있었어. 무슨 이유에서인지는 밝혀지지 않았지만, 어떻든 오른쪽과 왼쪽의 신발을 서로 다른 사람이 끈을 묶었다고 생각해야겠지."

마쓰미야는 저도 모르게 끄응 신음했다.

"가족 전체가 관련된 범행이라는 거네."

"살인은 단독범이었더라도 그것을 은닉하는 데 가족이 협력했다는 건 충분히 있을 수 있지."

마쓰미야는 사진을 돌려주면서 가가의 얼굴을 새삼 곰곰이

뜯어보았다.

"왜?" 가가가 의아한 듯 물었다.

"아니, 아무것도 아냐."

"그런 이유로 지금부터 마에하라가에 대해 조금 더 탐문을 해보기로 했다는 얘기야."

"나도 함께 갈게."

"수사 1과에서 나오신 분의 동의를 얻었으니 나도 한결 마음이 든든한데?"

걸음을 옮기는 가가의 뒤를 따라가며, 마쓰미야는 역시 가가 교이치로는 대단한 형사라고 생각했다.

17

마에하라가의 길 건너 맞은편은 오타라는 문패가 걸린 집이었다. 신축한 하얀 단독주택이다. 정원에 잔디는 없었다. 인터폰의 차임벨을 누르고 마쓰미야가 이름을 밝혔다. 현관으로 나온 사람은 30대 중반쯤의 주부였다.

"맞은편 마에하라 씨네에 대해 잠깐 물어볼 게 있어서요." 마쓰미야는 그렇게 운을 뗐다.

"뭔데요?"

주부는 의아한 얼굴을 하면서도 눈빛에는 호기심의 기색이 역력했다. 얘기를 듣기가 어렵지는 않겠다고 마쓰미야는 생각했다.

"최근에 앞집에 뭔가 특이한 점은 없었습니까? 바로 이삼일 전의 일도 괜찮습니다만."

마쓰미야의 질문에 주부는 고개를 갸웃거렸다.

"그러고 보니 요즘 들어 그 집 사람들을 거의 못 봤네요. 전에는 그 집 엄마하고 얘기도 자주 했었는데. 근데요, 이번에 여자애의 사체가 발견된 그 사건 때문인가요?" 당장 거꾸로 질문을 던져온다.

마쓰미야는 쓴웃음을 지으며 손을 저었다.

"아뇨, 자세한 것까지는 말씀드릴 수가 없어요. 죄송합니다. 그보다 앞집 남편분에 대해서는 알고 계십니까?"

"네, 몇 번 인사는 주고받았죠."

"어떤 분이시죠?"

"글쎄요……. 뭐, 점잖은 분이에요. 부인 쪽이 적극적이고 기가 센 편이라서 더 그렇게 보였는지도 모르지만요."

"아들이 있지요, 중학교 다니는?"

"아, 나오미 군? 네, 알고 있어요."

"어떤 학생이에요?"

"그냥 평범한 아이예요. 그다지 활달한 편은 아닌 것 같더라고요. 초등학생 때부터 봐왔지만 밖에 나와서 뛰어노는 건 별로 본 적이 없죠, 아마? 이 근처 애들은 다들 집 앞에서 공차기를 하면서 놀거든요. 한 번씩은 우리 집 정원에 공이 들어오는데, 나오미 군은 그런 일이 없었던 거 같아요."

아무래도 그녀는 마에하라 나오미에 대해 최근의 정보는 가지고 있지 않은 듯했다.

그다지 참고가 될 만한 이야기는 없을 것 같아서 이제 슬슬 마무리하자고 생각하는 참에 그녀 쪽에서 "그 집도 참 힘들 거예요"라고 먼저 입을 열었다.

"뭐가요?"

"그 집 할머니가 치매기가 있거든요."

"아, 네……."

"전에 애 엄마도 그런 말을 한 적이 있어요. 할머니 본인을 위해서도 어딘가 요양 시설에 보내는 게 좋은데 그런 곳에 좀체 자리가 나지를 않고, 자리가 나더라도 남편이나 시가 쪽에서 그리 좋은 얼굴은 안 한다더라고요. 정말 갑작스러웠거든요. 치매가 아니라 요새는 인지증이라고 한다던가. 전에는 그 할머니가 참 단정한 분이었는데 말예요. 아들네 가족과 함께 살면서부터예요, 그런 증세가 나타난 게."

주위 환경이 바뀌면서 그것이 인지증으로 진행된 케이스에 대해서는 마쓰미야도 들은 적이 있었다. 급격한 변화에 마음이 미처 따라가지 못하는 것인지도 모른다.

"근데요, 실은." 여기서 주부는 살짝 의미심장한 웃음을 보였다. "물론 애 엄마도 힘들기야 하겠지만, 인지증 노인네를 떠안고 있는 집은 요즘에 꽤 많잖아요. 그나마 다른 집에 비하면 마에하라 씨네는 괜찮은 거예요."

"무슨 말씀이신지……."

"아니, 매일같이 저녁 무렵에는 그 집 시누이가 오거든요. 아픈 어머니를 돌봐드리겠다고 하루도 빠짐없이 온다니까요. 애 엄마보다 그 시누이가 더 힘들겠다 싶더라고요."

"마에하라 씨의 여동생? 이 근처에서 살아요?"

"네, 역 앞에서 양품점을 해요. 가게 이름이 〈다지마〉라고 했던 것 같아요."

"이번 금요일 밤에는 어땠습니까?" 지금까지 말없이 듣고 있던 가가가 옆에서 불쑥 물었다. "그날 저녁에도 그 여동생이 왔었어요?"

"금요일? 글쎄요……." 주부는 잠시 생각해보고 고개를 저었다. "그것까지는 잘 모르겠어요."

"그러시군요." 가가는 웃는 얼굴로 고개를 끄덕였다.

"아, 하지만 그러고 보니……" 주부가 말했다. "요 이틀 정도는 안 왔던 것 같네요. 그 여동생이 항상 자기 차를 타고 오거든요. 차라야 조그만 소형차지만, 항상 여기 집 앞에 세워놨어요. 근데 어제하고 오늘은 그 차가 안 보였어요."

"차가 없었다고요. 네, 그렇군요." 가가는 역시 웃음을 띠고 있었지만, 분명 머릿속으로 뭔가 짐작되는 게 있는 듯한 얼굴이었다.

이 주부에게서 얻어낼 만한 정보는 더 이상 없는 것 같았다.

그래서 마쓰미야는 "바쁘신데 정말……" 고맙습니다, 라고 뒤를 이으려고 했다.

그런데 그 전에 가가가 다시 물었다. "다나카 씨 댁에 대해서는 어떻습니까?"

"응? 다나카 씨?"

주부는 어리둥절한 표정이었지만, 마쓰미야도 그녀 못지않게 당황스러웠다. 다나카라니, 그건 또 누구란 말인가.

"이 앞의 옆집, 다나카 씨네요." 가가는 마에하라가의 왼편으로 이웃한 집을 가리켰다. "그쪽 집에 대해서는 최근에 뭔가 마음에 걸리는 점은 없었습니까? 아주 작은 일이라도 괜찮아요. 그 집 아저씨가 전에 동네 회장을 하셨다고 하던데?"

"예, 우리가 처음 이사 왔을 때도 그 댁에 인사하러 갔었어요. 한참 옛날 일이지만요."

가가는 다나카라는 집에 대해 두세 가지 질문한 뒤에 주변의 몇 군데 집에 대해서도 똑같은 것을 물었다. 주부는 점점 지겨워하는 표정을 보였다.

"왜 다른 집에 대해서도 물어봤어?" 주부의 집에서 물러나온 뒤에 마쓰미야는 물었다. "별 의미도 없는 것 같은데."

"맞아. 별 의미 없어." 가가는 즉각 대답했다.

"엇, 근데 왜……."

그러자 가가는 멈춰 서서 마쓰미야를 보았다.

"마에하라 씨 가족이 이번 사건과 관련되었다는 증거는 현재로서는 아무것도 없어. 공상에 가까운 추리를 바탕으로 가설을 짜본 것뿐이야. 어쩌면 우리는 아무 죄도 없는 사람들에 대해 탐문 수사를 하고 있는지도 몰라. 그 점을 생각하면 혹시라도 그들이 불이익을 받지 않도록 최대한 배려하는 게 당연하잖아?"

"불이익이라니?"

"우리가 이것저것 물어보는 바람에 아까 그 주부는 마에하라가에 대한 인상이 분명하게 달라졌을 거야. 그 호기심에 찬 눈빛을 봤지? 우리가 탐문수사를 하고 갔다는 얘기를 그 주부가 자신의 상상까지 더해서 다른 사람들에게 퍼뜨리지 않는다는 보장은 없어. 소문이 소문을 낳아서 점점 마에하라가를 포위하겠지. 설령 그 집과 무관한 또 다른 진범이 잡히더라도 일단 퍼져버린 소문은 웬만해서는 사라지지 않는 법이야. 아무리 수사를 위한 일이라지만, 혹시라도 그런 피해자를 만들어내서는 안 돼."

"그래서 별 관계가 없는 다른 집에 대해서도……."

"그런 식으로 두루두루 질문을 던지면 그 주부에게 마에하라가만 특별한 존재가 되는 일은 없어. 아마 자기네 가족에 관해서도 다른 집을 돌면서 물어봤을 거라고 내심 짐작했을 거야."

마쓰미야는 시선을 떨구었다.

"나는 그런 것까지는 미처 생각을 못 했는데."

"그냥 내가 일하는 방식일 뿐이야. 그대로 따라 하라는 건 아냐. 그나저나……" 가가는 고개를 돌려 시선을 마에하라가로 향했다. "어제 오늘, 여동생이 오지 않았다는 게 아무래도 마음에 걸려."

"어머니를 돌봐주러 온다는 그 여동생 말이지?"

"아까 우리가 갔을 때, 마에하라 아키오는 어머니가 또 사고를 쳤다고 했어. 그런 상황이라면 항상 돌봐주던 여동생을 오라고 해야겠지. 근데 왜 부르지 않았을까?"

"여동생이 오늘은 뭔가 다른 볼일이 있었을 수도 있잖아."

"좋아, 먼저 그쪽부터 확인해보자."

택시를 타고 역 앞에 내렸다. 양품점 〈다지마〉는 버스길에서 한 차례 꺾어 들자 바로 그 앞에 있었다. 주부들을 대상으로 하는지 부인복이며 액세서리, 화장품 등을 판매하고 있었다. 가게 안쪽에서 마흔 살 남짓한 여자가 선 채로 전자계산기를 두드리고 있었다. 마쓰미야 일행이 들어서자 "어서 오세요"라고 인사하며 돌아보다가 당황한 표정을 보였다. 남자 둘이 가게에 들어오는 일은 거의 없기 때문일 것이다.

마쓰미야가 경찰수첩을 내보이자 그녀의 얼굴은 더욱더 긴장되었다.

"이쪽에 마에하라 아키오 씨의 여동생분이 계시다고 들었는데요."

"네, 전데요?"

"아, 그러시군요. 실례지만, 성함은?"

다지마 하루미예요, 라고 그녀는 이름을 댔다.

"마에하라 씨네 집에 어머니가 계시지요, 마에하라 마사에 씨라고."

"네, 엄마한테 무슨 일이라도?" 다지마 하루미의 눈이 불안하게 흔들렸다.

마쓰미야는 최근에도 어머니를 돌봐드리러 갔었는지 어떤지 확인해보았다. 그러자 역시 요즘 이틀 동안은 가지 않았다는 대답이 돌아왔다.

"아까도 잠깐 들렀는데, 요즘 엄마가 몸 상태도 좋고 얌전하게 잘 지내시니까 오늘도 나 없이 괜찮다고 했거든요."

"어머니가 얌전하셨다고요? 하지만⋯⋯."

또 사고를 쳐서 난처하다, 라고 마에하라 아키오가 말했었다는 이야기를 하려고 했다. 하지만 그런 마쓰미야의 옆구리를 가가가 슬쩍 찔렀다. 마쓰미야는 얼른 입을 다물고 가가를 보았다.

시치미를 뚝 떼는 얼굴로 가가는 다지마 하루미에게 질문을 던졌다. "안 와도 괜찮다고 하는 일이 자주 있었어요?"

그녀는 고개를 갸우뚱했다.

"아뇨, 지금까지 한 번도 없었어요……. 아, 근데 이건 어떤 일에 대한 조사예요? 오빠네 집에 무슨 일이 있었나요?"

"은행나무 공원에서 여자애의 사체가 발견된 사건은 알고 계시죠?" 가가는 말했다.

"어머, 그 사건 때문이에요?" 다지마 하루미는 눈을 둥그렇게 떴다.

가가는 고개를 끄덕였다.

"범인이 차를 이용했을 가능성이 있어서 부근의 미심쩍은 차량에 대해 조사하고 있어요. 마에하라 씨 집 앞에도 항상 세워두는 차가 있다는 얘기가 있어서 잠깐 문의하러 온 겁니다."

"아, 그건 제 차예요. 죄송해요, 거기 말고는 차를 세워둘 데가 없어서 그만."

"아뇨, 오늘은 그런 건 괜찮습니다. 그보다 참 힘드시겠는데요, 어머니를 돌봐드리려고 날마다 다니시는 거."

"아뇨, 그렇게 힘들지는 않아요. 나도 기분 전환이 되고, 뭐,

좋아요." 다지마 하루미는 웃음을 지었다. 눈꺼풀이 두툼해서 눈이 실처럼 가늘어졌다.

"하지만 그런 병을 가진 분은 다루기가 여간 힘든 게 아닐 텐데요. 괜히 화를 내고 날뛰는 사람도 있다고 들었는데요." 사건과 관계없는 사담이라도 나누듯이 가가는 말했다.

"네, 그런 사람도 있다던데, 우리 엄마는 얌전해서 괜찮아요. 게다가 노인네를 돌봐드리는 건 역시 친혈육이 하는 게 가장 좋거든요."

"아, 그렇군요."

가가는 고개를 끄덕이고 마쓰미야에게 눈짓을 했다. 정말 고마웠습니다, 라고 마쓰미야는 다지마 하루미에게 머리를 숙였다.

"고바야시 주임에게 보고하는 게 좋겠어." 가게를 나오자마자 가가가 작은 소리로 말했다.

"응, 안 그래도 지금 보고하려고." 마쓰미야는 그렇게 말하며 휴대전화를 꺼내 들었다.

18

인터폰 차임벨이 울렸다. 오늘만 벌써 네 번째였다. 그중 두 번이 형사의 방문이었다.

그리고 이번에도 그들이었다. 인터폰을 받은 아키오는 암울한 기분으로 대답을 건네고 수화기를 내려놓았다.

"또 형사야?" 야에코가 긴장감이 그대로 드러난 얼굴로 물었다.

그래, 라고 그는 대답했다.

"그럼 아까 상의한 대로 하는 거야?"

"아, 잠깐. 아직 저 형사들이 찾아온 목적을 모르잖아. 도저히 어떻게도 할 수 없다고 판단이 되면 그때 내가 입을 열 거야. 그러면 그다음에는 정한 대로, 알았지?"

야에코는 고개를 끄덕이지 않았다. 기도하듯이 가슴 앞에서 두 손을 깍지 끼고 있었다.

"뭐야, 왜 그래?"

"아니, 정말 잘될까……."

"새삼스럽게 무슨 소리야? 이제는 밀어붙이는 수밖에 없잖아."

야에코는 부들부들 떨 듯이 고개를 끄덕이며 "응, 그래야지"라고 작은 소리로 대답했다.

아키오는 현관으로 향했다. 문을 열자 기다리고 서 있는 것은 역시 두 사람이었다. 가가와 마쓰미야 형사.

"죄송합니다, 몇 번씩이나." 마쓰미야가 겸연쩍은 듯이 말했다.

"이번에는 대체 뭐죠?"

"실은 피해자 소녀의 이동 경로를 알아봤는데, 이 근처에 왔던 것 같다는 얘기가 나와서요."

마쓰미야의 말에 아키오의 체온은 급상승했다. 그러면서도 등줄기는 오싹했다.

"그런데요?"라고 그는 물었다.

"여기 가족분들께 확인을 좀 하려고요. 이 여자애를 목격한 적이 없는지." 마쓰미야가 사진을 꺼내 들었다. 그 소녀의 사진이었다.

"그거라면 오늘 아침에 이쪽 형사님께 대답했잖아요." 아키오는 가가 쪽을 쳐다보며 말했다.

"그때는 선생님에게만 물어봤었죠." 가가가 말했다. "다른 분들에게도 확인했으면 합니다."

"아내에게도 확인했었는데?"

"네. 하지만 중학교 3학년의 아드님이 있지요?"

갑작스럽게 나오미 얘기가 튀어나오는 바람에 아키오의 마음은 휘청 흔들렸다. 경찰이 각 가정의 가족 구성원까지 파악하고 있다는 것을 처음으로 알았다.

"우리 아들은 아무것도 모를 거예요."

"그럴지도 모르지만, 일단 절차상 필요해서요."

부탁합니다, 라고 옆에서 마쓰미야도 말했다.

"그럼 사진을 주시죠. 잠깐 물어보고 올 테니까."

"그 참에 말이죠." 마쓰미야가 사진을 내밀면서 말했다. "어제는 가족 누구누구가 언제 집에 있었는지, 가능하면 상세히 알려주셨으면 합니다."

"왜 그런 것까지?"

"실은 살해된 소녀가 잔디 위를 걸었을 가능성이 있어요. 낮에 잔디를 채취해 간 것도 어떤 집의 잔디인지 알아보기 위해서였어요."

"우리 집 잔디라는 거예요?"

"아뇨, 그건 아직 모르는 일이죠. 단지 만일 여자애가 무단으로 잔디밭에 들어왔었다면 이 집에 사람이 없을 때라는 얘기가 됩니다. 그래서 그런 시간대가 있었는지 알아보려는 거예요."

"미안합니다. 마에하라 씨 집뿐만 아니라 다른 집들도 다 알아보고 다니는 중이에요." 옆에서 가가가 지어낸 웃음을 보내왔다.

정말 그럴까. 우리 집에만 확인하러 온 거 아닌가……. 아키오는 아무래도 미심쩍었지만, 자꾸 따져 물으면 도리어 수상하게 생각할 것 같았다. 말없이 사진을 받아 들고 일단 집 안으로 돌아왔다.

"그게 뭐지? 어떻게 된 거야?" 이야기를 들은 야에코는 얼굴이 새파래졌다.

"나도 모르겠어. 아무튼 우리 식구 누가 언제 집에 있었는가, 그걸 알려달라는 거야."

"그거, 알리바이 확인하는 거 아니야?"

"나도 그런 의심이 들었어. 하지만 집에 있었던 시간은 별 관계도 없는 거 아닌가?"

"형사가 우리 집을 의심하는 거 같아?"

"의심하는 것 같기도 하고, 우리가 너무 과민하게 생각하는 것 같기도 하고……."

"그래서, 이제 어쩌지? 뭐라고 대답해?"

"그걸 생각하는 참이잖아, 지금."

"아무튼 나오미를 의심하게 하면 안 돼. 그 애는 학교에서 돌아와 그대로 계속 집에 있었다는 것으로 하면 어떨까?"

아키오는 잠시 생각한 뒤에 야에코를 보며 고개를 가로저었다.

"그건 별로 안 좋아."

"왜?"

"나중 일을 생각해야지. 그 계획대로 밀고 나가야 할지도 모르잖아."

"그 계획대로라면 어떻게 해야 돼?"

"지금 단계에서부터 미리 포석을 깔아둬야지."

아키오는 사진을 들고 현관으로 다시 나갔다. 문밖에는 두 형사가 아까와 똑같은 자세로 기다리고 있었다.

어땠습니까, 라고 가가가 물어왔다.

"아들도 이 여자애는 본 적이 없대요."

"그렇군요. 그러면 어제 가족들의 귀가시간에 대해 알려주시죠."

"내가 돌아온 건 7시 반쯤이었어요."

"실례지만 회사는 어느 쪽이죠?" 가가는 수첩에 받아 적는 자세를 취했다.

아키오는 회사가 가야바초에 있다는 것, 퇴근시간은 5시 반이고 어제는 6시 반쯤까지 회사에 있었다는 것 등을 말했다.

"회사에서는 아키오 씨 혼자서?"

"아뇨, 일은 혼자 했지만, 그 시간까지 남아 있던 사원들이 나 말고도 여럿 있었어요."

"같은 직장 분들입니까?"

"우리 과 사람도 있고 다른 부서 사람들도 있어요. 한 층을 함께 쓰다 보니."

"그러시군요. 미안하지만 그 사람들의 이름과 직장을 알려주실 수 있을까요?" 가가는 계속해서 저자세를 고수하고 있었다.

"나는 거짓말 같은 거 안 해요."

"아뇨, 아뇨." 가가는 당황한 기색으로 손을 저었다. "그런 뜻이 아닙니다. 이건 경찰에서 으레 하는 조사예요. 본인의 이야기를 듣고 그걸 다른 한쪽에서 확인합니다. 그게 맞춰져야 우리도 일을 한 게 되거든요. 답답하기는 하지만, 관청에서 하는 일이 다 그렇잖습니까."

아키오는 한숨을 내쉬었다.

"확인해보시죠. 옆의 부서의 야마모토라는 친구가 그 시간까지 있었으니까. 그리고 우리 부서 사람이 둘 정도." 그들의 이름과 직장을 아키오는 형사에게 가르쳐주었다.

아키오는 그쯤에서 확신이 들었다. 이 형사들은 틀림없이 우리 가족의 알리바이를 조사하고 있는 것이다. 역시 잔디가 결정적인 단서가 되었는지도 모른다.

아키오의 알리바이는 증명될 터였다. 하지만 그건 아키오 가족에게는 아무 도움도 안 되는 일이었다. 단순히 용의자가 더욱 좁혀질 뿐이다.

그들의 수사는 앞으로 점점 더 치열해질 터였다. 임시방편의 거짓말 따위는 더 이상 통하지 않는다. 그들이 마음먹고 취조를 시작하면 나오미는 금세 사실을 실토해버릴 것이다.

"부인은?" 가가의 질문은 이어졌다.

"파트타임 일을 하고 집에 돌아온 게 6시경이랍니다. 파트타임으로 일하는 곳은…….”

아키오의 대답을 메모한 뒤, 가가는 그야말로 말이 나온 김에 한번 물어본다는 투로 “그럼 아드님은?”이라고 물었다.

마침내 왔구나, 라고 아키오는 배에 꾸욱 힘을 넣었다.

“학교 끝나고 여기저기 돌아다닌 모양이에요. 집에 돌아온 건 8시를 지난 참이었을 겁니다.”

“8시 넘어서? 중학생치고는 귀가가 꽤 늦었군요.”

“그러게나 말예요. 내가 따끔하게 혼을 냈어요.”

“아드님은 혼자 돌아다녔어요?”

“그런가 봐요. 확실한 얘기는 안 하는데, 아마 게임센터 같은 데를 어슬렁거리고 다녔겠죠.”

가가는 석연치 않은 기색으로 손안의 메모를 들여다보다가 다시 얼굴을 들고 웃음을 지었다.

“지난번의 그 할머님은?”

“예, 어머니는……” 아키오는 말했다. “어제는 감기 기운이 있어서 내내 누워 있었어요. 게다가 정신이 온전치를 못하니 무단으로 정원에 들어온 사람이 있었어도 뭐, 이러고저러고 할 리가 없죠.”

“감기 기운이 있으셨어요? 오늘은 전혀 그러신 거 같지 않았는데?”

“그저께 밤에 열이 상당히 높았어요.”

"아, 그렇군요."

"그 밖에 또 물어볼 게 있습니까?"

"아뇨, 이제 됐습니다. 밤늦은 시간에 실례가 많았습니다."

두 형사의 모습이 보이지 않는 것을 확인한 뒤에야 아키오는 문을 닫았다.

다이닝룸에 돌아오자 야에코가 전화를 받고 있는 참이었다. 그녀는 수화기를 손으로 가리고 아키오를 보며 속삭였다. "하루미 씨한테서 온 거야."

"무슨 일인데?"

"물어보고 싶은 게 있대."

불길한 예감을 안고 아키오는 전화를 건네받았다. "응, 나야."

"오빠, 나 하루미인데."

"웬일이냐?"

"아까 우리 가게에 경찰이 왔었어. 그래서 엄마 일을 물어보더라고."

가슴이 철렁했다. 마침내 하루미에게까지 경찰의 손길이 뻗친 것이다.

"어머니 일이라니?"

"글쎄, 엄마 일이라기보다 어제하고 오늘, 내가 오빠네 집에 안 갔던 거에 대해서 묻더라고. 오빠가 오지 않아도 된다고 해서 안 갔다고 대답했는데, 그걸로 괜찮았던 거지?"

"응, 괜찮아."

"내가 항상 그 앞 길가에 주차해놓으니까 수상한 차량이라고 생각했나 봐."

"우리 집에도 형사가 몇 번 왔었어. 아무래도 이 동네 집집마다 다 물어보고 다니는 모양이야."

"그래? 아휴, 어째 으스스하다. 근데 엄마는 좀 어때? 아까그 샌드위치, 엄마한테 드렸지?"

"응, 어머니는 괜찮아. 걱정 마라."

"그럼 무슨 일 있으면 연락해줘."

"알았다."

전화를 끊은 뒤, 아키오는 고개를 툭 떨구었다.

"여보……." 야에코가 남편을 불렀다.

"이제 다른 방법이 없어." 그는 말했다. "각오를 단단히 하자고."

19

마쓰미야가 가가와 함께 경찰서를 나온 것은 이미 밤 11시가 넘은 시각이었다. 그는 밤을 새울 각오였지만, 오늘은 그렇게까지 하지 않아도 괜찮다는 고바야시의 말을 들었다. 처음부터 너무 빡세게 일하다가는 오래 버틸 수 없다는 게 주임의 충고였다.

"교이치로 형은 이제 뭐 할 거야?" 마쓰미야는 물었다.

"곧장 집에 가야지. 내일을 대비해야 하니까. 왜?"

"아니, 그게…… 30분쯤 시간 좀 내줬으면 하고."

"어디 갈 건데?"

마쓰미야는 망설인 끝에 대답했다. "우에노 쪽에."

가가의 눈가가 험하게 흐려졌다.

"그런 거라면 나는 사양할게."

"사양이라니……."

"내일, 늦지 마. 중요한 하루가 될 테니까."

등을 돌리고 걸음을 옮기는 가가를 지켜보며 마쓰미야는 고개를 저었다.

마에하라가에 대해 알아낸 정보는 경찰서에 돌아오자마자 고바야시와 이시가키에게 이야기했었다. 이시가키가 가장 먼저 한 말은 "가가 군은 여전히 대담한 추리를 하는군"이라는 것이었다. 보고를 마쓰미야가 했는데도 누가 마에하라가를 주목했는지 상사는 금세 알아본 모양이었다.

그런 다음에 이시가키는 "하지만 아직은 약해"라고 말했다.

"하나하나의 사항은 재미도 있고 설득력도 있어. 상자에 사체를 그대로 넣은 것은 범인이 자동차를 이용하지 않았기 때문이라는 얘기도 아주 흥미로웠어. 하지만 전체적으로 생각하면 어떨까? 그 정도로는 가택수색도 어려워."

특히, 라고 이시가키 계장은 뒤를 이었다.

"범인에게 차라는 이동 수단이 없었다고 하면 한 가지 큰 의문점이 발생하게 되는데?"

알고 있습니다, 라고 대답한 것은 가가였다.

"범인이 피해자를 어떻게 집에 데려왔느냐는 것이죠."

"그래. 이런 쪽의 범죄에서는 범인이 차를 이용해 반강제로 피해자를 납치하는 케이스가 압도적으로 많아. 달콤한 말로 아이를 꼬여서 처음에는 잠깐 함께 걷기도 하고 놀기도 하지만 마지막에는 반드시라고 해도 좋을 만큼 차를 활용하는 거야. 피해자를 도망치지 못하게 하려다 보니 당연히 그렇게 되지. 물론 차를 이용하지 않는 사례도 있지만, 그런 경우에는 사체 유기 현장이 그대로 살해 현장이 되는 게 보통이야. 처음부터 인적 없는 곳으로 유인한 다음에 범행에 들어가기 때문에 새삼스럽게 사체를 다른 곳에 유기할 필요가 없는 거야. 자네들의 추리대로라면 범인은 차를 이용하지 않고 자신의 집이나 아지트 등으로 피해자를 유인했고 거기서 살해했다는 얘기가돼. 범인이 왜 그런 어리석은 짓을 했을까? 자신의 소재지에서 살해하면 사체 처리가 곤란해져. 처음에는 죽일 생각이 없었다고 해도 아무튼 나쁜 짓은 할 생각이었을 거 아냐. 하지만 피해자가 집에 돌아가서 그런 얘기를 부모에게 말해버리면 범인의 소재지가 밝혀지고 당장 체포돼."

역시 이시가키의 분석은 냉철하고 논리적이었다. 하지만 거기에 대해서도 가가는 자신만의 추리가 있었다.

범인과 피해자가 원래 잘 아는 사이였던 게 아닌가, 라는 것이었다.

"피해자가 일단 집에 돌아와 한참 있다가 어머니에게 말도 없이 외출했다는 점이 마음에 걸려요. 지금까지의 조사에서 외출 목적은 분명하게 밝혀지지 않았지만, 혹시 범인과 만날 생각이었다고 하면 어떻게 될까요? 그런 경우라면 피해자는 별 의심 없이 범인에게로 갔을 겁니다. 또 범인 측에서는 웬만큼 나쁜 짓을 해도 피해자가 별로 시끄럽게 굴지 않을 것이다, 라는 식으로 만만하게 예상했던 것으로 짐작할 수 있죠."

가가의 설명에 이시가키는 고개를 갸웃거리면서도 그의 의견을 지지해주었다.

"알았어. 그럼 내일은 자네들이 다시 한번 피해자 부모를 만나봐. 실제로 그런 인물이 있었는지 철저히 조사하도록 해. 만일 거기서 마에하라가와 연결되는 정보가 나오면 우리도 즉각 행동에 나설 테니까."

계장의 그런 지시를 받고, 네, 라고 마쓰미야는 힘차게 대답했다.

가가 교이치로는 역시 굉장한 형사, 라고 이번에 새삼 깨달은 기분이었다. 기껏 하루 동안 함께 움직였을 뿐이지만, 그의 통찰력에는 혀를 내두르지 않을 수 없었다. 고바야시가 반드시 좋은 경험이 될 거라고 말했던 의미도 알게 되었다.

그런 만큼, 가가와 한 팀으로 수사를 담당하고 있다는 이야기를 외삼촌 다카마사에게 해주면 얼마나 기뻐할까 싶었다. 교이치로 형의 뛰어난 활약상을 한시라도 빨리 외삼촌에게 전해주고 싶었다. 물론 형이 함께 가준다면 더 좋았겠지만.

우에노에는 외삼촌 다카마사가 입원한 병원이 있었다.

병원에 도착했을 때는 밤 11시 반을 넘어서고 있었다. 마쓰미야는 야간용 출입구를 통해 안으로 들어갔다. 몇 번 얼굴을 마주쳤던 경비원이 입구 바로 옆의 대기실에 앉아 있었다. 마쓰미야가 인사를 건네자 중년의 경비원은 말없이 고개를 끄덕였다.

조명을 낮게 줄인 복도를 걸어가 엘리베이터를 탔다. 5층에 내려서 우선은 간호사실로 향했다. 가네모리 도키코가 서류에 뭔가를 쓰고 있었다. 간호복에 감색 카디건을 걸친 모습이다.

"저기, 지금 병문안을 해도 괜찮을까요?" 창 너머로 물어보았다.

가네모리 도키코는 웃는 얼굴을 보인 뒤, 잠시 망설이는 표정이었다.

"지금 주무실 거 같은데……."

"괜찮아요. 얼굴만 보고 금방 갈 거예요."

그녀는 고개를 끄덕였다.

"네, 들어가보세요."

마쓰미야는 머리를 숙이고 그 자리를 떴다. 다카마사의 병실로 향했다. 복도에 인기척은 없었다. 그의 발소리만 유난히 크게 울렸다.

다카마사는 역시 잠이 들어 있었다. 귀를 기울이자 희미하게 숨소리가 들려왔다. 그것을 확인하고 마쓰미야는 마음이 놓였다. 침대 옆까지 파이프 의자를 옮겨 와 앉았다. 새처럼 마른 다카마사의 목이 규칙적으로 미동하는 것을 가만히 지켜보았다.

곁의 작은 테이블에는 여전히 장기판이 놓여 있었다. 어둠침침해서 전황이 어떻게 바뀌었는지는 알 수 없었다. 좀 더 밝았어도 마찬가지였을 것이다. 마쓰미야는 장기를 두지 못한다.

당분간 못 올지도 모르겠다고 생각했다. 내일부터 더욱더 본격적인 수사가 펼쳐질 것이다. 네리마 경찰서에서 밤샘으로 일할 각오를 해야 한다.

'이번 사건 끝날 때까지는 어떻게든 버텨줘, 외삼촌'이라고 마쓰미야는 마음속으로 기도했다. 자신도 올 수 있을지 어떨지 알 수 없는 형편인 것이다. 병문안에 소극적인 태도를 보이는 가가가 이번 사건이 종료될 때까지 병실을 찾아올 일은 아무래도 없을 것 같았다.

다카마사의 온화하게 잠든 얼굴을 바라보며 마쓰미야는 벌써 10년 전의 옛일이 된 그날을 머릿속에 떠올렸다. 7월의 무더운 날이었다. 마쓰미야는 고등학교 1학년이었다. 그날 처음으로 외사촌 형이라는 가가 교이치로를 만났었다.

교이치로 형에 대해서는 어머니를 통해 얘기는 자주 들었다. 하지만 그때까지 한 번도 만날 기회가 없었다. 그날 처음 마주치게 된 것도, 미타카 쪽에서 혼자 사는 외삼촌 다카마사의 집에 어머니와 함께 놀러 갔을 때, 우연히 교이치로 형이 나타난 것이었다. 당시 교이치로는 오기쿠보 쪽의 원룸에서 역시 혼자 살고 있다고 들었다.

"잘 부탁한다."

처음 소개를 받았을 때 가가가 내뱉은 말은 그 한 마디뿐이었다. 그는 볼일을 마치자마자 냉큼 가버렸다. 그때는 벌써 경찰관이 된 뒤였기 때문에 분명 일이 바빠서 그럴 거라고 마쓰미야는 생각했었다. 하지만 부자간에 거의 대화가 없는 것이며 서로의 얼굴을 제대로 쳐다보지도 않는 건 어쩐지 마음에 걸렸다.

그 뒤로 마쓰미야는 나이 차가 한참 나는 외사촌 형을 만날 일이 좀체 없었다. 오랜만에 다시 만난 건 외삼촌 다카마사가 이사를 했을 때였다. 그때까지 살고 있던 셋집이 노후해서 같은 집주인이 운영하는 연립주택으로 옮기게 되었던 것이다.

이삿날에는 마쓰미야도 어머니와 함께 가서 짐 싸는 것을 도와주었다. 그때 보게 된 수많은 트로피에 마쓰미야는 깜짝 놀랐다. 모두 교이치로 형이 검도대회에서 타 온 것이었다. 전국대회 우승 트로피까지 있었다.

"교이치로는 아무튼 대단해. 학교 성적도 뛰어났고, 경찰에 들어가서도 번번이 큰 성과를 올린다잖아."

어머니는 조카인 교이치로 이야기만 나오면 갑자기 말수가 많아졌다. 외삼촌의 기분을 살려준다는 의미도 있었겠지만 어머니 스스로도 몹시 자랑스럽게 생각한다는 건 그 열띤 말투에서 엿볼 수 있었다.

서로 분담해서 짐을 상자에 채워 넣고 있는데 교이치로 형이 찾아왔다. 마침 외삼촌이 외출하고 없을 때였다. 어쩌면 일부러 아버지가 없는 때를 골라서 왔던 것인지도 모른다. 그는 마쓰미야의 어머니에게 다가와 머리를 숙였다.

"고모, 죄송합니다, 번번이 폐만 끼치고. 슈헤이 너한테도 정말 미안하다."

"얘가 무슨 소리야, 항상 우리가 신세를 졌는데 뭘."

가가 교이치로는 혀를 찼다.

"이런 건 업자한테 맡기면 될 텐데. 고모하고 슈헤이에게 자꾸 기대서 어쩌려고……."

그건 아버지 다카마사에게 던지는 말인 것 같았다.

"그보다 얘, 교이치로, 이건 어떻게 하면 좋겠니? 너 사는 곳으로 보낼까?" 화제를 돌리려는 듯 어머니가 물어본 것은 그 수많은 트로피에 대한 것이었다.

가가 교이치로는 고개를 저었다.

"그건 이제 필요 없어요. 이삿짐센터에 처분해달라고 하면 됩니다."

"어머, 버리려고? 그래도 네 아버지가 소중하게 간직해온 것 같은데? 얘, 그럼 네 아버지 새집으로 가져갈게."

"아니, 됐어요. 거치적거리기만 할 텐데요."

가가 교이치로는 트로피가 든 상자를 끌어와 옆에 있던 매직펜으로 상자 겉에 큼직하게 '처분'이라고 썼다.

그 뒤에도 그는 차례차례 짐을 상자에 채우고 거의 다 '처분'이라고 써나갔다. 아무래도 그가 찾아온 목적은 자신의 짐을 그 집에서, 즉 아버지 다카마사의 품에서 모조리 없애버리는 데 있는 것 같았다.

그가 돌아간 뒤에야 다카마사가 들어왔다. 이것도 서로가 뻔히 알고 그러는 것처럼 마쓰미야에게는 느껴졌다.

다카마사는 '처분'이라는 큰 글씨의 상자를 알아본 것 같았지만, 그것에 대해 아무 말도 하지 않았다. 교이치로가 왔었다는 말을 듣고도 "그랬어?"라고 짧게 대꾸했을 뿐이다.

집에 돌아온 뒤에 마쓰미야는 어머니에게 외삼촌 부자의 일을 물어보았다. 둘이 싸우기라도 했느냐고 한 것이다.

"어느 집이나 이런저런 사정이 있어." 그때 어머니는 그렇게 말했을 뿐이다. 뭔가 알고 있는 눈치였지만 마쓰미야는 더 이상 캐묻지 않았다. 내심 존경해온 외삼촌에게 비밀스러운 사정이 있다고 해도 그걸 알아버린다는 게 어쩐지 두려웠던 것이다.

그 뒤로 다시 한참이나 마쓰미야는 교이치로 형을 만날 기회가 없었다. 그다음에 만난 것은 대학생 때였다. 장소는 병원이었다. 외삼촌 다카마사가 쓰러졌다는 소식을 듣고 어머니와 함께 급히 달려갔던 것이다. 그 소식을 알려준 것은 다카마사와 절친하게 지내던 근처의 장기 친구였다. 그날도 장기를 두기로 약속했는데 아무리 시간이 지나도 다카마사가 나타나지 않아서 집에 가봤더니 부엌에 혼자 웅크리고 있었다는 것이다.

협심증이었다. 병원에서 치료를 기다리는 동안, 마쓰미야는 안절부절 애를 태웠다. 자신도 치료실에 들어가 외삼촌이 무사한지 보고 싶었다.

그러는 참에 교이치로 형도 찾아왔다. 협심증인 것 같다는 가쓰코의 말에 그는 크게 고개를 끄덕였다.

"그거라면 다행이죠. 혹시 심근경색이면 위험하겠다고 생각했는데. 아마 별문제 없을 테니까 고모님과 슈헤이는 이제 집에 가셔도 돼요."

너무도 태연한 것을 보고 마쓰미야는 결국 화가 나서 한마디 쏘아붙였다.

"교이치로 형, 걱정도 안 돼?"

그러자 그는 마쓰미야를 정면으로 쳐다보았다.

"심근경색이라면 이래저래 고민할 일이 많아. 하지만 협심증이라면 괜찮아. 약만 먹으면 상당히 호전될 수 있어."

"아무리 그래도……."

마침 그때 간호사가 들어와 치료가 끝났다고 알려주었다. 아닌 게 아니라 약만으로도 가슴 통증이 가시고 증세도 상당히 회복되었다고 했다.

이제는 환자를 만날 수 있다고 해서 마쓰미야는 어머니와 함께 병실로 향했다. 그런데 교이치로 형은 따라오지 않았다. 의사의 설명을 들으러 가봐야 해서, 라고 그는 말했다.

병실에 가보니 분명 외삼촌 다카마사는 괜찮아 보였다. 안색은 좋지 않지만 힘들어하는 표정은 없었다.

"전부터 이따금 가슴이 뜨끔뜨끔했어. 좀 더 일찍 진료를 받아봤어야 하는데 내가 게을렀지." 그렇게 말하며 허허 웃었다.

어머니가 교이치로 형이 왔다는 말을 하지 않아서 마쓰미야도 입을 다물고 있었다. 어차피 곧 뒤따라올 거라서 굳이 말할 필요가 없는 모양이라고만 생각했다.

그런데 결국 교이치로 형은 병실에 오지 않았다. 나중에 간호사에게 물어보니 담당 의사의 설명만 듣고 그대로 돌아갔다는 것이었다.

그때는 마쓰미야도 분통이 터졌다. 애꿎은 어머니를 상대로 마구 화를 냈다.

"아무리 그래도 너무 심하잖아? 어째서 아들이 아픈 아버지 얼굴도 안 보고 가버려?"

"아마 일이 바쁜 참에 급하게 달려왔을 거야. 그래서 곧장 가봐야 했던 모양이지." 어머니는 좋게 좋게 덮어버리려는 듯이 말했다.

"그래도 그렇지, 간다는 말도 없이 가버리는 게 어딨어? 친아들이 그래도 돼?"

"글쎄 이래저래 사정이 있다니까."

"뭐냐고, 대체 그 사정이라는 게!"

화가 가라앉지 않아 씩씩거리는 마쓰미야에게 어머니는 무거운 입을 열었다. 그것은 다카마사의 처, 즉 외숙모에 관한 것이었다.

아들이 있으니 당연히 다카마사는 결혼을 했을 터였다. 하

지만 오래전에 사별한 모양이라고 마쓰미야는 막연히 짐작만
했었는데, 어머니에 의하면 외숙모가 20여 년 전에 집을 나가
버렸다는 것이다.

"편지를 남겨놓고 갔으니까 사고나 납치를 당한 게 아니라
는 건 분명해. 딴 남자가 있어서 함께 도망갔다는 소문도 돌았
지만, 사실인지 어떤지는 모르겠어. 네 외삼촌이 경찰 업무 때
문에 며칠째 집에 들어오지 못했고, 초등학생이던 교이치로는
마침 검도 도장의 여름 합숙 훈련 때문에 신슈에 가 있던 참이
었으니까."

"외삼촌은 찾아 나서지 않았어?"

"아마 찾아다녔을 텐데, 나도 자세한 얘기는 못 들었어. 아
무튼 그 뒤부터야, 네 외삼촌과 교이치로의 사이가 왠지 삐걱
거리기 시작한 게. 교이치로가 그런 말은 한 적이 없지만, 아마
어머니가 집을 떠난 게 아버지 때문이라고 생각하는 거 같아.
집안일은 전혀 돌아보지 않던 사람이니까."

"외삼촌이? 하지만 우리한테는 그렇게 잘해주셨는데?"

"그때야 이미 경찰을 그만두었으니까 그렇지. 게다가 네 외
삼촌은 그때까지 남편과 아버지 역할을 제대로 못 했으니까
그걸 참회하는 심정으로 우리한테 더 잘했는지도 모르겠다."

생각지도 못했던 이야기였다. 그 말을 듣고 비로소 가가 부
자의 부자연스러운 태도가 이해가 되었다. 하지만 마쓰미야는

외삼촌 편을 들 수밖에 없었다. 어머니가 집을 떠난 게 어떻다는 거야, 라는 마음이 들었다.

"그럼 그 외숙모는 결국 못 찾았어?"

어머니는 잠시 망설이던 끝에 무겁게 입을 열었다.

"5~6년 전에 연락이 왔었어. 그 언니, 죽었다더라. 센다이에서 혼자 살았었대. 교이치로가 유골을 찾으러 갔었어."

"교이치로 형이? 외삼촌은?"

"나도 잘 모르지만, 아마 교이치로가 저 혼자 가겠다고 고집을 피웠던 거 같아. 그 뒤로 점점 더 부자 사이가 나빠진 거 같아."

"외숙모는 어쩌다 돌아가신 거야?"

"병 때문이라고 들었는데 자세한 건 모르겠어. 교이치로도 얘기를 안 해주고 내 쪽에서 자꾸 물어보기도 그렇고."

"하지만 그게 외삼촌 탓은 아니잖아."

"그건 그렇겠지만 교이치로 입장에서도 아버지를 선뜻 받아들이기 어려운 점이 있는 거 아닐까? 하지만 부자지간인데, 언젠가는 서로 이해하고 용서할 날이 올 거야."

어머니의 말은 마쓰미야에게는 지나치게 낙관적으로 들렸다.

외삼촌 다카마사의 용태는 그 후 순조롭게 회복되어 얼마 뒤에는 퇴원을 했다. 정기적으로 병원에 다녀야 했지만 그래도 원래의 생활로 돌아가는 데 큰 불편은 없었다.

마쓰미야는 대학에 다니면서도 자주 외삼촌을 찾았다. 학업이나 진로에 대해 상의하는 일도 많았다. 다카마사는 그에게 친아버지나 마찬가지였다. 경찰관의 길을 결심했을 때도 가장 먼저 보고하러 갔었다.

다카마사는 대개는 볕이 잘 드는 창가에 앉아 장기를 두고 있었다. 이른바 외통 장기라는 것일 터였다. 마쓰미야는 장기의 룰도 알지 못했다.

그는 외삼촌과 술 대작을 해가며 장래의 꿈을 이야기했다. 다카마사는 조카가 자신과 같은 길을 선택해준 것이 흐뭇한지 연신 고개를 끄덕이고 실눈이 되게 웃어가며 귀를 기울여주었다.

외삼촌의 집 안은 깨끗하게 정리되어 있었지만, 달리 보자면 살풍경하고 썰렁했다. 마쓰미야가 가 있는 동안에 전화는 한 번도 울리지 않았다. 찾아오는 사람도 없었다.

"요즘에는 근처의 아저씨하고 장기 안 둬요?" 방구석에 놓인 장기판을 바라보며 마쓰미야는 물었다.

"글쎄다, 요즘은 장기 둘 일도 없었네. 다들 이래저래 바쁜 모양이야."

"나도 장기 배울까? 그러면 외삼촌하고 겨뤄볼 수 있을 텐데."

마쓰미야의 말에 다카마사는 얼굴 앞에서 손을 저었다.

"야야, 관둬라. 그런 거 배울 시간 있으면 컴퓨터라도 열심히 들여다봐. 그러는 게 훨씬 너한테 도움이 되지. 요즘은 경찰도 컴퓨터를 제대로 쓰지 못해서는 아무것도 안 된다던데. 나는 장기 둘 사람이 아쉬운 건 아냐."

외삼촌이 그렇게 나오니 가르쳐달라고 조를 수도 없었다. 다른 데서 배워 온다고 해도 외삼촌이 달가워하지 않을 것 같았다.

하지만 해마다 주름이 늘고 오랜 세월 단련해온 몸까지 가늘게 여위어가는 모습을 볼 때마다 마쓰미야는 무어라 말할 수 없는 초조감을 느꼈다. 평생의 은인을 고독한 노인으로 방치해서는 안 된다는 생각에 자꾸만 마음이 급해졌다.

교이치로 형에게 기대할 수 없다면 나라도 어떻게든 도와드려야 한다……. 마쓰미야가 그렇게 마음을 정했을 즈음이었다. 외삼촌 다카마사가 또다시 쓰러지고 말았다. 우연히 오빠 집에 들렀던 가쓰코가, 열이 펄펄 끓는 몸으로 자리에 누워 있는 그를 발견했던 것이다. 본인은 그저 감기일 거라고 했지만 가쓰코의 눈에는 아무래도 그렇게 보이지 않았다. 그녀는 곧바로 응급차를 불렀다.

나중에야 황급히 달려간 마쓰미야는 그 자리에서 의사에게 암이라는 이야기를 들었다. 원래 있던 담낭암이 퍼져서 담낭은 물론 십이지장에까지 침범했다는 것이었다. 고열의 직접적인 원인은 담관에 염증이 생겼기 때문이라는 설명을 들었다. 암의 진행 상태는 4단계 중 네 번째, 수술은 이미 불가능하다는 선고를 동시에 받았다. 심장병의 영향으로 몸이 허약해진 게 화근이었다.

이 일은 당연히 가쓰코를 통해 가가 교이치로에게도 전해졌다. 하지만 놀랍게도 교이치로는 그 소식을 듣고도 병문안을 오지 않았다. 그런 주제에 입원비는 자신이 부담하겠다, 간병인을 쓰면 된다는 등의 말을 가쓰코에게 한 모양이었다.

교이치로 형이 대체 무슨 생각을 하는 건지 마쓰미야로서는 도무지 이해할 수가 없었다. 과거에 어떤 사정, 어떤 다툼이 있었건 아버지가 생을 마감하는 마지막 시간쯤은 곁에서 간병하며 지켜주려고 하는 게 자식의 본능이 아닌가…….

그런 것을 멍하니 생각하고 있으려니 문득 다카마사의 호흡이 거칠어졌다. 그것이 금세 기침으로 바뀌는 바람에 마쓰미야는 당황했다. 간호사를 부르려고 베갯머리의 스위치에 손을 내미는데 다카마사가 가까스로 눈을 떴다. 그와 동시에 기침도 잦아들었다.

으으응, 하고 다카마사는 가늘게 신음 소리를 흘렸다.

"외삼촌, 괜찮아?"

"……응, 슈헤이구나. 웬일이냐."

"잠깐 얼굴 보려고 들렀어."

"일은?"

"오늘 할 일은 끝냈어. 벌써 12시야."

"그러면 어서 집에 가. 형사는 쉴 때 푹 쉬지 않으면 몸이 당해내질 못해."

"곧 갈 거예요."

이번 사건에서 교이치로 형과 한 팀이 된 것을 얘기할까, 하고 마쓰미야는 생각했다. 하지만 그런 얘기가 공연히 외삼촌의 마음만 어지럽히지는 않을까 하는 불안도 있었다. 겉으로 내색은 안 하지만, 외삼촌이 교이치로 형의 일에 무심할 리가 없는 것이다.

하지만 마쓰미야가 그렇게 망설이는 사이에 다카마사는 다시 잠이 들었는지 규칙적인 숨소리를 내기 시작했다. 기침은 가라앉은 것 같았다.

마쓰미야는 조용히 몸을 일으켰다. 언젠가 꼭 교이치로 형을 데리고 올게요⋯⋯. 잠들어 있는 외삼촌에게 마쓰미야는 마음속으로 약속했다.

20

아키오가 자명종 시계를 들여다보니 오전 8시가 조금 지난 시각이었다. 그렇다면 세 시간쯤은 눈을 붙인 셈이다. 어떻게 해봐도 잠이 오지 않아서 새벽 5시까지 위스키 미즈와리를 홀짝홀짝 마셨던 것이다. 오늘 일을 생각하면 술에 취할 수도 없었다. 하지만 알코올의 도움 없이는 밤을 보낼 수 있을 것 같지 않았다.

머리가 멍했다. 잠을 잤다고 해도 숙면과는 거리가 먼 것이었다. 몇 번이나 뒤척였던 기억이 머릿속에 남아 있었다.

옆에서 야에코가 등을 돌린 채 자고 있었다. 요즘 들어 아내는 잠자는 모습이 사나웠다. 코를 고는 듯한 소리를 내는 일도 있었다. 하지만 오늘 아침은 조용했다. 어깨도 등도 전혀 움직이지 않았다.

"이봐." 아키오는 아내를 불러보았다.

야에코의 몸이 천천히 아키오 쪽으로 돌았다. 그녀의 우울한 표정이 차광 커튼 때문에 더욱더 어둡게 보였다. 눈동자만 둔하게 빛나고 있었다.

"좀 잤어?" 그는 물었다.

야에코는 베개에 얼굴을 파묻듯이 머리를 움직였다. 고개를 흔드는 모양이었다.

"하긴 잠이 올 리가 없지." 아키오는 윗몸을 일으키고 고개를 전후좌우로 움직였다. 관절이 우드득 소리를 냈다. 자신이 부서져가는 낡은 기계 같다는 느낌이 들었다.

팔을 뻗어 커튼을 열었다. 운명의 날의 아침은 두툼한 구름에 감싸여 있었다.

"여보." 아에코가 말했다. "언제 할 거야?"

아키오는 대답하지 않았다. 그것을 한창 생각하는 중이었기 때문이다. 일단 해버리면 다시 돌아설 수는 없다. 여러 가지 준비를 치밀하게 해두어야 하고 가족 모두가 말을 맞춰둘 필요도 있다. 단 한 사람만 빼고…….

"여보……."

"듣고 있어." 아키오는 부루퉁하게 내뱉었다. 이번 일을 겪으면서 그는 아내에게 계속 거칠고 단호한 말투를 쓰고 있었다. 이런 일은 결혼 이후로 처음인지도 모른다. 아내가 모든 것을 자신에게 맡기고 의지한다는 확신이 있기 때문일 것이다. 이런 일이 아닌 다른 일로 이렇게 의지할 만한 남편이었어야 했다고, 아키오는 이제 새삼 아무 소용도 없는 후회를 했다.

그는 다시 커튼을 젖히고 무심히 바깥길을 내려다보았다. 20미터쯤 떨어진 길 위에 세단 한 대가 서 있었다. 안에 누군가 타고 있는 것 같았다.

흠칫 놀라서 아키오는 얼른 커튼을 닫았다.

"왜 그래?" 야에코가 물어왔다.

"형사야." 그는 말했다.

"형사? 형사가 오고 있어?"

"그게 아냐. 차를 세워놓고 그 안에 앉아 있어. 분명 우리 집을 감시하는 거야."

야에코는 얼굴을 찌푸리며 자리에서 일어났다. 커튼을 젖혀보려고 했다.

"열지 마!" 아키오는 말했다. "우리가 감시를 눈치챈 것은 형사들 쪽에서 모르는 게 좋아."

"어떻게 해?"

"어떻게고 뭐고가 어디 있어? 그쪽에서 들이닥치기 전에 손을 써야지. 나오미는 일어났어?"

"내가 가서 보고 올게." 야에코는 일어서서 흐트러진 머리를 다듬었다.

"그 인형 가져오라고 해. 녀석의 방에는 하나도 남겨놓지 마. 다른 물건은 전부 다 치웠지?"

"그건 걱정 마. 내가 멀리 나가서 내버리고 왔으니까."

"다시 한번 단단히 조사해봐. 하나라도 눈에 띄었다가는 끝장인 줄 알아."

"응, 알았어."

야에코가 방을 나가자 아키오도 자리에서 일어섰다. 하지만 피잉 현기증이 나면서 눈앞이 캄캄해져서 일단 한쪽 무릎을 꿇었다. 현기증은 곧 가라앉았지만 그다음에는 구역질이 찾아왔다. 아키오는 크게 트림을 했다. 고약한 날숨이 새어 나왔다.

최악의 하루가 이렇게 시작되는구나, 라고 생각했다.

21

가스가이 가족이 살고 있는 맨션은 버스길에서 100미터쯤 들어간 곳에 있었다. 6층짜리, 아직 새 건물이었다. 그곳 5층에 그들의 집이 있었다.

이른 시간에 찾아갔는데도 피해자의 아버지 가스가이 다다히코는 곧바로 두 사람을 안으로 맞아주었다. 수사에 도움이 되는 일이라면 적극적으로 협조하려는 마음일 것이다. 어제 만났을 때보다는 훨씬 침착한 모습이었다.

"부인은 좀 어떠세요?" 마쓰미야가 물었다. 마을회관의 장지문 너머로 들었던 틈새 바람 같은 울음소리가 아직도 귀에 남아 있었다.

"침실에서 쉬고 있어요. 불러오는 게 좋을까요? 집사람도 이제는 말을 할 수 있다고 했는데." 가스가이는 말했다.

마쓰미야는 상심한 부인을 힘들게 하고 싶지 않은 마음이 컸지만 가가가 곁에서 즉각 "네, 부탁합니다"라고 말했다.

"그럼 잠깐만 기다리세요." 가스가이는 거실을 나섰다.

"아, 뭔가 참 미안하네." 마쓰미야는 중얼거렸다.

"나도 동감이지만 어쩔 수 없어. 피해자의 평소 생활을 가장 잘 아는 사람은 바로 어머니야. 늘 회사에 가 있는 아버지로는 제대로 조사가 안 돼." 그렇게 말하면서 가가는 실내를 둘러보고 있었다.

마쓰미야도 덩달아 둘레둘레 주위를 살펴보았다. 부엌 쪽으로 식탁이 있고 거실에는 소파 세트가 오밀조밀하게 배치된 방이었다. 큼직한 액정 텔레비전 옆에는 애니메이션 DVD를 빼곡히 꽂아둔 거실장이 있었다. 피해자가 즐겨 보던 것일 터였다.

부엌 식탁 위에는 편의점에서 사 온 듯한 도시락 두 개가 있었다. 하나는 먹다가 덮어두었고 다른 하나는 전혀 손도 대지 않은 것 같았다. 어젯밤 부부의 저녁 식사였을 거라고 마쓰미야는 짐작했다.

가스가이가 돌아왔다. 초췌해진 부인도 뒤따라왔다. 긴 머리를 뒤로 묶고 안경을 쓰고 있었다. 화장기는 없었지만 루주만은 바르고 있었다. 방금 칠하고 나온 것인지도 모른다. 안색은 좋지 않았다.

제 아내 나쓰코예요, 라고 가스가이가 소개를 했다.

그녀는 인사를 건넨 뒤, 형사들 앞을 가리키며 말했다.

"여보, 차라도 한잔 드려야지."

"아뇨, 괜찮아요." 그 즉시 가가가 말했다. "그보다 좀 앉으시지요. 죄송합니다, 몸도 마음도 괴로우실 텐데."

"뭔가 알아낸 게 있나요?" 가느다란 목소리로 나쓰코가 물었다.

"알아낸 것도 있지만 아직 모르는 것도 많습니다. 그중 한 가지는 어째서 유나가 혼자 외출했느냐는 건데요, 전에도 그런 일이 자주 있었습니까?"

나쓰코는 천천히 눈을 깜빡이고 나서 입을 열었다.

"밖에 나갈 때는 꼭 나한테 말을 하라고 했는데, 이따금 말없이 나가는 일이 있었어요. 초등학교에 다니면서부터 부쩍 더 그랬어요. 친구들과 밖에서 놀기로 약속했던 것 같아요."

"지난 금요일에도 그랬을까요?"

"그날은 아닐 거예요. 함께 노는 친구들 집에 모두 연락을 해봤는데 유나와 만나기로 약속했다는 아이는 없었어요."

"유나가 아이스크림을 샀다고 하던데요. 그것 때문에 나갔다고 생각할 수도 있을까요?"

나쓰코는 고개를 갸웃거렸다.

"아이스크림이라면 냉장고에 많아요. 그러니까 아이스크림 때문에 나갔다는 건 있을 수 없어요."

가가가 고개를 끄덕였다.

"유나는 휴대전화가 있었습니까?"

나쓰코는 손을 저었다.

"아무래도 그건 너무 이르다 싶어서…… 하지만 이런 일이 생길 수도 있었으니까 꼭 사줬어야 하는데……." 안경 안쪽의 눈에 눈물이 글썽거렸다.

"휴대전화가 있다고 반드시 안전한 건 아니에요. 오히려 더 위험한 경우도 있습니다." 가가가 위로하듯이 말했다. "친구 중에 휴대전화를 가진 아이가 많았어요?"

"몇 명, 있는 거 같아요."

모두들 방범이 목적일 것이라고 마쓰미야는 옆에서 들으면서 생각했다. 최근에는 소재지를 확인할 수 있는 GPS 기능의 휴대전화도 나왔다. 하지만 가가의 말대로 그것 때문에 도리어 범죄에 휘말리는 경우가 간혹 있었다.

"유나 방이 따로 있습니까?" 가가가 물었다.

"네, 있어요."

"잠깐 들어가봐도 될까요?"

나쓰코는 남편 쪽을 바라보며 "괜찮아?"라고 확인했다.

"응, 보여드려야지."

그렇게 말하며 가스가이는 자리에서 일어섰다.

유나의 방은 두 평 반 남짓한 양실이었다. 창가에 책상이 있고 침대는 벽 쪽에 붙어 있었다. 책상도 침대도 아직 새것이었다.

눈길을 끄는 것은 선반에 주르륵 진열된 피겨였다. 주로 유명한 애니메이션의 캐릭터 인형이다. 다양한 의상으로 꾸며진 피겨가 인기리에 판매된다는 건 마쓰미야도 알고 있었다.

"〈슈퍼프리〉[+] 팬이었군요." 마쓰미야는 말했다.

"네, 전부터 정말 좋아해서⋯⋯." 나쓰코는 눈물 섞인 목소리가 되어 있었다.

"슈퍼프리?" 가가가 어리둥절한 얼굴로 물었다.

"아, 이 캐릭터 인형의 이름이 '슈퍼 프린세스'야." 마쓰미야는 피겨 중 하나를 손끝으로 가리키며 알려주었다.

"텔레비전 옆에 있던 DVD들도 그건가요?"

"네, 맞아요. 전에는 거의 날마다 봤어요." 나쓰코가 대답했다. "피겨를 모으는 것도 좋아해서 볼 때마다 사달라고 했어요."

가가는 책상 쪽으로 다가갔다. 깨끗이 정돈되어 있었다. 학교에서 쓰는 이름표가 눈에 띄었다. 등교할 때 옷에 다는 것이었다. 지난 금요일 외출할 때, 책상 위에 떼어놓고 간 모양이었다.

[+] '슈퍼 프린세스 피치'의 약칭. 닌텐도에서 2005년에 발매한 게임 소프트로, 초등학교 여학생들 사이에서 큰 인기를 끌었다.

이름표를 바라보던 가가가 "이건 뭐죠?"라며 돌아보았다.

"이름표예요." 나쓰코가 대답했다.

"아, 그게 아니라 이 뒤에 적혀 있는 글씨요. 무슨 전화번호나 주소 같은데?"

가가는 이름표를 뒤집어서 내밀었다. 마쓰미야도 옆에서 들여다보았다. 분명 사인펜 같은 걸로 휴대전화 번호와 메일 주소 같은 글씨가 적혀 있었다.

"그건 나와 아내의 휴대전화 번호하고 메일 주소예요." 가스가이가 대답했다.

"두 분 모두 휴대전화를 갖고 계시는군요?"

"그렇습니다. 유나가 언제라도 연락할 수 있도록 이름표 뒤에 적어뒀어요."

"주소가 세 개나 있는데요?"

"두 개는 휴대전화 메일 주소, 하나는 컴퓨터 메일 주소예요."

가가는 알겠다는 듯 고개를 끄덕이며 이름표 뒤쪽을 응시하고 있었지만, 갑자기 뭔가 생각난 듯 얼굴을 들었다.

"컴퓨터는 어디 있죠?"

"우리 침실 쪽에 있어요."

"유나가 컴퓨터를 사용했었습니까?"

"함께 인터넷을 한 적은 있었어요."

"혼자서 사용한 일은?"

"그건 아마 없을 거예요…… 그렇지?" 가스가이는 아내에게 확인을 했다.

"네, 한 번도 본 적이 없어요." 나쓰코도 동의했다.

"가스가이 씨가 마지막으로 컴퓨터를 사용한 건 언제였지요?"

"어젯밤입니다. 잠깐 메일만 확인했지만요."

"뭔가 이상한 점은 없었습니까?"

"이상한 점?"

"낯선 메일을 수신했다든가……."

"아뇨, 없었던 거 같은데. 저어, 컴퓨터 메일이 뭔가 문제가 됩니까?"

"아뇨." 가가는 손을 저었다. "아직은 뭐라고 말씀드릴 수 없어요. 하지만 혹시 컴퓨터를 조사해야 할지도 모르겠군요. 그럴 경우, 저희가 컴퓨터를 잠깐 가져가도 괜찮겠습니까?"

"사건 해결에 도움이 된다면 물론 괜찮지만……." 가스가이는 내키지 않는 기색이었다.

"이유에 대해서는 그때 설명해드리죠." 가가는 손목시계를 들여다보았다. "긴 시간, 실례가 많았습니다. 큰 도움이 되었어요."

가스가이 부부도 마주 인사를 해왔다. 하지만 두 사람의 얼굴에는 슬픔과는 별도로, 당황스러운 기색이 역력했다.

"고바야시 주임에게 연락 좀 해줘." 맨션에서 나온 뒤, 가가는 말했다. "감식과에 가스가이 씨의 컴퓨터에 대한 조사를 의뢰해달라고."

"피해자가 컴퓨터로 범인과 연락을 주고받았다는 거야?"

"응, 그럴 가능성이 있어."

"하지만 방금 아버지 어머니가 유나는 혼자 컴퓨터를 사용한 적이 없다고 했잖아."

그러자 가가는 어깨를 으쓱 치켜들며 고개를 저었다.

"부모가 하는 말은 믿을 만한 정보라고 하기 어려워. 아이들이란 부모가 생각하는 것보다 훨씬 더 어른스러운 법이니까. 비밀스러운 즐거움을 찾아냈을 때는 특히 더 그렇지. 옆에서 눈동냥으로 배운 메일을 자신이 직접 주고받고 게다가 그 흔적까지 지워버리는 일은 게임세대인 요즘 아이들에게는 누워서 떡 먹기야."

가가의 그 말에 마쓰미야도 고개를 끄덕일 수밖에 없었다. 최근의 청소년을 둘러싼 범죄들만 봐도 그건 명백한 일이었다.

마쓰미야는 휴대전화를 꺼냈다. 고바야시 주임에게 걸려고 했는데 그보다 먼저 착신음이 울렸다.

"마쓰미야입니다."

"응, 나, 고바야시야."

"아, 지금 막 걸려던 참인데요."

마쓰미야는 가가에게서 들은 이야기를 주임에게 전했다.

"알았어. 그런 일이라면 지금 즉시 감식과를 그쪽으로 보내
도록 하지."

"우리가 여기서 기다리는 게 좋을까요?" 마쓰미야는 물었다.

"아니, 자네들은 지금 가봐야 할 데가 있어."

"어딘데요?"

"마에하라 아키오의 자택."

"뭔가 나왔습니까?"

"그게 아냐. 그쪽에서 먼저 연락을 해왔어."

"마에하라가요?" 휴대전화를 움켜쥔 채 마쓰미야는 가가의
얼굴을 보았다.

"은행나무 공원 사건에 대해 이야기할 게 있으니 지금 바로
와줬으면 한다……, 마에하라 아키오가 그런 전화를 해왔어."

22

오전 10시를 조금 지난 시각이었다. 인터폰 차임벨이 울렸
다.

식탁에 마주 앉아 있던 부부는 서로 얼굴을 마주 보았다.

야에코는 말없이 일어서더니 인터폰 수화기를 들었다. 네, 라고 나지막하게 대답했다.

"……아, 네, 수고하십니다." 그녀는 이윽고 그렇게 말하더니 수화기를 내려놓고 굳은 표정으로 아키오를 보았다.

"여보, 왔어."

응, 하고 아키오는 의자에서 몸을 일으켰다.

"어디서 얘기하는 게 좋을까."

"응접실에서 하면 될 거야."

"응, 그렇지."

아키오는 현관으로 나가 문을 열었다. 체격 좋은 남자 둘이 서 있었다. 이미 둘 다 낯익은 얼굴이었다. 가가와 마쓰미야. 긴히 할 이야기가 있다는 말만 했기 때문에 일부러 잘 아는 형사를 보내주었는지도 모른다.

"바쁘실 텐데 여기까지 오시게 해서 죄송합니다." 아키오는 머리를 숙였다.

"뭔가 중요한 이야기가 있으시다고요?" 마쓰미야가 물었다.

"예……. 아, 여기서는 좀 그렇고……."

안으로 들어올 수 있게 문을 좀 더 열었다. 실례합니다, 라는 인사와 함께 형사들은 집 안으로 들어섰다.

세 평 남짓한 응접실로 두 사람을 안내했다. 몸집이 큼직한 형사들이 좁은 방에 자리를 잡고 앉았다.

야에코가 차를 내왔다. 고맙습니다, 라고 두 형사가 나란히 머리를 숙였다. 하지만 찻잔에 손을 댈 기미는 없었다. 왜 자신들을 집에까지 오라고 했는지, 한시바삐 그 얘기부터 듣고 싶을 터였다.

"은행나무 공원 사건 말인데요, 수사는 순조롭게 진행되고 있나요?" 야에코가 조심스럽게 물었다.

"아직 이제 시작이니까요. 이런저런 정보는 수집하고 있습니다." 마쓰미야가 대답했다.

"단서 같은 게 나왔습니까?" 아키오는 물어보았다.

"아, 그건……." 마쓰미야는 의아한 듯 아키오와 야에코의 얼굴을 번갈아 바라보았다.

가가가 찻잔을 들었다. 한 모금 마신 뒤에 고개를 들고 아키오를 찬찬히 바라보았다. 마음속까지 간파해내려는 듯한 눈빛이었다. 그 예리함에 아키오는 자칫하면 기가 눌릴 것 같았다.

"잔디에 대해 조사하셨지요, 우리 집 잔디에 대해……." 아키오는 말했다. "뭔가 알아내셨습니까?"

마쓰미야는 망설이며 옆자리의 가가를 보았다. 가가가 입을 열었다.

"사체에 잔디가 붙어 있었으니까요. 그것과 대조해봤죠."

"그렇군요……. 그래서 우리 집 잔디는 어땠어요? 일치했습니까?"

"왜 그런 걸 물어보시는지."

"……일치했군요."

하지만 가가는 대답하지 않았다. 긍정해도 좋을지 어떨지 생각하고 있는 얼굴이었다.

"일치했다고 하면, 어떠신데요?"

그 말을 듣고 아키오는 깊은 한숨을 내쉬었다.

"역시 이렇게 오시라고 하기를 잘했네요. 어차피 드러날 일이니까요."

"마에하라 씨, 무슨 말씀이신지……." 마쓰미야가 답답한 듯 몸을 내밀었다.

"가가 씨, 마쓰미야 씨." 아키오는 등을 꼿꼿이 세우고 두 손을 바닥에 대며 깊숙이 머리를 숙였다. "정말 죄송합니다. 여자애의 사체를 공원 화장실에 두고 온 건…… 바로 접니다."

아키오는 절벽에서 뛰어내리는 듯한 느낌이었다. 이제는 뒤로 물러설 수 없다. 하지만 한편으로 될 대로 되라는 자포자기의 각오가 생기기도 했다.

무거운 침묵이 좁은 방 안을 점령했다. 아키오는 계속 머리를 숙이고 있어서 두 형사가 어떤 표정인지는 알지 못했다.

옆에서 야에코가 훌쩍거리는 소리가 들렸다. 울면서 "죄송합니다"라고 중얼거리고 있었다. 그리고 옆으로 다가와 나란히 고개를 숙이는 것 같았다.

"마에하라 씨가 여자애를 죽였다는 겁니까?" 마쓰미야가 물었다. 하지만 그 말투에 별반 놀라는 기색은 없었다. 이번 사건에 대한 고백이 나올 거라고 예상했던 것이리라.

아니요, 라고 말하며 아키오는 고개를 들었다. 두 형사의 얼굴은 아까보다 심각한 표정으로 변해 있었다.

"내가 죽인 건 아니에요. 하지만…… 범인이 우리 쪽 사람이에요."

"가족이라는 말씀인가요?"

예, 라고 아키오는 고개를 끄덕였다.

마쓰미야는 아직도 머리를 숙이고 있는 야에코 쪽으로 천천히 시선을 돌렸다.

"아뇨, 제 아내도 아닙니다." 아키오는 말했다.

"그러면……?"

"실은……." 아키오는 숨을 깊이 들이쉬었다. 망설임이 몸 깊은 곳에 남아 있었다. 그것을 뿌리치며 아키오는 말했다. "어머니예요."

"어머님이?" 마쓰미야가 당황한 듯 미간을 좁히며 옆에 있는 가가를 돌아보았다.

이번에는 가가가 물었다. "당신 어머니 말씀인가요?"

"예, 그렇습니다."

"지난번에 봤던 그 할머님 말씀이시죠?" 가가는 끈질기게 확인을 해왔다.

예에, 라고 말하며 아키오는 턱을 당겼다. 심장이 점점 거칠게 뛰었다.

이래도 괜찮은 걸까…… 망설임이 가슴속에서 소용돌이치고 있었다.

아니, 이렇게 할 수밖에 없어……. 그 망설임을 떨쳐버리려고 아키오는 스스로에게 되뇌고 있었다.

"그 여자애의 사진을 들고 형사님이 처음 우리 집에 오셨을 때, 아내도 나도 본 적이 없다고 대답했었지요?"

그랬죠, 라고 가가는 고개를 끄덕였다. "아니었어요?"

"네, 사실은 아내가 그 아이를 몇 번 본 적이 있었어요. 우리 집 뒷마당에 드나들었답니다."

"뒷마당인가요." 가가는 야에코를 보았다.

야에코는 고개를 숙인 채 이야기하기 시작했다.

"뒤쪽 툇마루에서 어머니 인형을 갖고 노는 것을 몇 번 봤어요. 그쪽에도 쪽문이 있어서 그 여자애가 거기로 드나든 것 같아요. 담장 틈새로 인형이 보여서 할머니한테 갖고 놀게 해달라고 얘기했던 모양이에요. 하지만 어디 사는 아이인지는 몰랐어요."

두 형사는 얼굴을 마주 보았다.

"어머님은 지금 어디에?" 마쓰미야가 물었다.

"어머니 방에 있습니다. 저 안쪽 방이에요."

"만나봐도 되겠지요?"

"예, 그야 물론. 단지……." 아키오는 두 형사의 얼굴을 번갈아 보았다. "전에도 말씀드렸지만, 어머니가 치매기가 좀 있어서 제대로 대화가 가능할지 어떨지 모르겠어요. 자기가 한 일도 전혀 기억을 못 하니……. 그래서 뭐랄까, 어려운 질문은 좀 배려해주시는 게 좋을 것 같은데요."

"아, 네." 마쓰미야는 가가를 보았다.

"어떻든 일단 어머니를 만나게 해주시죠." 가가가 말했다.

"예, 알겠습니다. 정말 죄송합니다……."

아키오가 자리에서 일어서자 형사들도 몸을 일으켰다. 야에코는 고개를 푹 숙인 채 가만히 있었다.

복도를 따라 안쪽 방으로 들어갔다. 맨 끝에 창호지를 바른 미닫이문이 달린 방이었다. 그 문을 조용히 열었다. 낡은 서랍장 하나와 작은 불단이 있을 뿐인 살풍경한 곳이다. 전에는 경대를 비롯해 이런저런 가구들이 있었지만 어머니가 치매에 걸린 뒤로 야에코가 하나둘 처분해버렸다. 어머니가 떠나면 그 방을 부부 방으로 쓰고 싶다고 그녀는 전부터 말했었다.

어머니는 뒷마당이 보이는 툇마루에 웅크린 듯한 모습으로 앉아 있었다. 문을 열고 사람들이 들어선 것도 알아차리지 못

하는지, 앞에 놓인 인형을 향해 중얼중얼 이야기를 하고 있었다. 추레하게 때가 긴 오래된 프랑스 인형이었다.

"제 어머니입니다." 아키오는 말했다.

형사들은 입을 꾹 다물고 있었다. 어떻게 대응해야 할지 생각하고 있는 듯했다.

"말을 붙여도 괜찮겠습니까?" 마쓰미야가 물었다.

"네, 괜찮긴 한데……."

마쓰미야는 아키오의 어머니에게 다가가 인형을 들여다보듯이 허리를 숙였다.

"안녕하세요?"

하지만 어머니는 대답하지 않았다. 형사 쪽을 돌아보려고도 하지 않았다. 인형을 손에 들고 그 머리를 쓰다듬고 있었다.

"항상 저렇습니다." 아키오가 가가에게 말했다.

가가는 팔짱을 낀 채 그 모습을 바라보다가 이윽고 마쓰미야에게 말을 건넸다.

"먼저 이쪽 얘기부터 들어보는 게 좋겠어."

마쓰미야는 허리를 펴고 고개를 끄덕였다. "응."

가가와 마쓰미야가 조금 전의 방으로 돌아가는 것을 지켜본 뒤에 아키오는 안방의 문을 닫았다. 어머니는 계속 인형의 머리만 쓰다듬고 있었다.

"내가 집에 돌아왔을 때가 6시쯤이었을 거예요. 파트타임 일이 5시 반이면 끝나니까요. 안에 들어와 어머니가 좀 어떠신지 보려고 안방에 갔다가 소스라치게 놀랐어요. 작은 여자애가 방 한가운데 쓰러져 있더라고요. 축 늘어져서 아예 꼼짝도 안 하는 거예요. 어머니는 툇마루에 앉아서 그 망가진 인형만 만지작거리고 있었고요."

야에코의 이야기를 형사들은 수첩에 적어나갔다. 마쓰미야 형사는 자세하게 기록하는 것 같았지만 가가 형사는 포인트만 받아 적는지, 펜을 움직이는 시간이 짧았다.

"여자애를 흔들어봤지만 숨도 안 쉬더라고요. 죽었구나, 하고 곧바로 알았어요."

야에코의 말을 들으며 아키오는 겨드랑이에 식은땀이 흐르는 것을 느꼈다.

둘이 상의해서 만들어낸 거짓말이었다. 어딘가 모순된 곳은 없는지, 경찰이 수상하게 여길 부자연스러운 대목은 없는지 몇 번이나 검증했다. 하지만 그래봤자 아마추어가 생각해낸 스토리일 뿐이다. 프로 형사들이 본다면 엉터리투성이인지도 모른다. 그렇다고 해도 이걸로 어떻게든 밀고 나가지 않으면 안 된다. 그것밖에는 우리 가족이 살아날 길이 없다…….

"어머니에게 이 아이는 대체 어떻게 된 거냐고 물어봤죠. 하지만 어머니가 저런 상태라서 제대로 대답을 안 해요. 내가 뭘 물어보는지도 모르는 기색이었어요. 그래도 이렇게 저렇게 물어봤더니 가까스로, 이 아이가 어머니의 보물 같은 인형을 부숴서 벌을 줬다고 하는 거예요."

"벌을 줘요?" 마쓰미야가 고개를 갸웃했다.

"그러니까 그건요." 아키오가 말을 거들었다. "어머니가 지금 어린애 같은 상태라서요. 아마 아이들끼리 티격태격 싸운다는 마음이었을 거예요. 그 여자애가 어떻게 했는지는 모르지만, 뭔가 비위에 거슬렸겠지요. 어쩌면 그 여자애가 시끄럽게 떠들었는지도 모르겠어요. 아무튼 잠깐 벌을 준다는 게 뭔가 잘못해서 아이를 죽게 한 것 같아요. 노인네가 나이에 비해 힘이 센 편이라서 아직 어린 여자애가 미처 대항하지 못했던 게 아니겠습니까."

말을 하면서 아키오는 스스로도 그 내용의 신빙성에 자신이 없었다. 이런 이야기를 과연 형사들이 믿어줄까.

마쓰미야가 야에코를 보았다.

"그래서 그 뒤에 부인은 어떻게 하셨습니까."

"남편에게 전화부터 했어요." 그녀는 대답했다. "그게 6시 반쯤이었을 거예요."

"전화로 자세하게 이야기하셨어요?"

"아뇨……. 도저히 제대로 말을 못 할 거 같아서 아무튼 빨리 집에 와달라고만 했어요. 그리고 시누이가 어머니를 돌봐드리러 그날도 오기로 했었는데 그걸 못 오게 해달라는 얘기도 했었죠."

이 대목은 사실이었다. 그런 탓인지 야에코의 말투도 약간 매끄러웠다.

"부인은⋯⋯." 마쓰미야 형사가 야에코를 보았다. "그 시점에는 어떻게 할 생각이었죠? 경찰에 알려야겠다는 생각은 없었어요?"

"물론 그런 생각도 했지만 일단 남편과 상의해본 뒤에 신고해야 한다고 생각했어요."

"그래서 남편이 집에 돌아오셨고, 그리고 사체를 봤겠군요."

아키오는 고개를 끄덕였다.

"정말 깜짝 놀랐어요. 사정 이야기를 듣고는 눈앞이 캄캄해졌습니다."

그것 또한 사실 이야기였다.

"그래서 사체를 내다 버리자는 건 어떤 분이 제안했죠?" 마쓰미야 형사가 핵심으로 다가드는 질문을 던져왔다.

야에코가 아키오를 흘끗 바라보았다. 그 시선을 느끼고 아키오는 크게 숨을 들이쉬었다.

"누가 먼저랄 것도 없었어요. 어쩌다 보니 그렇게 됐다고 해야 하나⋯⋯. 경찰에 알리면 더 이상 이 동네에서 살 수도 없을 거고, 어떻게든 감출 수만 있다면 감추고 싶다는 이야기를 둘이서 했던 건 사실입니다. 그런 얘기 끝에 사체를 어딘가 옮겨 가면 어떻게든 되지 않을까 하는 생각이 나서……. 하지만 설부른 짓이었어요. 정말 죄송스럽게 생각하고 있습니다……."

주절주절 늘어놓으며, 이 집은 결국 팔아치울 수밖에 없겠다고 아키오는 생각했다. 하지만 살인사건이 난 집을 과연 어느 누가 사줄까.

"은행나무 공원에 버린 건 어째서죠?" 마쓰미야 형사가 물었다.

"특별한 이유는 없었어요. 그저 거기밖에 생각이 안 나더라고요. 집에 자동차가 없어서 그리 멀리 나갈 수도 없었고요."

"사체를 들고 나간 건 언제지요?"

"한밤중이 된 뒤예요. 날짜는 바뀐 시간이었어요. 오전 2시나 3시, 그쯤이었어요."

"그렇다면," 마쓰미야는 펜을 수첩에 대고 있었다. "그때의 상황을 가능한 한 상세하게 말해주세요."

23

마에하라 아키오가 누누이 이야기하는 모습에서 연기 비슷한 것은 느껴지지 않았다. 그 얼굴은 고통스럽게 일그러지고 목소리는 쉬어 있었다. 그의 아내는 곁에서 고개를 숙이고 간간이 코를 훌쩍였다. 끊임없이 눈가를 훔치는 손수건이 젖어 있었다.

사체 유기에 관한 그의 진술은 설득력이 있었다. 화장실의 물을 내리려고 했는데 물은 나오지 않고 어쩔 수 없이 손으로 수없이 물을 날랐다는 부분은 특히 그랬다. 사체가 발견된 화장실의 수세식 장치가 고장이 나 있던 것에 대해서는 매스컴에 보도된 적이 없었다.

또한 그런 행동 속에서 그가 느꼈을 공포나 초조감 등도 충분히 감지할 수 있었다. 소녀의 옷가지에 여전히 잔디가 붙어 있으리라는 걸 알면서도 한시라도 빨리 그 자리에서 벗어나려는 마음에 철저히 떼어내지 못했다는 이야기도 고개가 끄덕여졌다. 그 잔디는 사체를 전자제품 포장 상자에 넣으려고 일단 정원에 내놓았을 때 붙어 간 것이라고 했다.

"집에 형사님들이 여러 번 찾아와 가족의 알리바이를 확인했을 때, 이제 더 이상 감출 수 없겠다고 생각했습니다. 그래서 집사람과 상의한 끝에 모든 것을 털어놓기로 결심했습니다. 많은 분들께 폐를 끼치고, 정말로 죄송합니다. 죽은 여자애의 부모님께도 사죄의 말씀을 드릴 생각입니다."

이야기를 마치자마자 마에하라 아키오는 어깨를 툭 떨구었다.

마쓰미야는 가가 쪽을 돌아보았다.

"서에 연락해야겠지?"

하지만 가가는 고개를 끄덕이지 않았다. 뭔가 의미심장한 표정으로 작게 고개를 갸우뚱했다.

"왜?"

그러자 가가는 마에하라 아키오를 바라보며 물었다.

"다시 한번 어머니를 만나봐도 될까요?"

"그건 괜찮지만 아까 보신 대로 도저히 말이 통하지 않아서……."

하지만 마에하라가 말을 마치기도 전에 가가는 몸을 일으켰다.

조금 전과 마찬가지로 복도 안쪽으로 들어갔다. 마에하라 아키오가 안방 문을 열어주었다. 그의 어머니는 여전히 툇마루에 앉아 있었다. 뒷마당 쪽을 향하고 있었지만 무엇을 쳐다보는지는 알 수 없었다.

가가는 노인에게 다가가 곁에 앉았다.

"뭐 해?" 어린애에게 말을 걸 듯이 다정한 어조로 가가는 물었다.

하지만 노인네는 아무런 반응이 없었다. 누군가 곁에 다가와도 경계심을 보이지 않는 건 그 인물의 존재를 아예 인식하지 못하기 때문인지도 모른다.

"소용없어요, 가가 형사님." 마에하라 아키오가 말했다. "남이 하는 말이 하나도 귀에 들어가지 않아요."

가가는 몸을 돌리더니, 아무 말 말고 있으라는 듯 손바닥을 펼쳐 보였다. 그러고는 노인네를 향해 웃음을 던졌다.

"여자애, 못 봤어?"

노인이 얼굴을 약간 들었다. 하지만 가가를 바라보는 것 같지는 않았다.

"온다, 온다." 그녀가 돌연 말했다.

응, 하고 가가가 그다음 말을 기다렸다.

"비가 온다. 이제 오늘은 산에 놀러 못 가."

마쓰미야는 바깥을 내다보았다. 하지만 비라고는 한 방울도 떨어지지 않았다. 바람이 나뭇잎을 뒤흔들 뿐이었다.

"집 안에서만 놀아야 해. 아, 그렇지. 어서 화장을 해야지."

"소용없다니까요. 무슨 말인지 못 알아들을 소리만 해요. 유아퇴행이라는 증세예요." 마에하라 아키오는 말했다.

그래도 가가는 일어서려고 하지 않았다. 지그시 노인네의 얼굴을 응시하고 있었다.

그의 시선이 조금 아래로 향했다. 노인네 옆에 떨어진 것을 집어 들었다. 마쓰미야에게는 둥글게 뭉쳐진 천 조각처럼 보였다.

"이거, 장갑이군요." 가가는 말했다. "그때 주웠던 그 장갑인가요?"

"그럴 거예요."

"그때라니?" 마쓰미야는 물었다.

"내가 어제 여기 왔을 때, 정원에서 이 할머니가 장갑을 줍는 것을 봤거든. 바로 그 장갑이야." 가가가 설명했다.

"뭐가 마음에 들었는지 내내 끼고 있었어요. 이제 그만 벗어버린 걸 보면 아마 싫증이 난 모양입니다. 영락없이 어린애라서 무슨 생각을 하는지 이해하려고 해봤자 안 돼요." 마에하라 아키오가 체념했다는 듯한 어조로 말했다.

가가는 장갑을 가만히 들여다본 뒤에 착착 접어서 노인네 곁에 놓았다. 그리고 다시 실내를 둘러보았다.

"어머니는 항상 이 방에서 지내세요?"

"예, 화장실에 갈 때 외에는 대부분 이 방에 있어요."

"사건 후에 어머니가 어딘가 외출한 적이 있습니까?" 가가가 물었다.

마에하라 아키오는 고개를 저었다.

"아뇨, 아무 데도 안 갔어요. 아니, 그보다 이런 병이 생긴 뒤부터 바깥출입은 전혀 못 하게 됐어요."

"그렇군요. 실례지만, 부부가 쓰시는 방은 어느 쪽이죠?"

"2층입니다."

"어머님이 2층에 올라가시는 일은?"

"그런 일은 없어요. 몇 년 전에 무릎이 안 좋아져서 이 병 생기기 전부터 계단은 오르내리지 못했어요."

두 사람의 대화를 들으며, 마쓰미야는 가가의 질문이 무슨 의미가 있는지 생각해봤지만 알 수 없었다. 어째서 즉시 수사 본부에 보고하지 않는지도 알 수 없었다. 하지만 마에하라 아키오가 있는 자리에서 일일이 그런 걸 물어볼 수도 없다.

가가는 일어서서 방 안을 돌아다녔다. 뭔가를 점검하듯이 방 구석구석을 살펴보고 있었다.

"저어, 무슨……?" 더 이상 입을 다물고 있을 수 없었는지 마에하라 아키오가 질문을 던졌다. 그로서도 가가의 행동이 이해가 되지 않을 터였다.

"여자애가 망가뜨렸다는 그 인형은 버렸어요?" 가가가 물었다.

"아뇨, 그건 여기 있어요." 마에하라는 붙박이장을 열고 아랫단에 들어 있는 상자를 꺼냈다.

마쓰미야는 상자 속을 들여다보고 눈을 둥그렇게 떴다. 그는 상자째 들어 올려 가가에게로 가져갔다.

"교이치로 형, 이거……."

상자에 들어 있는 인형은 피해자 가스가이 유나가 수집하던 피겨와 같은 종류의 것이었다. 팔이 떨어져 나가고 없었다.

가가는 상자 속을 흘끔 들여다본 뒤에 "이 인형은 어떻게 된 거죠?"라고 마에하라 아키오에게 물었다.

"작년이던가, 내가 사 온 거예요."

"당신이?"

"보시는 대로 어머니가 어린애가 되어버렸잖아요. 자꾸 인형을 찾더라고요. 그래서 내가 백화점에서 사 왔습니다. 인기 있는 게임 캐릭터인 모양인데 나는 그런 건 몰랐어요. 근데 마음에 안 들었는지 어머니가 어딘가에 넣어뒀어요. 그걸 우연히 꺼내 온 모양인데, 그만 이렇게 엄청난 일을 만들어버렸네요."

마쓰미야는 가스가이 유나의 방에 있었던 피겨를 머릿속에 떠올렸다. 한창 인형 수집에 몰두하던 여자애가 어쩌다 그것이 눈에 띄었을 때, 설령 낯선 집이라도 선뜻 들어갈 수 있겠다는 생각이 들었다.

"여동생에게 이런 얘기는 안 하셨습니까?" 가가가 마에하라에게 질문을 던졌다.

"예, 이런 상황을 설명하기가 너무 힘들어서……. 그래도 언젠가는 말을 해야겠지요."

"금요일 이후로는 여동생이 이 집에 오지 않은 것 같더군요. 그러면 어머니는 누가 돌봐드렸지요?"

"일단 나와 아내가 지켜봤지만, 딱히 돌보고 말고 할 일은 없어요. 화장실 출입도 스스로 할 줄 알고요."

"식사는?"

"이 방으로 갖다드렸어요."

"그러면 어머니 혼자서 식사를?"

"예, 그렇습니다. 이번에는 간단한 샌드위치라서 혼자 드셔도 별문제는 없었어요."

"샌드위치?" 마쓰미야는 저도 모르게 되물었다.

"여동생을 현관 앞에서 돌려보냈을 때 받은 거예요. 요즘은 어머니가 샌드위치를 좋아한다면서 챙겨 왔더라고요."

마쓰미야는 방 한쪽 구석에 놓인 쓰레기통을 들여다보았다. 빈 샌드위치 봉투와 네모진 우유 팩이 버려져 있었다.

가가는 팔짱을 끼고 노인네의 뒷모습을 바라보다가, 이윽고 마쓰미야 쪽을 돌아보았다.

"정원 쪽을 잠깐 살펴볼까?"

"정원?"

"마에하라 씨 이야기로는 정원에서 피해자의 사체를 상자에 넣었다고 했잖아. 그 자리를 확인해보려고."

마쓰미야는 고개를 끄덕였지만 가가가 노리는 게 무엇인지는 잘 알 수 없었다. 정원을 다시 한번 살펴보는 게 무슨 의미가 있다는 걸까.

"두 분은 그대로 여기서 기다리시면 됩니다." 마에하라 부부에게 그렇게 말을 건네고 가가는 방을 나섰다. 마쓰미야도 서둘러 그 뒤를 따라 나갔다.

정원으로 나온 가가는 쪼그리고 앉아 잔디를 만지작거렸다.

"잔디에 대해 확인할 게 있어?" 마쓰미야는 물었다.

"아니, 그건 그냥 핑계고. 너하고 상의할 게 있어서 나왔어." 가가가 쪼그려 앉은 채 말했다.

"상의를 하다니, 뭘?"

"본부에 연락하는 거, 좀 더 기다려줄래?"

"엇, 왜?"

"저 사람들이 하는 얘기, 어떻게 생각했어?"

"그야 뭐, 깜짝 놀랐지. 설마 그 노인네가 아이를 죽였으리라고는 상상도 못 했으니까."

가가는 정원 잔디를 손끝으로 잡고 그대로 우두둑 뜯었다. 그리고 그 풀을 빤히 쳐다보더니 후욱 불어버렸다.

"그 말을 그대로 믿었어?"

"거짓말을 한다는 거야?"

가가는 일어서서 흘끔 마에하라가의 현관 쪽을 쳐다보더니 목소리를 낮추어 말했다.

"내 생각에는 저 부부가 사실대로 얘기하지 않고 있어."

"그래? 하지만 이야기의 앞뒤는 맞아떨어지는데."

"그야 그렇겠지. 부부가 어제 하루 종일 앞뒤가 딱 맞아떨어지는 이야기를 지어냈을 테니까."

"거짓말이라고 단정하기에는 너무 이른 거 아냐? 그리고 거짓말이라도 현 단계에서 일단 본부에 보고는 해야지. 저 사람들이 뭔가 감추는 게 있다면 앞으로 취조를 거치면서 반드시 밝혀질 거고…….”

마쓰미야의 말이 끝나기도 전에 가가는 그건 충분히 알고 있다는 듯이 머리를 끄덕였다.

“수사의 주도권은 너한테 있어. 꼭 이 시점에서 보고를 하겠다면 나도 굳이 말리진 않겠어. 단, 연락할 거라면 이시가키 계장이나 고바야시 주임과 직접 통화하게 해줘. 내가 따로 부탁할 일이 있으니까.”

“뭔데 그게?”

“미안하다. 자세한 이야기를 할 여유가 없어.”

마쓰미야는 답답함을 느꼈다. 형이 나를 신입으로 취급하는구나, 하는 서운함이 들었다. 그걸 눈치챘는지 가가가 한 마디를 덧붙였다.

“만일 네가 저 사람들과 정면으로 마주한다면 반드시 진상을 알아챌 거야.”

그 말을 듣고 보니 마쓰미야로서는 반론을 꺼내기가 어려웠다. 뭔가 석연치 않은 채로 휴대전화를 꺼냈다.

전화는 고바야시 주임이 받았다. 마쓰미야는 마에하라 아키오에게서 들은 이야기를 보고한 뒤에 가가의 의향을 전했다. “그래, 가가 군을 바꿔줘”라고 주임은 말했다.

전화를 받아 든 가가는 마쓰미야에게서 조금 떨어져 뭔가 소곤소곤 이야기하기 시작했다. 그리고 돌아와서 휴대전화를 내밀었다. "주임이 너를 바꿔달래."

마쓰미야는 전화를 받았다.

"사정은 충분히 파악했어." 고바야시가 말했다.

"어떻게 하면 되겠습니까?"

"자네들에게 시간을 주지. 가가 군에게 뭔가 생각이 있는 모양이니까 거기에 따라줘."

"마에하라 일행을 서로 데려가지 않아도 되는 겁니까?"

"아니, 그건 서두를 필요가 없다는 얘기야. 계장님에게는 내가 설명할게."

알겠습니다, 라고 대답하고 마쓰미야는 전화를 끊으려 했다. 그러자 "어이, 마쓰미야!"라고 고바야시가 다시 불렀다.

"가가 군이 일하는 방식을 잘 봐두라고. 자네, 이제부터 엄청난 상황에 입회하게 될 거야."

말의 진의를 생각하느라 마쓰미야가 입을 다물고 있으려니 "그럼 수고해"라면서 전화가 끊겼다.

마쓰미야는 가가에게 물었다. "어떻게 된 거야?"

"너도 이제 곧 알게 돼. 하지만 이 말만은 해두자. 형사라는 건 사건의 진상만 해명한다고 다 끝나는 게 아냐. 언제 해명할 것인가, 어떤 식으로 해명할 것인가, 그것도 아주 중요해."

뭐가 뭔지 알 수 없어서 마쓰미야가 미간을 찌푸리자 가가는 그의 눈을 지그시 들여다보며 말을 이었다.

"이 집에는 숨겨진 진실이 있어. 이건 경찰서 취조실에서 억지로 실토하게 할 이야기가 아냐. 반드시 이 집에서 그들 스스로 밝히도록 해야 하는 거야."

24

형사들이 정원에서 무슨 이야기를 나누는지 아키오는 전혀 짐작하지 못했다. 이제 새삼스럽게 정원에서 무엇을 조사한다는 건가. 자신과 야에코가 말한 내용을 다시 되짚으면서 형사들에게 의심을 살 만한 대목은 없었는지 확인해봤지만 특별히 앞뒤가 안 맞는 부분은 없는 것 같았다. 살인을 저지른 게 늙은 어머니가 아니라 중학생 아들 나오미라는 것 외에는 거의 모두 진실을 털어놓은 셈인 것이다.

"저 형사들, 뭐 하는 거야?" 야에코도 똑같은 생각을 했는지 불안한 음색으로 물어왔다.

"나도 몰라." 아키오는 짧게 대답하고는 어머니 쪽을 돌아보았다.

어머니는 등을 돌린 채 웅크리듯이 앉아 있었다. 마치 돌처럼 꼼짝도 하지 않았다.

그래, 잘한 거야. 이렇게 하는 수밖에 없었어……. 아키오는 다시금 되뇌었다.

참혹한 짓을 하고 있다는 건 물론 그 자신이 가장 잘 알고 있었다. 아들의 죄를 은폐하기 위한 선택이라고 해도 자신을 낳아준 어머니를 살인자로 몰아붙이다니, 이건 인간으로서 도저히 할 짓이 아니다. 만일 지옥이라는 게 있다면 자신은 죽은 뒤에 분명코 그곳에 떨어질 거라는 생각이 들었다.

하지만 이것밖에는 현재의 궁지를 빠져나갈 방법이 생각나지 않았다. 치매에 걸린 노모가 실수로 아이를 죽이고 말았다는 것으로 해두면 세상 사람들의 비난은 그래도 얼마간 누그러들 것이다. 고령화 사회가 빚어낸 비극이라는 해석이 나오고, 잘하면 마에하라 일가는 가엾은 가족으로 모두가 동정해줄지도 모른다. 그러면 나오미의 장래에 미치는 악영향도 최소한으로 줄일 수 있을 것이다.

하지만 진실을 있는 그대로 다 밝혀버리면 어떻게 되는가. 나오미는 평생을 살인자로 사람들의 질시를 받을 게 틀림없다. 그리고 살인자의 부모는 아들의 폭주를 막아내지 못한 어리석은 인간으로 경멸을 받고 죽을 때까지 비난을 받을 것이다. 어디로 이사하든 누군가는 반드시 그 사건의 냄새를 맡아내 마에하라 일가를 따돌리고 쫓아내려 할 것이다.

어머니에게는 물론 죄송하다. 하지만 지금의 어머니는 자신이 그런 함정에 빠졌다는 것도 알지 못할 터였다. 인지증의 노인이 죄를 범했을 경우에 사법기관이 어떤 처분을 내리는지, 아키오는 자세한 건 알지 못했지만, 그래도 보통 사람과 똑같은 형벌이 떨어지지는 않을 것이다. '책임 능력'이라는 말을 아키오는 기억하고 있었다. 그것이 없는 인간은 죄를 묻기 어렵다는 말을 들은 적이 있다. 지금의 어머니에게 책임 능력이 있다고는 어느 누구도 말하지 않을 것이다.

게다가 어머니로서도 자신이 대신 죄를 받고 손자를 구할 수 있다면 그 또한 바라는 일일 게 틀림없다. 지금의 사정을 이해한다면 그럴 것이라는 얘기지만…….

현관문이 열렸다 닫히는 소리가 들렸다. 복도를 걸어오는 발소리가 점점 가까이 다가왔다.

"기다리게 해서 죄송합니다"라면서 마쓰미야가 방으로 들어왔다. 가가의 모습은 없었다.

"또 한 분은?" 아키오가 물었다.

"다른 곳으로 이동했어요. 금세 돌아올 겁니다. 아, 그건 그렇고, 다시 한번 묻겠는데요, 이 사건에 대해 알고 있는 사람은 그 밖에 또 없습니까?"

예상했던 질문이었다. 아키오는 준비해둔 대답을 풀어놓기로 했다.

"아니, 우리 둘뿐입니다. 아무에게도 말하지 않았어요."

"하지만 중학교에 다니는 아드님도 있지요? 그쪽은?"

"아들은……" 아키오는 목소리가 갈라지려는 것을 꾹 참으며 말했다. "아들은 아무것도 몰라요. 그 애가 눈치채지 못하게 특히 조심했으니까요."

"하지만 전혀 몰랐을 리는 없을 텐데요. 집 안에 사체가 있었고 아버지 어머니가 한밤중에 그것을 처리하려고 오락가락했는데 그걸 전혀 몰랐다는 건 좀 이해하기가 어렵군요."

마쓰미야 형사는 아키오와 야에코의 가장 아픈 곳을 찔러왔다. 여기가 가장 중요한 고비다, 라고 아키오는 마음을 굳게 먹었다.

"하지만 그 애는 정말 아무것도 몰라요. 아니, 사실 지금은 어느 정도 알고 있겠지요. 아까 내가 경찰에 전화하기 전에 대강 얘기했으니까요. 하지만 내 입으로 얘기해줄 때까지 그 애는 아무것도 알지 못했어요. 금요일에는 어디를 쏘다녔는지 저녁 늦게야 집에 왔거든요. 어제도 제가 그렇게 말씀드렸죠? 아들애가 집에 돌아왔을 때 이미 사체는 정원에 옮겨둔 뒤였어요. 사체에 검은 비닐봉투를 덮어뒀기 때문에 그 애는 눈치를 못 챘을 겁니다."

게다가, 라고 야에코가 곁에서 말했다.

"평소에도 그 애는 제 방에 틀어박혀 밥 먹을 때하고 화장실

갈 때 외에는 나오지 않아요. 한밤중에 부모가 뭘 하건 전혀 관심이 없어요. 그래서 지금 큰 충격을 받고 아무 정신이 없을 거예요. 아무래도 아직 나이가 어려서……. 이번 얘기를 듣더니 평소처럼 제 방에 들어가버렸어요. 그러니까 그 애는 되도록 건드리지 않았으면 좋겠는데, 안 될까요?"

야에코는 나오미가 미성년자라는 점을 강조하고 있었다. 아키오도 그 말을 거들어주기로 했다.

"애가 유난히 낯을 가리는 성격이에요. 처음 만나는 사람하고는 변변히 말도 못 해요. 아직 철이 덜 들어서 그런지 뭔지, 형사님들에게 아무 도움도 안 될 거예요."

형사들이 나오미 쪽에 주목해서는 안 된다고 아키오는 생각했다. 부부간에 상의할 때도 무엇보다 그 점이 가장 중요하다는 것에 두 사람의 의견이 일치했었다.

그런 부부의 얼굴을 번갈아 바라보더니 마쓰미야는 이렇게 말했다.

"확인차 물어보려는 거예요. 어렴풋이 알고 있었을 수도 있으니까요. 게다가 두 분 말씀이 맞는다고 해도 규칙상 사건 관련자 전원의 진술을 들어야 합니다."

"사건 관련자라고요?" 야에코가 되물었다.

"같은 집에 살고 있는 이상, 아드님은 사건 관련자예요." 마쓰미야는 딱 잘라 대답했다.

형사의 말은 당연한 것이었다. 아키오와 야에코로서도 나오미를 경찰과 완벽하게 떼어놓는 것은 어차피 어렵다고 생각했다. 단지 이 사건과는 무관하며 아직 어리다는 점을 최대한 강조해두고 싶었을 뿐이다.

"아드님 방은 2층인가요? 힘들면 제가 직접 방으로 가봐도 되는데요."

마쓰미야 형사의 말에 아키오는 마음이 급했다. 그것만은 피하지 않으면 안 된다. 나오미 혼자 형사를 만나는 건 위험하다. 그것도 부부간에 일치한 의견 중의 하나였다.

"제가 불러올게요." 똑같은 생각을 했는지, 야에코가 그렇게 말하며 방을 나갔다.

"저어……." 아키오는 말했다. "자리를 좀 옮길까요? 여기서는 조용히 이야기하기도 그렇고." 그리고 흘끔 노인네 쪽을 쳐다보았다.

마쓰미야 형사는 잠시 생각해보더니 이윽고 고개를 끄덕였다. "그렇겠군요."

다이닝룸으로 자리를 옮기기로 했다. 아키오는 그나마 마음이 놓였다. 할머니가 뻔히 보이는 자리에서는 나오미가 더 당황할 것 같았기 때문이다. 물론 나오미도 치매에 걸린 할머니가 자신의 죄를 대신 뒤집어쓴다는 것을 알고 있었다.

"아, 그러니까……." 거실 소파에 자리를 잡고 앉자 마쓰미야 형사가 물었다. "전에도 이런 일이 있었습니까? 말하자면 어머님이 누구를 때린다거나 뭔가를 부순다거나, 그런 일이 있었어요?"

"글쎄요……. 그런 일이 전혀 없었다고는 할 수 없죠. 아무튼 치매기가 심하다 보니 본인은 나쁜 짓을 한다는 의식이 전혀 없어도 결과적으로 우리가 힘들어지는 일은 자주 있었어요. 물건을 내던져서 부순다거나 하는……."

"하지만 하루미 씨 이야기로는 어머님이 날뛰거나 하는 일은 없었다고 하던데요."

"그건, 그러니까, 상대가 여동생일 때나 그렇지요. 여동생 앞에서만은 항상 얌전했으니까요."

아키오의 대답에 젊은 형사는 뭔가 미심쩍다는 표정을 보였다.

계단을 내려오는 발소리가 들렸다. 가볍다고는 할 수 없는 리듬이었다.

야에코 뒤로 나오미가 어물어물 나타났다. 티셔츠 위에 후드가 달린 재킷을 걸치고 트레이닝 바지를 입었다. 두 손은 그 바지 호주머니에 집어넣고 있었다. 자세가 좋지 않아 늘 등이 구부정했다.

"얘가 나오미예요." 야에코가 말했다. "나오미, 이쪽은 형사 아저씨."

소개를 받고서도 나오미는 고개를 숙인 채 상대의 얼굴을 보려고 하지 않았다. 비쩍 마른 몸을 감추듯이 제 엄마 뒤에 서 있었다.

"잠깐 이쪽으로 나올래? 몇 가지만 물어볼게." 마쓰미야가 그렇게 말하며 맞은편 의자를 가리켰다.

나오미는 시선을 떨군 채 식탁으로 다가와 의자에 앉았다. 하지만 형사와 정면으로 마주하는 것을 피하듯이 몸을 비스듬히 돌리고 있었다.

"이번 사건에 대해서는 알고 있니?" 마쓰미야가 질문을 시작했다.

나오미는 슬쩍 턱을 앞으로 내밀었다. 그게 나름대로 긍정의 표시인 모양이었다.

"언제 알았지?"

"아까요." 불쑥 대답한다.

"조금 더 정확히 말해볼까?"

나오미는 흘끔 어머니를 보았다. 그리고 벽시계로 시선을 옮겼다.

"8시쯤에."

"어떻게 알게 되었지?"

나오미는 입을 꾹 다물었다. 저 녀석, 질문의 의미를 모르는가, 하고 아키오가 답답하게 생각했을 때, 나오미는 눈을 치켜

뜨고 아버지 쪽을 흘끗 쳐다보았다.

"왜 형사가 나한테 이런 걸 물어봐?" 입을 뾰로통하게 내밀었다.

아마 자신은 아무 말도 하지 않아도 된다고 생각했던 모양이다. 야에코가 그런 식으로 설명해줬는지도 모른다. 여자애를 죽여놓고서, 대체 저 녀석은 정신머리가 제대로 박힌 것인가. 아키오는 한심하기 짝이 없었지만 지금 여기서 그런 걸 나무랄 수도 없었다.

"일단 가족 모두에게 이야기를 들어야 한대. 질문하시는 대로 대답하면 돼."

나오미는 부루퉁한 표정으로 눈을 획 돌려버렸다. 지금 이 상황을 알고 있기나 하냐고 아키오는 고함을 쳐주고 싶었다.

"이번 사건에 대해 누구한테 들었지?" 마쓰미야 형사가 말을 바꾸어 질문을 던졌다.

"아까 아빠하고 엄마한테……." 매번 말꼬리가 사라진다.

"들은 대로 이야기해줄 수 있을까?"

나오미의 표정에 긴장과 두려움이 뒤섞였다. 여기서 자칫 말을 잘못하면 큰일이 난다는 건 저도 알고 있는 모양이었다.

"할머니가 여자애를 죽였다고……."

"그래서?" 마쓰미야 형사는 나오미의 얼굴을 빤히 쳐다보고 있었다.

"그 여자애를 아빠가 공원에 내버렸다고, 은행나무 공원에……."

"그리고?"

"숨겨도 어쩔 수 없으니까 경찰에 신고한다고……."

"그 밖에는?"

나오미의 얼굴이 불쾌한 듯 일그러졌다. 엉뚱한 방향을 노려보며 입을 헤벌린다. 목마른 개처럼 혓바닥을 내보이고 있었다.

늘 저 얼굴이야, 라고 아키오는 생각했다. 뭔가 못된 짓을 하고 추궁받을 때는 늘 마지막에 저 얼굴이 되곤 했다. 원인이 저한테 있는데도 그로 인해 불쾌한 일이 생기면 모든 책임을 다른 뭔가에 떠넘기고 그 뭔가에 화를 내는 것이다. 지금은 틀림없이 형사의 추궁에서 저를 지켜주지 않은 아버지와 엄마에게 화를 내고 있을 거라고 아키오는 뻔히 짐작이 갔다.

"그 밖에는?" 마쓰미야 형사가 재차 물었다.

"모르는데요?" 나오미는 불퉁하게 말했다. "나는 아무것도 몰라요."

마쓰미야는 고개를 끄덕이며 팔짱을 꼈다. 그 입가에 웃음이 떠 있는 것처럼 보였다. 그 웃음의 의미를 얼른 파악할 수 없어서 아키오는 불안했다.

"그 이야기를 듣고 어떻게 생각했지?"

"……놀랐어요."

"그랬겠지. 근데 네가 보기에는 어때? 할머니가 그런 짓을 할 만한 분인가?"

나오미는 고개를 숙인 채 입을 열었다.

"치매니까 무슨 짓을 할지 몰라요."

"날뛰는 일은?"

"아마 있었겠죠. 나는 항상 집에 늦게 오니까 할머니 일 같은 거 잘 몰라요."

"그러고 보니 금요일에도 집에 늦게 왔다면서?" 마쓰미야 형사는 말했다.

나오미는 말이 없었다. 이번에는 무슨 질문을 하려나, 잔뜩 겁을 내는 꼴이 아키오에게도 손에 잡힐 듯 느껴졌다. 그 역시 똑같은 심정이었다.

"그날, 어디서 뭘 했는지 말해줄래?"

"저어, 형사님." 더 이상 견디지 못하고 아키오가 끼어들었다. "얘가 어디 있었는지, 그건 이번 일과는 상관이 없을 텐데요?"

"아뇨, 그렇게 간단히 넘어갈 수가 없어요. 집에 늦게 왔다는 말만으로는 안 되거든요. 이러저러한 이유로 늦었다고 분명하게 진술하지 않으면 나중에 귀찮아집니다."

마쓰미야 형사의 말투는 온화했지만 타협을 허락하지 않는 강한 어감이 있었다. 아키오는 "아, 그런가요?"라고 얼버무리며 물러서는 수밖에 없었다.

"자, 다시 해볼까? 그날 어디에 갔었지?"

나오미는 입을 반쯤 벌리고 있었다. 거기서 헥헥 숨이 새는 소리가 들렸다. 호흡이 흐트러져 있는 것이다.

"게임센터하고 편의점 같은 데." 가느다란 목소리로 겨우 대답했다.

"누구하고 함께 갔어?"

나오미는 슬쩍 고개를 저었다.

"내내 혼자였어?"

"예."

"어디 있는 게임센터지? 그리고 편의점도 어딘지 알려줄래?"

마쓰미야 형사는 수첩을 꺼내 메모 자세를 취했다. 낱낱이 기록할 테니 얼렁뚱땅 섣부른 소리는 하지 말라고 위협하는 것처럼 아키오에게는 느껴졌다.

나오미는 띄엄띄엄 게임센터며 편의점이 있는 곳을 말했다. 그런 것은 만에 하나를 대비해 미리 말을 맞춰둔 것이었다. 게임센터는 나오미가 평소에 자주 들락거리는 가게였다. 비교적 넓은 곳이고 아는 사람을 만난 일은 없다고 했다. 편의점은 지금까지 별로 간 적이 없는 곳으로 선택했다. 자주 찾는 가게라면 점원이 나오미의 얼굴을 기억하고 있어서 금요일 밤에는 오지 않았다고 증언할지도 모르기 때문이다.

"편의점에서는 뭘 샀지?"

"아무것도 안 샀어요. 그냥 서서 잡지 책만 읽어서."

"그럼 게임센터에서는? 어떤 게임을 했지?"

아키오는 흠칫했다. 그런 것까지는 정해두지 않았다. 이렇게 세세한 질문이 나오리라고는 예상하지 못했기 때문이다. 기도하는 듯한 심정으로, 고개를 숙이고 있는 아들을 바라보았다.

"드럼마니아, 버추얼파이터, 스릴드라이브……." 웅얼웅얼 나오미는 대답하기 시작했다. "그리고…… 슬롯."

슬롯이란 슬롯머신을 말하는 것이리라. 그 이외의 게임은 아키오는 들어본 적도 없었다. 실제로 나오미가 평소에 잘하는 게임인 게 틀림없었다.

"집에 돌아온 건 몇 시쯤이지?" 마쓰미야 형사의 질문은 아직 끝나지 않았다.

"8시인가 9시인가, 그때쯤에."

"학교를 나온 건?"

"4시쯤…… 인가?"

"누구하고?"

"나 혼자."

"늘 혼자서 집에 오니?"

네, 라고 나오미는 짧게 대답했다. 얼마간 짜증이 담겨 있었다. 자신을 놓아주지 않는 데 대한 짜증도 있을 테지만 그 질문 자체에 상처를 입었을 가능성도 있었다.

나오미에게는 친구다운 친구가 없었다. 초등학교 때부터 여태까지 계속 그랬다. 게임센터에 갈 때도, 편의점에서 선 채로 책을 읽을 때도 늘 혼자였다. 마음이 통하는 친구가 한 명이라도 있었다면, 어쩌면 이번 같은 일은 일어나지 않았으리라.

"4시에 학교를 나와서 집에 돌아온 게 8시라고 하면 게임센터와 편의점에서 네 시간이나 보낸 셈이구나." 마쓰미야 형사가 혼잣말처럼 중얼거렸다.

"얘가 항상 그래요." 야에코가 말했다. "집에 일찍 들어오라고 타이르긴 하는데 말을 듣지 않아서."

"요즘 중학생이 다 그렇죠, 뭐." 그렇게 대답하고 마쓰미야는 나오미를 보았다. "학교를 나와서 여기저기 돌아다니다 집에 올 때까지 아는 사람을 만났다든가 누구를 봤다든가, 그런 일은 없었어?"

"없었어요." 나오미는 즉각 대답했다.

"그럼 게임센터나 편의점에서 뭔가 특별한 일은 없었어? 이를테면 누군가가 소매치기를 하다 잡혔다든가 게임기가 고장이 났다든가."

나오미는 고개를 갸우뚱했다.

"잘 생각 안 나요. 없었던 거 같은데……."

"그래?"

"잠깐만요." 아키오는 다시 형사에게 말했다. "아들이 게임 센터나 편의점에 갔던 것을 증명하지 못하면 문제가 됩니까?"

"아뇨, 그런 건 아니에요. 단지 증명이 되면 앞으로 편하다는 점은 있겠죠."

"그건 무슨 말씀이신지."

"지금 증명할 수 있다면 아드님은 이번 사건과는 무관하니까 앞으로 다시 진술 조사를 받는 일은 없겠죠. 하지만 증명하지 못하면 역시 몇 차례 경찰서에 나와서 질문에 대답을 해야됩니다."

"아니, 얘는 이번 일과는 관계가 없어요. 그건 우리가 보증합니다."

하지만 마쓰미야 형사는 고개를 저었다.

"유감스럽게도 부모님의 증언에는 증거 능력이 없어요. 제삼자의 증언이어야 합니다."

"우린 거짓말 안 해요." 야에코의 목소리가 뒤집혔다. "정말 얘는 아무 관계도 없다고요. 그러니까 이제 됐잖아요?"

"그게 사실이라면 어떤 형태로든 증명이 될 거예요. 걱정하실 거 없습니다. 게임센터나 편의점에는 대부분 방범 카메라가 달려 있으니까요. 거기서 네 시간이나 놀았다면 카메라에 찍혔을 가능성이 높겠지요."

그 말에 아키오는 가슴이 철렁했다. 방범 카메라라니, 그런 쪽은 미처 생각도 못 했다.

마쓰미야 형사는 다시 나오미 쪽을 보았다.

"게임을 좋아하는구나?"

나오미는 슬쩍 고개를 움직였다.

"컴퓨터는 안 하고?"

나오미는 다시 입을 꾹 다물었다. 너무나 퉁명스러운 반응에 지켜보는 아키오까지 속이 탔다. 사건과 별 관계가 없는 이런 정도의 질문에는 시원시원하게 대답해주면 좋을 텐데.

"할 줄 알지, 컴퓨터?" 야에코가 답답한 듯 곁에서 말했다.

"나오미만 쓰는 컴퓨터가 따로 있습니까?" 마쓰미야 형사가 야에코에게 물었다.

"예, 작년에 아는 사람한테서 중고로 얻어 왔어요."

"그렇군요. 요즘 중학생들은 대단하네요." 마쓰미야 형사는 나오미에게로 시선을 돌렸다. "질문에 대답해줘서 고맙다. 이제 그만 가봐도 돼."

나오미는 스윽 일어나 인사도 없이 나갔다. 계단을 올라가는 소리가 들리고 마지막으로 문을 쾅 닫는 소리가 났다.

이 형사는 나오미를 의심하고 있다, 라고 아키오는 확신했다. 어떤 근거로 나오미에게 의심을 품었는지는 확실하지 않지만 아무튼 의심한다는 것만은 틀림없다. 그래서 더 끈질기게 나오미의 알리바이를 확인한 것이다.

야에코를 보았다. 그녀는 매달리는 듯한 눈빛을 남편에게 보내고 있었다. 똑같은 불안감을 품은 표정이었다. 어떻게 좀 해봐, 라고 호소하고 있었다.

아키오는 슬쩍 고개를 끄덕였다. 자신감은 전혀 없었지만 어떻게든 해야 한다는 조바심만은 강했다.

형사는 나오미를 의심하고 있다. 하지만 증거는 아무것도 없을 터였다. 자신들이 입을 굳게 다물면 경찰도 어떻게 할 수 없다. 치매에 걸린 노모가 저지른 일이라고 그 친아들이 주장하는데 어떻게 믿지 않을 수 있단 말인가. 방범 카메라에 나오미의 모습이 찍히지 않았다고 그 알리바이가 거짓이라고 단정할 수 있는 것도 아니다. 설령 알리바이가 거짓으로 판명된다고 해도 그것이 곧 나오미를 범인으로 단정할 근거가 되지는 않는 것이다.

흔들려서는 안 돼, 이걸로 끝까지 밀고 나가는 수밖에 없어. 자신의 결심을 아키오는 다시 한번 확인했다.

그때, 인터폰 차임벨이 울렸다. 아키오는 저도 모르게 혀를 끌끌 찼다.

"누구야, 이런 때에?"

"택배가 왔나." 야에코가 인터폰 쪽으로 다가갔다.

"그냥 내버려둬. 지금 택배 같은 걸 받을 상황이 아니잖아."

인터폰을 받은 야에코가 상대와 말을 나눈 뒤에 아키오를 돌아보았다. 당황한 얼굴이었다.

"여보, 하루미 씨가……."

"하루미?"

왜 하필 이런 때에, 라고 아키오는 생각했다.

그러자 마쓰미야 형사가 조용히 말했다.

"가가 형사가 함께 왔을 겁니다. 문을 열어주시죠."

25

겉으로는 태연한 척했지만 마쓰미야는 내심 흥분하고 있었다. 펜을 쥔 손바닥 안쪽에 땀이 번졌다.

고바야시 주임과의 전화 통화 뒤에 가가는 마쓰미야에게 이 집 아들 마에하라 나오미의 알리바이를 확인해달라고 말했다.

"분명 부모는 거절할 거야. 하지만 그런 건 무시해도 좋아. 계속 안 된다고 고집을 피우면 네가 직접 아들 방으로 올라가겠다고 해. 그래서 아들이 나오면 철저히, 세세하게 물어봐. 어제 부모들은 아들이 게임센터에 갔었다고 했는데 그게 어떤 게임센터냐, 어떤 게임을 하고 놀았느냐, 뭔가 특별한 일은 없었느냐, 그런 것까지 꼬치꼬치 물어봐야 해. 상대가 짜증을 낼 만큼 끈질기게 해도 좋아. 하지만 함부로 짜증을 내진 못할 거야. 그리고 아들 혼자서만 쓰는 컴퓨터가 있는지, 그것도 자연스럽게 확인해봐."

아무래도 가가는 마에하라 나오미를 의심하는 모양이었다. 하지만 왜 그렇게 생각했는지 마쓰미야에게는 말해주지 않았다.

그것만 지시해놓고 가가는 다지마 하루미를 만나러 가겠다고 했다.

"거긴 또 왜?"라고 마쓰미야는 물었다.

"사건을 그들 자신의 손으로 해결하게 하기 위해서." 그것이 가가의 대답이었다.

그런 그가 돌아왔다. 게다가 하루미와 함께 온 모양이었다. 지금부터 과연 어떤 일이 벌어지려는지 마쓰미야로서는 짐작도 가지 않았다.

현관에 나갔던 야에코가 어두운 얼굴로 돌아왔다.

"여보, 하루미 씨가 왔어."

응, 이라고 마에하라 아키오는 고개를 끄덕였고, 이윽고 야에코의 뒤를 따라 비통한 표정의 다지마 하루미가 모습을 드러냈다. 그 뒤에는 가가가 서 있었다.

"저어, 왜 여동생을?" 마에하라 아키오가 가가에게 물었다.

"어머니에 대해 가장 잘 아시는 건 여동생분이겠지요." 가가는 말했다. "그래서 오시라고 했어요. 사정은 모두 이야기했습니다."

"그렇군요……." 마에하라 아키오는 거북스러운 얼굴로 여동생을 올려다보며 말했다. "너도 크게 놀랐을 테지만, 일이 그렇게 됐다."

"엄마는?" 하루미가 물었다.

"안방에 있어."

그래, 라고 중얼거리고 나서 하루미는 심호흡을 한번 했다.

"엄마를 만나봐도 되나요?"

"물론입니다. 가서 돌봐드리시죠."

가가의 말을 듣고 하루미는 방으로 갔다. 마에하라 부부가 그 뒷모습을 지켜보았다.

가가가 마쓰미야 쪽으로 얼굴을 돌렸다. "아들 쪽의 진술은 들었어?"

"응, 얘기했어."

"금요일의 행적은?"

"게임센터와 편의점을 돌다가 밤 8시경에 귀가했다고 진술했어." 그렇게 말하고 마쓰미야는 가가의 귓가에 슬쩍 속삭였다. "아들 컴퓨터가 있대."

가가는 만족스러운 듯 고개를 끄덕이더니 마에하라 부부를 번갈아 바라보았다.

"이제 곧 다른 수사원들이 올 겁니다. 준비해주세요."

그 말에는 마쓰미야도 놀랐다.

"본부에 연락했어?" 작은 소리로 물었다.

"여기 오는 도중에 전화했어. 하지만 우리가 연락할 때까지는 근처에서 대기하라고 미리 말했어."

그가 노리는 게 무엇인지 알 수 없어서 마쓰미야는 난처했다. 그러자 가가는 마쓰미야의 마음속을 꿰뚫어 본 것처럼 의미심장한 눈짓을 보내왔다. 모두 나한테 맡겨……. 그렇게 말하고 있는 것 같았다.

"어머니를 지금 체포해 가는 건가요?" 마에하라 아키오가 물었다.

"물론입니다." 가가는 대답했다. "살인은 최악의 범죄니까요."

"하지만 어머니가 지금 저런 상태예요. 본인이 무슨 짓을 했는지 모른다고요. 그런 경우에는 책임 능력이 없는 걸로 간주되지 않습니까?"

"물론 정신감정 같은 건 할 겁니다. 하지만 그 결과를 검찰이 어떻게 판단할지, 우리는 거기까지는 알 수 없어요. 경찰이 할 일은 범인을 체포하는 일이에요. 그 인물에게 책임 능력이 있는지 어떤지는 관계가 없습니다."

"그러면 재판에서는 무죄가 될 수도 있겠지요?"

"무죄라는 표현이 맞는지 어떤지는 모르겠군요. 그 이전에 불기소 처리가 될 가능성도 있으니까요. 단지 현 단계에서 우리는 어떤 말도 할 수 없어요. 그건 검찰이 정할 일입니다. 기소가 될 경우에도 재판관의 판단에 맡기는 수밖에 없고요."

"어떻게 좀……" 마에하라 아키오는 말했다. "힘드시지 않게 끝낼 수는 없을까요? 유치장이라든가 그런 곳은 좀 어렵지 않겠습니까. 보시다시피 어머니가 저런 상태고, 그보다 원체 나이도 많고……."

"그런 사항은 윗선에서 판단하겠지요. 다만 제 경험에서 말씀드리자면 웬만한 일이 아닌 한 예외는 인정되지 않아요. 어머님은 스스로 화장실 출입도 하시고, 식사도 별문제가 없는 것 같던데요. 유치장뿐만 아니라 구치소에서도 다른 피의자와 동일한 취급을 받을 것으로 예상됩니다."

"구치소에도…… 들어가야 합니까?"

"기소될 경우에 그렇다는 겁니다. 그리고 당신들 두 분은 틀림없이 들어가시게 될 거고요."

"예, 우리는 각오를 하고 있지만……."

"그렇죠, 고령의 어머님은 좀 힘드시겠지요. 아니, 몹시 힘드시다고 해야겠지요?" 가가는 말을 이었다. "구치소 안은 결코 깨끗하다고 할 수 없으니까요. 화장실은 완전 개방형, 여름에는 덥고 겨울은 추워요. 음식은 초라하고 맛도 형편없어요. 사물 반입은 허가를 얻지 않는 한 불가능해요. 어머님이 좋아하시는 인형도 아마 허가가 안 날 겁니다. 비좁고 외롭고 따분한 하루하루가 한없이 이어지지요." 거기까지 말하고 가가는 어깨를 으쓱 처들었다. "하긴 그런 고통을 어디까지 자각하실지, 우리로서는 알 도리도 없습니다만."

마에하라 아키오는 괴로운 듯 얼굴을 찌푸리며 입술을 깨물었다. 자신이 그런 수감 생활을 해야 하는 게 억울해서 그런지, 아니면 나이 든 어머니가 걱정되어서 그런지, 마쓰미야로서는 알 수 없었다.

"마에하라 씨." 가가가 조용히 불렀다. "그렇게 해도 정말 괜찮으신 거지요?"

허를 찔린 듯 마에하라 아키오의 몸이 움찔 흔들렸다. 그는 새파랗게 질린 얼굴로 가가를 쳐다보았다. 귀에서 목덜미에 걸친 부분만 빨갛게 달아올라 있었다.

"왜 그런 말을 하는 겁니까?"

"단순한 확인 작업입니다. 어머님은 자신의 행동을 설명할 능력이 없어요. 그래서 어머님 대신 당신과 부인께서 그걸 해주셨어요. 그 결과, 어머님은 살인범이 되셨죠. 그러니 정말 그렇게 해도 괜찮겠느냐고 지금 확인하는 겁니다."

"괜찮다니요, 이봐요, 그래도 이건⋯⋯." 마에하라 아키오는 중언부언 말을 더듬었다. "어쩔 수가 없잖아요. 나도 어떻게든 숨기고 싶었는데 어차피 숨길 수도 없고⋯⋯."

"그래요? 그렇다면 됐습니다." 가가는 손목시계를 보았다. "서에 갈 준비를 하시는 게 좋겠죠. 한동안 이 집에 돌아올 수 없을 테니까."

야에코가 자리에서 일어섰다.

"옷을 갈아입고 와도 될까요?"

"예, 그러시죠. 마에하라 씨는 어떻게 하시겠습니까?"

"아니, 나는 이대로 괜찮아요."

야에코만 방을 나갔다.

"담배 좀 피워도 돼요?" 마에하라가 물었다.

그러시죠, 라고 가가는 말했다.

마에하라 아키오는 담배를 입에 물고 일회용 라이터로 불을 붙였다. 성급하게 연기를 뿜어냈지만 그 얼굴은 전혀 담배 맛을 즐기는 표정이 아니었다.

"지금 어떤 심정이시죠?" 가가는 앉음새를 고쳐 마에하라를 정면으로 바라보았다.

"그야 뭐, 정말 답답하지요. 지금껏 쌓아 올린 것들을 전부 잃어버린다고 생각하니, 참."

"어머님에 대해서는 어떻습니까?"

"어머니에 대해서…… 라고요? 글쎄, 뭐라고 해야 할지." 마에하라는 연기를 깊숙이 빨아들여 잠시 멈춘 뒤에 천천히 토해냈다. "저런 모습이 된 뒤부터는 차츰 내 어머니라는 느낌이 별로 안 들더라고요. 어머니도 나를 통 못 알아보는 것 같고, 부모자식 간이라지만 결국 이런 것인가, 그런 생각이 들어요."

"들어보니 아버님도 인지증을 앓으셨다던데."

"그렇습니다."

"그런 아버님은 누가 돌봐드렸습니까?"

"어머니가 하셨어요. 그때만 해도 정상이었으니까."

"그렇군요. 그럼 어머님도 고생이 많으셨겠네요."

"그렇겠죠. 아버지가 돌아가셨을 때는 아마 날아갈 것 같았을걸요."

그러자 가가는 잠시 틈을 두었다가 "그렇게 생각하십니까?"라고 물었다.

"그럼요. 그때는 어지간히 힘들어하는 거 같았으니까요."

가가는 고개를 끄덕이는 대신, 왜 그런지 마쓰미야 쪽을 흘끔 쳐다보더니 다시 마에하라에게로 시선을 돌렸다.

"오랜 세월 함께해온 부부라는 건 다른 사람들은 이해할 수 없는 질긴 인연으로 묶여 있는 법이죠. 그래서 그 힘든 간병도 견뎌냈을 거예요. 때로는 도망쳐버리고 싶다는 생각도 들었을 것이고 어서 빨리 세상을 떠나줬으면 하고 비는 때도 있었겠죠. 하지만 막상 그때가 닥치면 날아갈 것처럼 개운하지만은 않을 거예요. 간병에서 해방되면 그다음에는 강한 자기혐오에 빠지는 일이 많다더군요."

"……무슨 말씀이신지."

"어떻게든 해줄 수 있지 않았을까, 그런 마지막을 맞이하게 하다니 너무 불쌍하다, 하고 자책하게 된다는 거예요. 결국 그런 자책이 원인이 되어 병이 들기도 하고."

"우리 어머니도 그것이 원인이 되어 저런 병이 들었다는 말인가요?"

"그건 모르겠어요. 다만 내가 말할 수 있는 건 노인의 내면은 지극히 복잡하다는 거예요. 자신의 죽음을 의식하고 있기 때문에 더욱 그렇지요. 그런 노인네들에 대해 우리가 할 수 있는 일이라면 그들의 의사를 존중해주는 것, 그런 정도밖에 없어요. 아무리 어리석게 보이는 일이라도 본인에게는 소중한 것인 경우도 있으니까요."

"나는 어머니의 의사를 나름대로 존중해왔어요. 지금 어머니한테 생각이라는 게 있는지 없는지는 모르겠지만."

그렇게 말하는 마에하라 아키오의 얼굴을 가가는 빤히 바라보았다. 그 입가가 풀어졌다.

"그렇습니까. 그러시다면 괜찮죠. 내가 괜한 소리를 했군요."

아뇨, 라면서 마에하라는 담배를 재떨이에 비벼 껐다.

손목시계를 보고, 가가는 일어섰다.

"그러면 어머님을 데려가는 것을 좀 도와주시겠습니까?"

알겠습니다, 라면서 마에하라도 자리에서 일어섰다.

가가는 마쓰미야를 돌아보며 따라오라는 듯 고개를 끄덕였다.

안방으로 들어가자 입구 가까운 곳에 하루미가 앉아 있었다. 그녀는 말없이 툇마루에 앉은 어머니를 바라보고 있었다. 늙은 어머니는 등을 둥글게 말고 웅크리고 있었다. 여전히 돌덩이처럼 꼼짝도 하지 않았다.

"어머님을 데려가야겠는데요." 가가가 하루미의 등에 대고 말했다.

네, 라고 힘없이 대답하고 그녀는 일어섰다. 그리고 어머니에게 다가가려고 했다.

"아, 그 전에⋯⋯." 가가는 말했다. "어머님이 아끼시던 물건, 이게 있으면 마음이 편해진다고 하시던 것이 있으면 꺼내주세요. 구치소에 가져갈 수 있게 협상을 해볼 테니까요."

하루미는 고개를 끄덕이더니 방 안을 둘러보았다. 곧바로 생각나는 것이 있는지, 작은 장식장으로 다가갔다. 그곳 문을 열고 안에서 책 같은 것을 뽑아냈다.

"이것도 괜찮을까요?" 그녀는 가가에게 물었다.

"어디, 잠깐 봅시다." 가가는 그것을 펼쳐 마에하라 쪽으로 내밀었다. "어머님의 보물이 이거라는군요."

마에하라 아키오가 일순 몸을 부르르 떠는 것을 마쓰미야는 보았다. 가가가 내민 것은 작은 앨범이었다.

26

그 앨범은 아키오가 몇십 년 동안 한 번도 본 적이 없는 것이었다. 오래된 옛날 사진이 붙어 있다는 건 알고 있었다. 마지막으로 본 게 아마 중학생 때쯤일 것이다. 그 이후로 자신의 사진은 모두 직접 정리했기 때문이다.

가가가 그에게 보여준 페이지에는 젊은 시절의 어머니와 소년이던 아키오가 나란히 찍힌 사진이 붙어 있었다. 아키오는 야구 모자를 썼다. 손에는 길쭉한 검은 통을 들고 있었다.

초등학교 졸업식 때라는 건 금세 알아보았다. 어머니가 학교에 와주었던 것이다. 환하게 웃는 얼굴로 한 손으로는 아들의 손을 잡고 또 한 손은 가볍게 올리고 있었다. 그 손에는 작은 명패 같은 것이 들려 있었다. 아키오는 그게 무엇인지 잘 알 수 없었다.

가슴에 뭉클 치미는 것이 있었다.

치매에 걸렸으면서도 어머니는 아직도 아들과의 추억을 소중히 간직하고 있었다. 정성을 다해 자식들을 돌보던 시절의 기억이 그녀를 치유하는 가장 좋은 약인 것이다.

그런 어머니를 나는 감옥에 보내려 하고 있다…….

실제로 어머니가 죄를 범했다면 그건 어쩔 수가 없을 것이다. 하지만 어머니는 아무 잘못도 없었다. 하나뿐인 아들 나오미를 지키기 위해서, 라는 그럴싸한 이유를 둘러댔지만 결국은 자신들의 미래에 상처를 남기지 않겠다는 이기적인 계산속 때문이었다.

아무리 치매기가 있다지만 어머니에게 무고한 죄를 덮어씌우다니, 도저히 인간으로서 할 짓이 아니었다.

하지만 아키오는 눈앞에 들이민 앨범을 밀쳐냈다. 그리고 금세라도 쏟아질 것 같은 눈물을 필사적으로 꾸욱 참았다.

"이제 됐습니까?" 가가가 물었다. "어머님이 구치소로 가져 가시면 당신은 더 이상 이 앨범을 볼 수 없어요. 조금 더 찬찬히 봐두시는 게 좋을 겁니다. 우리는 급하지 않으니까요."

"아뇨, 됐어요. 보면 괴롭기만 하고."

"그래요?"

가가는 앨범을 덮어 하루미에게 건넸다.

이 형사는, 이라고 아키오는 생각했다. 아마도 모든 것을 짐작하고 있다. 범인은 어머니가 아니라 2층의 중학생이라고 감을 잡았다. 그래서 어떻게든 진실을 토해내게 하려고 이 방법저 방법으로 노인네의 외아들에게 심리적인 압력을 가하고 있는 것이다…….

이런 상투적인 수법에 넘어가서는 안 된다고 아키오는 자신을 다독였다. 형사가 이런 수법을 쓰는 것은 결정적인 증거는 잡지 못했기 때문이다. 그 밖에 공격할 방법이 없으니까 오로지 감정에 호소하려는 것이다. 즉 우리 계획대로 밀고 나가면 성공한다는 얘기다.

당황하지 마, 여기서 지면 안 돼…….

누군가의 휴대전화가 울렸다. 마쓰미야가 윗옷 호주머니에 손을 넣어 휴대전화를 꺼냈다.

"마쓰미야입니다. ……아, 네, 알겠습니다." 두세 마디 더 주고받은 다음에 그는 전화를 끊고 가가에게 말했다. "주임님 일행이 도착한 모양이야. 지금 현관 앞에 있대."

알았어, 라고 가가는 대답했다.

그때 마침 복도에서 야에코의 목소리가 났다.

"저는 이제 나가도 되는데요."

그녀는 셔츠에 스웨터를 걸쳐 입고 있었다. 아래는 면바지였다. 나름대로 편한 차림을 고른 모양이었다.

"아드님은 어떻게 하죠?" 가가가 아키오에게 물었다. "한참 동안 혼자 지내야 할 텐데."

"아, 그렇군. ……하루미." 아키오는 여동생에게 말을 건넸다. "미안하지만, 나오미 좀 부탁해도 되겠냐?"

하루미는 앨범을 안은 채 말없이 서 있더니 이윽고 조용히 고개를 끄덕였다. "알았어."

미안하다, 라고 아키오는 다시 한번 사과했다.

"그러면 하루미 씨, 어머님을 데려가겠습니다."

네, 라면서 하루미는 어머니의 어깨에 손을 얹었다.

"엄마, 갈 거야. 일어나세요."

재촉을 받고 어머니는 꾸물꾸물 몸을 움직였다. 하루미의 부축을 받으며 겨우 일어나더니 아키오 일행 쪽을 향했다.

"마쓰미야 형사." 가가가 말했다. "용의자에게 수갑을……."

헉, 하고 마쓰미야는 신음을 흘렸다.

"수갑을 채우라니까." 가가가 다시 말했다. "소지하지 않았다면, 내가 채울까?"

"아니, 괜찮아." 마쓰미야는 수갑을 꺼냈다.

"잠깐만요. 이런 노인네에게 굳이 수갑까지 채울 건 없잖아요." 아키오는 저도 모르게 말했다.

"정해진 절차입니다."

"아무리 그래도……." 항의를 이어가려다가 아키오는 어머니의 손을 바라보고 저도 모르게 숨을 헉 삼켰다.

어머니의 손가락이 붉게 물들어 있었기 때문이다.

"저, 저게 뭐야?" 아키오는 어머니의 손끝을 바라보며 중얼거렸다.

"오빠, 어제 내가 말했었지?" 하루미가 대답했다. "화장품을 만진 흔적이야. 루주를 주물럭거렸나 봐."

"아……."

아키오의 머릿속에 또 하나의 붉은 손가락이 떠올랐다. 몇 년 전에 봤던 돌아가신 아버지의 손가락이었다.

"이제 채워도 되겠습니까." 마쓰미야가 수갑을 든 채 아키오에게 물었다.

그는 작게 고개를 끄덕였다. 어머니의 손을 바라보고 있기가 괴로웠다.

마쓰미야의 수갑이 막 어머니의 손목에 채워지려는 때였다. 잠깐만, 이라고 가가가 말했다.

"외출할 때는 지팡이가 필요하시죠?"

"아, 맞아요." 하루미가 대답했다.

"수갑을 채우면 지팡이를 못 쓰시겠군. 근데 지팡이는 어디 있어요?"

"현관 신발장 안에 우산과 함께 넣어뒀을 거예요. 오빠가 좀 가져올래?"

알았다, 라면서 아키오는 방을 나섰다. 어두침침한 복도를 걸어갔다.

현관 한쪽에 신발장이 놓여 있었다. 그 끝에 길쭉한 문이 달렸고 그 안을 우산걸이로 썼다. 평소에 쓰는 우산은 그냥 밖에 내놓았기 때문에 이 문은 거의 열어본 적이 없었다. 어머니가 사용한다는 지팡이도 별로 본 일이 없었다.

문을 열자 우산 몇 개와 뒤섞여 지팡이가 보였다. 손잡이는 회색, 길이는 여성용 우산 정도였다.

그 지팡이를 꺼냈을 때, 딸랑딸랑 방울이 울렸다. 예전에 듣던 그 방울 소리였다.

아키오는 지팡이를 들고 어머니 방으로 돌아왔다. 하루미가 보자기를 펼치고 어머니의 신변용품이며 조금 전의 앨범을 챙기고 있는 참이었다. 두 형사와 야에코는 선 채로 그 모습을 바라보고 있었다.

"지팡이, 있었어요?" 가가가 물어왔다.

아키오는 말없이 내밀었다.

가가는 그것을 하루미에게 건네주었다.

하루미는 지팡이를 어머니에게 쥐여주었다. "이거 봐, 엄마 지팡이야. 꼭 쥐어야 해, 응?" 그 목소리가 눈물로 흔들리고 있었다.

어머니는 표정을 바꾸지 않고 하루미가 재촉하는 대로 걸음을 옮겼다. 방을 나와 복도를 걷기 시작했다. 그 모습을 아키오는 눈으로 지켜보았다.

딸랑딸랑……. 지팡이의 방울이 울렸다.

아키오의 눈이 그 방울로 향했다. 방울에는 명패가 붙어 있었다. 마에하라 마사에, 라고 서툰 글씨로 새겨져 있었다. 조각도로 직접 판 글씨였다.

그것을 본 순간, 거센 마음의 동요가 아키오를 습격했다. 금세라도 숨이 막힐 것만 같았다.

그 명패는 아까 앨범에서 본 것이었다. 사진 속의 어머니가 한 손에 높이 들고 있던 것이었다.

아키오는 돌연 생각이 났다. 초등학교를 졸업하기 직전, 공작 시간에 명패를 만들었던 것이다. 중학교에 입학하면 자신의 소지품에 붙여서 쓰라는 것이었지만, 은혜를 입은 분께 선물하는 것도 좋다고 선생님은 말했다. 그래서 아키오는 어머니의 이름을 새겼다. 그리고 근처 문방구에서 방울을 사다가 끈으로 묶어 그것을 졸업식 날 어머니에게 선물했다.

어머니는 그 명패를 몇십 년이 지난 지금까지도 소중히 간직하고 있었다. 그저 간직하기만 한 게 아니라 평소에 자주 쓰는 물건에 붙여두었다. 치매에 걸리기 전의 일이었다.

그만큼 어머니에게 이 명패는 흐뭇한 선물이었던 것이다. 어쩌면 자식에게서 받은 첫 번째 선물이었는지도 모른다.

마음의 동요는 어떻게도 가라앉힐 수 없었다. 공명하듯이 그것은 점점 더 커져갔다. 아키오 안의 무언가가, 무너지지 않도록 애써 버텨왔던 무언가가, 와르르 무너지기 시작했다.

다리의 힘이 탁 풀렸다. 아키오는 그 자리에 웅크리고 앉았다.

"왜 그러시죠?" 그의 이변을 깨달은 가가가 곁으로 다가왔다.

거기까지가 한계였다. 아키오의 눈에서 눈물이 펑펑 흘러내렸다. 마음의 방파제는 이미 무너져 있었다.

"죄송합니다. 정말로…… 죄송합니다." 그는 바닥에 머리를 비볐다. "거짓말, 전부 거짓말입니다. 어머니가 했다는 건 지어낸 이야기예요. 어머니는 죄가 없어요……."

27

그의 부르짖음에 대해 목소리를 내는 자는 없었다. 너무 놀라서 다들 말문이 막혀버린 게 틀림없었다. 아키오는 천천히 얼굴을 들었다. 우선 야에코와 눈이 마주쳤다. 그녀도 주저앉아 있었다. 괴로운 듯 얼굴을 일그러뜨리고 절망으로 눈빛이 암울해져 있었다.

"미안해. 더 이상은 못 하겠어." 아키오는 아내에게 말했다. "이제 그만하자. 이런 짓, 나한테는 너무 힘들어. 도저히 못 하겠어……."

야에코는 고개를 툭 떨구었다. 그녀 역시 인내의 한계였는지도 모른다.

"네, 알겠습니다. 그럼 범인은 누구지요?"

그렇게 묻는 가가의 말투가 너무도 온화해서 아키오는 형사의 얼굴을 다시 바라보았다. 가가는 표현하기 힘든 슬픔이 담긴 눈으로 아키오를 바라보고 있었다.

역시 이 형사는 모든 것을 알고 있었어, 라고 생각했다. 그래서 자신이 내뱉은 뜻밖의 고백에도 전혀 놀라지 않는 것이다.

"아드님, 이죠?"

가가의 물음에 아키오는 말없이 고개를 끄덕였다. 그와 동시에 야에코가 우으윽 울음을 터뜨렸다. 바닥에 엎드려 등을 들먹거렸다.

"마쓰미야 형사, 2층에 가봐."

"잠깐만요!" 야에코가 얼굴을 숙인 채 말했다. "아들은 내가……, 내가 데려올……." 눈물 때문에 말이 끊겼다.

"알겠습니다. 그럼 어머니가 데려와주세요."

야에코는 허청거리는 발걸음으로 방을 나섰다.

가가가 아키오 앞에 한쪽 무릎을 꿇었다.

"정직하게 말씀해주셨군요. 당신은 자칫 큰 실수를 범할 뻔했어요."

"역시 형사님은 처음부터 우리가 거짓말을 한다는 걸 다 알고 있었군요."

"아뇨, 당신의 전화를 받고 이 집에 왔을 때는 아무것도 알지 못했어요. 당신과 부인의 진술을 들었을 때도 별다른 모순점은 발견되지 않았습니다."

"그러면 어떻게……."

그러자 가가는 늙은 어머니 쪽을 돌아보았다.

"저 붉은 손가락."

"그게 어떤……."

"저 손을 보았을 때, 이 손가락은 언제 이렇게 붉은 물이 들었을까 하는 생각이 들었어요. 만일 사건이 나기 이전에 어머님의 손에 루주가 묻었다면 당연히 사체의 목에도 붉은 손가락의 흔적이 남아 있어야겠죠. 어머니가 장갑을 주워서 끼고 있었던 건 사건 다음 날이니까요. 내가 우연히 그 자리에 있었기 때문에 그건 틀림없는 사실입니다. 하지만 사체에 붉은 손가락의 흔적 같은 건 없었어요. 당신의 진술에서도 그런 걸 지웠다는 이야기는 나오지 않았습니다. 그러면 루주가 손에 묻은 것은 사건 이후라는 얘기가 되겠죠. 하지만 어머님이 사용했을 그 루주가 눈에 띄지 않았어요. 어머니 방 어디에도 없었습니다."

"그야 루주는 아내의 화장대에……."

말을 하다가 아키오는 전혀 가능성이 없는 얘기라는 것을 깨달았다.

"부인의 화장대는 2층에 있어요. 어머님은 계단을 올라가지 못한다고 하셨고."

"그, 그럼 어디에?"

"이 집 안에 없다면 그 루주는 과연 어디에 있는가. 누군가 가져갔다고 생각할 수밖에 없다. 그럼 그건 누구인가. 그래서 여동생분에게 확인해봤어요. 최근에 어머니가 사용했을 가능성이 있는 루주를 알지 못하느냐고. ……하루미 씨, 그 물건을 보여주세요."

하루미는 핸드백을 열고 안에서 비닐봉투를 꺼냈다. 그곳에는 루주 하나가 들어 있었다.

"저게 그 루주입니다. 색깔을 확인해봤는데, 틀림없다고 했어요. 자세한 성분 조사를 하면 더욱더 명확해지겠지요."

"왜 네가 그걸 갖고 있어?" 아키오는 하루미에게 물었다.

"마에하라 씨, 바로 그거예요." 가가는 말했다. "하루미 씨가 잠깐 눈을 돌린 사이에 어머님이 하루미 씨의 루주를 주물럭 거린 것 자체는 전혀 이상할 게 없는 일이었어요. 기묘한 것은 그 루주를 현재 하루미 씨가 갖고 있다는 점입니다. ……하루미 씨, 오늘 이전에 당신이 마지막으로 어머님을 만난 건 언제였지요?"

"……목요일 밤이에요."

"그렇군요. 즉 이 루주는 목요일 밤 이후에는 이 집에 없었다는 얘기가 됩니다. 마에하라 씨, 이게 무엇을 의미하는지 아시겠지요?"

"그렇군." 아키오는 말했다. "어머니 손가락에 붉은 물이 든건 목요일 저녁이라는 얘기네요."

"얘기가 그렇게 되겠죠. 즉 어머니가 범인이라는 당신의 진술과 모순이 됩니다. 앞서도 말했던 것처럼 사체에 붉은 손가락의 흔적은 없었으니까요."

아키오는 손톱이 손바닥을 파고들 만큼 주먹을 부르쥐었다. "그거였어……."

허탈함이 그의 온몸을 휘감았다.

28

마쓰미야는 할 말을 잃었다. 복도에 우뚝 선 채 가가와 마에하라 아키오의 대화를 듣고 있었다.

어떻게 이런 어리석고 경솔한 범죄가 다 있는가. 아무리 제자식을 지키기 위해서라지만 늙은 어머니를 살인범으로 몰아세우다니, 마쓰미야로서는 도저히 이해할 수 없는 발상이었다. 그나마 마에하라 아키오가 마지막의 마지막 순간에 실토를 해준 게 유일한 구원이었다.

하지만 가가는 붉은 손가락을 미리 알았으면서 왜 그때 곧바로 지적하지 않았을까. 그랬더라면 좀 더 빨리 진상을 밝힐 수 있었을 게 아닌가.

"에이씨, 뭐야! 경찰에 안 가도 된다고 했잖아!" 계단 위에서 거친 말소리가 들려왔다. 나오미의 목소리였다.

"얘, 그건 이제 다 틀렸어. 모두 다 들켜버려서, 그래서……." 야에코가 울고 있었다.

"나는 몰라, 모른다고! 엄마가 시키는 대로 말했잖아!"

콰당, 하고 뭔가 내던지는 소리가 들렸다. 앗, 하는 외침 소리도 들려왔다.

"아빠하고 엄마 때문이야! 다 부모 책임이야!" 나오미가 고함을 지르고 있었다.

"얘, 엄마가 미안해, 미안해……."

어떻게 할까, 하고 마쓰미야가 생각했을 때였다. 가가가 먼저 성큼성큼 복도로 나와 계단을 뛰어 올라갔다.

에이씨, 뭐야, 왜 그래, 라고 악을 쓰는 나오미의 목소리가 들렸다. 그리고 곧바로 가가가 내려왔다. 그는 소년의 멱살을 움켜쥐고 있었다. 계단을 다 내려서자 그 팔을 홱 뿌리쳤다. 나오미는 바닥에 쓰러졌다.

"마쓰미야 형사, 이 바보 같은 놈 연행해!"

알았어, 라고 말하고 마쓰미야는 나오미의 팔을 붙잡았다. 나오미는 이미 울고 있었다. 눈물로 범벅이 된 얼굴을 잔뜩 구기고 초등학생처럼 엉엉 목청을 높였다.

"이리 와." 마쓰미야는 팔을 잡아 올려 나오미를 일으켜 세우고 현관으로 향했다.

"앗, 저도 갈게요……." 뒤에서 야에코가 쫓아왔다.

현관문을 열었다. 대문 밖으로 고바야시 주임과 사카가미가 보였다. 그들은 마쓰미야를 보자마자 대문을 열고 들어왔다.

"아, 현재 상황을 설명하자면요……."

고바야시 주임이 손을 저었다.

"가가한테 얘기 들었어. 수고했어."

그는 부하를 불러 나오미와 야에코의 신병을 인도했다. 그 모습을 지켜본 뒤에 다시 마쓰미야를 돌아보았다.

"가스가이 씨네 컴퓨터를 조사했더니 삭제된 메일 중에 사건 당일에 들어온 게 있었어. 아버지는 그런 메일은 모른다고 하니까 아마 피해자한테 온 메일일 거야. 사진만 잔뜩 들어 있는 메일인데 〈슈퍼 프린세스〉라고 하는 애니메이션 인형이 대량으로 찍혀 있었다고 했어."

"보낸 사람은 파악됐어요?"

"프리메일인 데다 이름 불명이야. 하지만 곧 확인할 수 있겠지?" 고바야시는 마에하라가의 2층을 가리켰다.

"네, 마에하라 나오미, 개인 컴퓨터가 있었습니다."

"피해자는 메일 사진을 본 뒤에 어딘가로 나갔어. 메일 보낸 사람을 알고 있어서 그 사람을 만나러 갔을 가능성이 커."

"마에하라 나오미의 컴퓨터를 압수할까요?" 마쓰미야는 물었다.

"응, 컴퓨터도 압수하겠지만, 그건 아직 급할 거 없어. 지금 체포해야 할 사람이 안에 또 한 명 있지?"

"사체 유기의 주범은 마에하라 아키오예요. 지금 가가 형사와 이야기 중입니다."

"그렇다면 여기는 됐으니까 자네는 어서 가봐. 가가 군이 하는 얘기를 똑똑히 들어두라고."

"무슨 얘기요?"

"글쎄 중요한 얘기가 있다니까." 고바야시 주임은 마쓰미야의 어깨에 손을 얹었다. "어떤 의미에서는 사건보다 더 중요한 얘기야."

29

마쓰미야가 돌아오더니 바깥에 있는 수사원들에게 나오미와 야에코의 신병을 인도했다는 것을 가가에게 전했다. 아키오는 고개를 떨군 채 그 대화를 들었다.

어머니는 다시 툇마루 끝에 앉았다. 하루미도 그 곁에 있었다. 몇 분 전의 광경으로 되돌아와 있었다. 하지만 그 짧은 시간 동안에 이 집의 모든 것이 뒤집혀버렸다.

아키오는 천천히 자리에서 일어섰다. 몸이 납덩이처럼 무거웠다.

"나도 이제 가야겠네요."

"뭔가 남길 말은 없어요?" 가가가 물었다. "어머님과 여동생에게."

아키오는 고개를 돌려 발치의 다다미 바닥을 응시했다.

"설마 어머니가 그런 걸 갖고 놀 줄은 몰랐어요. 화장품을 주물럭거리다니. 어제 여동생에게서 그런 얘기를 들으면서도 전혀 신경을 쓰지 않았어요. 그게 내 목을 조르는 일이 됐군요." 자조의 웃음을 흘렸다.

하루미가 옆으로 다가오는 기척이 있었다. 아키오는 얼굴을 들었다. 그녀는 입술을 악물고 있었다. 뺨에는 눈물이 줄을 그렸다. 충혈된 그 눈이 큼직하게 뜨이는가 싶더니, 아키오는 뺨에 충격을 느꼈다. 무슨 일인지 언뜻 깨닫지 못했다. 자신의 뺨이 얼얼한 것을 느끼고서야 따귀를 맞았다는 것을 자각했다.

"하루미, 미안하다." 뺨의 마비를 감지하며 아키오는 머리를 숙였다. "일이 이렇게 되어서……"

하루미는 크게 고개를 가로저었다.

"오빠가 사과해야 할 사람은 내가 아냐."

"응?"

"마에하라 씨." 가가가 하루미 옆에 섰다. "당신, 아직도 진실을 하나도 못 보고 있군요."

"진실?"

"마지막의 마지막 순간에나마 당신이 자신의 실수를 깨달은 것은 정말 다행이라고 생각합니다. 하지만 당신은 가장 중요한 사실을 아직도 모르고 있어요." 그렇게 말하더니 가가는 비닐봉투에 넣은 루주를 내보였다. "아까 하루미 씨를 만나러 갔을 때, 내가 부탁한 게 있었어요. 오빠가 숨기고 있는 것을 내 쪽에서 먼저 말하기 전까지 결코 입 밖에 내지 말아달라고 했습니다."

"숨기고 있는 것이라니……."

"나는 조금 전에 작은 거짓말을 했습니다. 루주에 대해 정확히 말하자면, 하루미 씨에게 이렇게 물었어요. 혹시 어머님이 루주를 맡기지 않았습니까, 라고. 역시 어머님이 맡겨둔 루주가 있다고 하더군요. 그렇다면 그걸 가져오라고 미리 부탁했던 겁니다."

가가가 무슨 말을 하는지 알아들을 수 없어서 아키오는 당황한 눈빛으로 하루미를 보았다.

하루미가 말했다.

"그 루주는 내 것이 아냐. 엄마가 전부터 갖고 있었던 거야."

"어머니가? 하지만 아까 네가 갖고 있었잖아."

"어제 이 집 정원에서 주워 간 거야."

"정원에서?"

"전화가 왔었어. 정원 화분 밑에 루주를 숨겨둘 테니 여기 와서 가져가라. 그걸 한동안 맡아두고 있어라. 이유는 언젠가 알게 될 것이다. 우선은 하라는 대로 해다오……. 그런 전화였어."

"그게 무슨 말이야?" 아키오는 혼란에 빠졌다. "전화라니, 누가 너한테 전화를 했다는 거야?"

"휴대전화가 있었어. 내가 사준 휴대전화."

"휴대전화?"

하루미는 슬픈 듯이 미간을 좁혔다.

"아직도 모르겠어?"

"내가 뭘 모른다는……." 그렇게 말을 내뱉은 순간, 한 가지 직감이 아키오의 머릿속에 퍼뜩 떠올랐다.

하지만 다음 순간, 그는 그것을 부정하려고 했다. 너무도 믿기 어려운 일이었기 때문이다. 하지만 모든 상황이 그 생각을 받아들이라고 요구하고 있었다.

"설마……." 그는 툇마루 쪽으로 시선을 던졌다.

어머니는 조금 전과 똑같은 자세로 웅크리고 있었다. 마치 장식물처럼 꼼짝도 하지 않았다.

설마, 하고 아키오는 다시 한번 중얼거렸다.

하지만 그 생각대로라면 모든 얘기가 정확히 맞아떨어진다. 아들 부부의 속셈을 알게 된 어머니는 그 계획을 무너뜨릴 방법을 강구했다. 그래서 생각해낸 게 바로 그 붉은 손가락이다. 경찰은 반드시 그게 언제 묻은 것인지, 따져볼 것이다. 루주를 하루미에게 맡겨두면 루주가 묻은 것은 사건 이전이라는 판단이 내려진다. 즉 범인은 어머니일 수 없다, 라는 것이다.

하지만 이 가설이 성립되기 위해서는 하나의 큰 전제가 뒤집히지 않으면 안 된다.

어머니는 치매에 걸린 게 아니다……!

아키오는 하루미의 얼굴을 보았다. 그녀의 입이 무언가를 호소하듯이 파르르 떨리고 있었다.

"너는 알고 있었어?"

하루미는 천천히 눈을 깜빡였다.

"당연하지. 나는 늘 곁에 있었으니까."

"하지만 왜 치매에 걸린 척을……?"

그러자 하루미는 머리를 가로저으며 슬픈 눈빛으로 아키오를 바라보았다.

"오빠, 일이 이 지경이 됐는데도 아직 그 이유를 모르겠어?

다른 사람도 아니고 오빠가 그럴 수는 없지."

아키오는 침묵했다. 여동생의 지적은 정확하게 정곡을 찌른 것이었다. 아키오는 이미 자신의 질문에 대한 답을 알고 있었다.

이 집에 이사 온 뒤의 일들이 머릿속을 스쳐갔다. 야에코의 냉담한 태도. 거기에 질질 끌려다니듯이 그 또한 늙은 어머니를 꺼림칙하게 생각했다. 그런 부모를 보면서 아들이 반듯하게 커줄 리가 없었다. 나오미는 할머니를 마치 더러운 물건처럼 취급했다. 아키오도 야에코도 그런 아들의 태도를 나무라지 않았다.

그것뿐만이 아니었다. 이 집에는 가족 간에 마음의 교류라는 게 전혀 없었다. 한 가족이라는 따스한 정 따위는 이 집에 존재하지 않았다.

그런 상황에 어머니는 절망하고 말았던 것이다. 그 결과 어머니가 선택한 길은 자신만의 세계를 만들고 그 속에는 가족을 들이지 않는다는 것이었다. 유일하게 그것을 허용한 사람은 하루미였다. 아마도 어머니는 하루미와 함께 있을 때가 가장 행복했으리라.

그런데 아키오와 야에코는 늙은 어머니의 그런 슬픈 연기를 알아차리지도 못했다. 그뿐만이 아니라 그 연기를 이용하려고 했다. 아키오는 어머니가 보는 앞에서 야에코와 주고받았던 이야기를 생각해냈다.

"괜찮아, 이렇게 치매기가 심한데 경찰도 자세한 것까지 조사할 방법이 없어. 가족인 우리가 증언을 하면 그대로 믿어줄 수밖에 없는 거야."

"문제는 치매 노인이 왜 여자애를 죽였느냐는 거네."

"치매기가 있는 노인은 어떤 짓을 할지 모르잖아. 그래, 어머니는 인형을 좋아하니까 그걸 없애버린다는 생각으로 죽인 것 같다고 하면 어떨까."

"그리 큰 처벌이 떨어지지는 않겠지?"

"죄를 물을 수도 없는 거 아닌가? 정신감정이라는 게 있잖아. 그걸 받아보면 어머니가 온전한 정신이 아니라는 게 나올 거야."

아들과 며느리의 그 대화를 어머니는 어떤 심정으로 들었을까. 그 뒤에도 계속 치매에 걸린 척했던 어머니의 가슴속에 어떤 분노와 슬픔과 비참함이 소용돌이쳤을까.

"마에하라 씨." 가가가 말했다. "어머님은 아들과 며느리가 잘못된 선택을 하지 않게 하려고 계속 무언의 신호를 보냈습니다. 처음 장갑을 끼었던 때의 일은 기억나겠지요? 그 장갑에는 냄새가 배어 있었어요. 이곳이 범행 현장이라고 어머님이 내게 알려주신 겁니다. 그런데도 우리가 당신들을 의심하기 시작하자 당신들은 다시 또 다른 죄를 더하려고 했죠. 그래서 어머님이 붉은 손가락이라는 작전을 펴기로 한 거예요."

"나를 함정에 빠뜨리기 위해서…… 인가요?"

"그게 아니죠." 가가는 엄격한 어조로 말했다. "어느 세상에 자기 자식을 함정에 빠뜨리는 어머니가 있겠습니까? 당신이 그쯤에서 마음을 돌리도록 하기 위해서예요."

"오빠, 어제 내가 말했지. 엄마가 요즘 화장품을 갖고 논다고 했었잖아. 물론 엄마는 그런 장난은 치지 않아. 그것도 엄마가 내린 지시였어. 왜 그런 말을 해야 하는지, 그때는 나도 확실하게 알지 못했어. 하지만 이제는 다 알아. 그 말을 들으면 분명 오빠가 엄마 손을 조사해볼 것이다, 그래서 손가락에 루주가 묻은 걸 알면 오빠는 분명 그걸 닦아내려고 할 것이다……. 엄마는 바로 그때에 저항할 생각이었던 거야. 계속 치매인 척하면서 오빠의 계획을 단념시키려면 그 방법밖에 없다, 엄마는 그렇게 생각했던 거라고."

아키오는 손으로 이마를 눌렀다.

"그, 그런 건…… 생각도 못 했어."

"당신과 부인은 스스로 쳐놓은 덫에 빠진 거예요." 가가는 조용히 말했다. "하루미 씨를 만나서 미리 상의를 했어요. 나는 어떻게든 당신이 눈을 떠주기를 바랐어요. 우리가 어머님을 경찰에 데려가기 전에 당신 스스로 계획을 단념해주기를 마음속으로 빌었습니다. 그것이 바로 어머님의 바람이기도 했으니까요. 어머님은 마음만 먹으면 언제라도 이 계획을 막을 수 있었어요. 인지증이 연기라는 것을 당신에게 털어놓기만 해도 되었다고요. 어머님이 그렇게 하지 않으신 건 당신에게 일루의 희망을 걸고 있었기 때문입니다. 우리는 어머님의 그 의사를 존중하고 싶었어요. 어떻게 하면 당신의 눈을 뜨게 할 수 있을지, 하루미 씨와 둘이서 고민했습니다. 하루미 씨가 그러더군요. 어머님의 지팡이를 보여주면 어떻겠느냐고."

"지팡이……."

"당신도 이제 알겠지요. 그 방울에 달린 명패. 어머님이 그걸 여태 소중히 간직했다는 것을 하루미 씨도 알고 있었던 겁니다. 앨범과 지팡이, 그 두 가지를 보고도 아무것도 느끼지 못한다면 더 이상 어쩔 수가 없다, 라는 게 하루미 씨의 의견이었습니다. 당신이 어머님께 지팡이를 건넸을 때, 솔직히 나는 그 순간에 이미 포기했었어요. 하지만 당신은 결국 마음을 돌려줬습니다. 당신이 사죄하는 목소리는 어머님 귀에도 똑똑히 들렸을 겁니다."

"가가 씨, 당신은 언제부터 어머니가 치매가 아니라는 것을……."

"물론 붉은 손가락을 봤을 때예요." 가가는 즉석에서 대답했다. "어째서 손가락이 붉게 물들었을까, 이걸 언제 칠했을까, 그런 생각을 하다가 어머님 얼굴을 봤을 때예요. 그 순간 서로 눈이 마주쳤어요."

"눈이……?"

"어머니의 눈은 정확하게 나를 보고 있었어요. 뭔가 말을 건네려는 것을 알았습니다. 그건 아무 생각이 없는 사람의 눈이 아니었어요. 마에하라 씨, 당신은 어머님의 눈을 진지하게 들여다본 적이 있습니까?"

가가의 말 한 마디 한 마디가 묵직한 덩어리가 되어 아키오의 마음속에 가라앉았다. 그 무게를 견디지 못해 아키오는 그 자리에 무너졌다. 바닥에 양손을 짚고 툇마루 쪽을 보았다.

어머니는 꼼짝 않고 뒷마당을 내다보고 있었다. 하지만 그제야 비로소 아키오는 깨달았다. 늙은 어머니의 둥근 등은 가늘게 떨리고 있었다.

아키오는 그대로 납작 엎드려 바닥에 이마를 비볐다. 눈물이 쉴 새 없이 흘렀다.

오래된 다다미 냄새가 났다.

30

마에하라 나오미의 취조는 고바야시 주임이 맡았다. 마쓰미야도 거기에 입회했다. 나오미는 시종 겁에 질린 모습으로 때로는 눈물을 글썽이면서 질문에 답했다.

"가스가이 유나를 만난 건 언제였지?"

"그날요. 학교에서 돌아오다가 만났어요."

"네가 먼저 말을 걸었어?"

"아니, 유나가. 내 가방에 〈슈퍼 프린세스〉 키홀더가 달린 걸 보고 어디서 샀냐고 물어봤어요."

"그래서, 알려줬어?"

"아키하바라에서 샀다고 알려줬어요."

"그다음은?"

"유나가 피겨에 대해 자꾸 물어봤어요. 그 애는 인터넷으로 팬 사이트도 본다고 해서 깜짝 놀랐어요."

"그런 이야기는 어디서 했지?"

"우리 집 옆의 길에서."

"그래서 네가 피겨를 보여주겠다고 했어?"

"집에 피겨가 진짜 많다고 했더니 유나가 자기도 많이 있지만 내가 가진 건 어떤 건지 보고 싶다고."

"보여주기로 약속을 했구나."

"유나가 자기 아빠 컴퓨터로 사진을 보내달라고 해서 내가 보내준다고 약속했어요. 메일 주소는 유나 이름표 뒤에 적혀 있었어요. 만일 자기가 가지고 있지 않은 피겨가 있으면 보러 오겠다고 해서 우리 집을 가르쳐줬어요."

"곧바로 사진을 보냈어?"

"집에 돌아와서 디카로 피겨를 찍어서 컴퓨터 메일로 보냈어요."

"유나는 그 메일을 받고 곧장 왔어?"

"5시 반쯤에 왔어요."

"그때 너는 집에 혼자 있었어?"

"할머니도 있었는데 방에서 잘 안 나와요."

"유나에게 피겨를 보여줬어?"

"보여줬어요."

"어디서?"

"다이닝룸에서."

나오미는 여기까지의 질문에는 비교적 막힘없이 대답했다. 말투도 단정했다. 하지만 그다음 질문을 듣자마자 그의 태도가 홱 달라졌다.

"왜 유나의 목을 졸랐지?"

새파래져 있던 나오미의 얼굴이 갑자기 붉어졌다. 눈이 치켜 올라갔다.

몰라, 라고 그는 낮게 중얼거렸다.

"모른다는 건 말이 안 되지. 뭔가 이유가 있어서 목을 조른 거 아니야?"

"집에 간다고 해서……."

"집에 간다고?"

"피겨를 보여줬는데 집에 간다고 해서……."

"그래서 목을 졸랐어?"

"모른다고……."

이후 그는 무엇을 물어봐도 입을 굳게 다문 채다. 어르고 달래봐도 소용이 없었다. 더는 못 참겠다는 듯 고바야시 주임이 큰소리를 내자 나오미는 얼어붙은 듯 몸이 굳었다. 그뿐만이 아니라 푸들푸들 경련을 일으켰다.

잠시 머리를 식히려고 취조실에서 나오려고 했을 때, 나오미는 드디어 입을 열었다.

"……다 부모 책임이야."

31

심박수를 보여주는 수치가 70 근처를 오락가락하고 있었다. 마쓰미야는 기름 낀 얼굴을 비비며 다카마사를 바라보았다. 산소 흡입 마스크 밑의 얼굴은 꿈쩍도 하지 않았다.

어머니는 마쓰미야의 맞은편에 앉아 있었다. 그 얼굴에는 피로의 기색이 역력했지만, 그동안 큰 신세를 져온 친오빠의 마지막을 똑똑히 지켜주겠다는 생각 때문인지 어느 때보다 진지한 눈빛이었다.

노상 간병을 위해 드나들던 어머니의 말에 따르면, 외삼촌
은 지난 며칠 동안 자꾸만 잠이 온다고 힘들어했다. 너무 잠만
자는 바람에 시간 감각까지 이상해지는 것 같다고도 했다.

그저께 밤에 외삼촌은 누이에게 "이제 그만 됐으니까 집에
가. 나 혼자서도 괜찮아"라면서 잠이 들었다. 아마도 그것이 그
의 마지막 말이 될 것 같다. 그 뒤로 한 번도 눈을 뜨지 않았다.
황급히 달려온 마쓰미야가 귓가에 대고 아무리 불러봐도 반응
이 없었다.

마침내 임종의 때라는 의사의 설명을 들었다. 억지로 살려
두는 연명 치료는 받지 않겠다는 것은 미리감치 병원 측과 약
속해둔 사항이었다.

일이 이렇게 될 줄 알았으면 좀 더 빨리 와볼걸, 이라고 마
쓰미야는 후회하고 있었다. 생각해보니 은행나무 공원의 사체
유기사건 첫날 밤에 병문안을 온 게 마지막이었다. 그때 교이
치로 형과 한 팀이 되었다는 이야기를 하지 못했다. 그 뒤로도
사건 해결의 상황을 전하지 못했다. 어쩐지 바쁘게 돌아가는
통에 도무지 시간을 낼 수 없었기 때문이다.

마에하라가에서의 사건을 얘기했다면 외삼촌 다카마사는
얼마나 흥미 깊게 들어주었을까. 교이치로 형의 혜안이 번득
였던 것이며, 명석한 형사로 이름을 날리는 형과 한 팀이 되어

자신이 얼마나 행복했는지 알았다면 외삼촌도 분명 진심으로 흐뭇해하셨을 것이다.

곁에 있던 어머니가 "저런!" 하는 소리를 흘렸다. 모니터를 지켜보던 참이었다. 심박수가 다시 떨어진 것이다. 60 아래로 떨어지면 이제 시간이 된 거라고 의사는 말했었다.

마쓰미야는 한숨을 내쉬며 옆의 작은 테이블로 시선을 던졌다. 여전히 장기판이 놓여 있었다. 지난번에 봤을 때보다 장기 짝의 배치가 약간 달라진 것 같았지만, 외삼촌이 마지막으로 어떤 말을 썼는지는 명확하지 않았다. 이 대국이 승부가 났는지 어떤지조차 마쓰미야는 알지 못했다.

그는 의자에서 일어섰다. 머리칼을 움켜잡고 창가로 갔다. 외삼촌의 임종을 지켜드리자는 마음과 함께, 마치 그것을 기다리고 있는 꼴이 된 것 같아서 괴롭기도 했다.

바깥은 벌써 훤하게 밝아오고 있었다. 마쓰미야가 병실에 들어온 게 자정이 다 된 시각이었으니까 벌써 다섯 시간 넘게 병상을 지키고 있는 셈이었다.

이제 날이 밝으려고 하는데 외삼촌의 목숨은……. 그런 생각을 하며 무심코 창밖을 내다보았을 때였다. 마쓰미야의 눈이 병원 현관 옆에 서 있는 한 남자를 포착했다.

순간 사람을 잘못 본 거라고 생각했다. 그럴 만큼 의외의 인물이 그곳에 서 있었다.

"교이치로 형이 왔어……." 마쓰미야는 중얼거렸다.

어머니가 흠칫 당황스러운 표정을 보였다.

"저기, 틀림없이 교이치로 형이야."

마쓰미야는 다시 찬찬히 살펴보았다. 검은 재킷을 걸치고 우두커니 서 있는 건 분명 가가 교이치로였다.

"그 애라면 왜 안 들어오겠니?"

"모르겠어. 내가 지금 불러올게."

마쓰미야가 문으로 다가서려는데 문밖에서 먼저 문을 여는 사람들이 있었다. 흰 가운의 젊은 의사와 간호사 가네모리 도키코였다. 두 사람은 마쓰미야와 가스코에게 머리를 숙이고 말없이 다카마사의 침대로 다가갔다.

모니터 수치는 간호사실에서도 볼 수 있게 되어 있다. 그들은 그 수치를 보고 찾아온 게 틀림없었다. 즉 다카마사의 죽음이 임박했다는 것이다.

오빠, 오빠, 라고 가스코가 부르기 시작했다. 의사는 침대 곁에 서서 다카마사의 맥을 확인하고 있었다.

심박수가 더욱더 떨어졌다. 타이머의 디지털 숫자가 척척 바뀌는 것과 똑같았다. 수치는 시간과 함께 확실하게 줄어갔다.

어째서, 라고 마쓰미야는 생각했다. 어째서 교이치로 형이 병원 현관 앞에 서 있는 건가. 어째서 안에 들어오지 않는 건

가. 당장 내려가 데려오고 싶었지만 그러다가는 외삼촌의 임종을 지켜드릴 수 없다.

모니터 수치가 40 아래로 떨어졌다. 거기서부터 하강은 더욱 빨라졌다. 수치가 뚝뚝뚝 떨어지더니 이윽고 0이 되었다.

아, 하고 의사가 작은 소리로 말했다. 임종하셨습니다…….
사무적인 말투였다.

가네모리 도키코가 다카마사의 산소마스크를 벗겨냈다. 가쓰코는 오빠의 죽은 얼굴을 지그시 바라보고 있었다.

마쓰미야는 병실을 나왔다. 외삼촌이 돌아가셨다는 실감은 들지 않았다. 그래서 슬프지도 않았다. 그저 자신에게 중요한 한 시기가 방금 끝이 났다는 마음만은 들었다.

1층으로 내려가 정면 현관으로 향했다. 유리문 너머로 가가의 뒷모습이 보였다.

마쓰미야는 밖으로 나가 말을 건넸다. "교이치로 형."

가가는 천천히 몸을 돌렸다. 놀란 듯한 기색은 없었다. 그러기는커녕 어렴풋이 웃는 얼굴을 보였다.

"네가 병원 밖으로 나온 걸 보니……. 모든 게 끝났다는 건가."

응, 이라고 마쓰미야는 고개를 끄덕였다. 그렇구나, 라고 말하며 가가는 시계를 들여다보았다.

"오전 5시……. 힘들어하셨어?"

"아니, 자는 것처럼 조용히 숨을 거두셨어."

"다행이다. 서에 휴가를 신청해야겠어."

"그보다 형은 이런 데서 뭐 하는 거야? 왜 병실로 올라오지 않았어?"

"사정이 좀 있어. 그냥 구차한 일이다만."

갈까, 라면서 가가는 병원 안으로 들어섰다.

병실 앞까지 가자 어머니가 혼자 앉아 있었다. 그녀는 가가를 보고 눈을 동그랗게 떴다.

"교이치로, 정말 밖에 있었니?"

"이래저래 수고가 많으셨습니다, 고모님." 가가는 머리를 숙였다.

"어머니, 외삼촌은?"

"지금 간호사들이 유체를 닦아드리는 중이야. 그동안 사용한 병원 기기도 정리하는 모양이더라." 가쓰코는 아들과 조카를 번갈아 바라보며 말했다.

가가는 고개를 끄덕이더니 조금 떨어진 의자에 앉았다. 마쓰미야도 그 옆에 앉았다.

"은행나무 공원 사건 말인데, 마에하라 아키오의 어머니는 어째서 치매인 척했을까." 가가가 문득 질문을 던져왔다.

"그건……. 뭐, 이래저래 이유가 있었겠지." 지금 왜 그런 이야기를 꺼내는가, 하고 생각하면서 마쓰미야는 대답했다.

"이유라니, 이를테면?"

"이를테면 식구들을 제정신으로 마주하기가 싫었다든가, 그런 거 아니겠어?"

"음, 그게 가장 중요한 이유겠지. 하지만 꼭 그것만은 아닌 것 같아."

"무슨 말이야?"

"전에 어떤 할아버지를 본 적이 있어. 오랜 세월 함께 살아온 아내를 먼저 보내고 그녀의 짐을 정리하는데 자꾸만 그 물건들을 쓰고 싶더라는 거야. 그래서 하루는 죽은 아내의 옷을 입어봤어. 그것만으로는 어쩐지 성이 안 차서 속옷도 입고 화장도 했어. 그때까지 여자 물건을 탐하는 취미라고는 전혀 없었으니까 무슨 트랜스젠더 같은 건 아냐. 게다가 죽은 아내의 물건 외에 다른 여자들 쪽에는 전혀 관심도 없었으니까. 그래서 내가 물어봤어, 돌아가신 부인의 물건을 몸에 걸치면 반갑고 그리운 마음이 들어서 그러는 거 아니냐고. 그랬더니 그 할아버지가 그렇지 않대. 자기도 잘은 모르겠는데, 그런 모습을 하고 있으면 그저 임종하던 때의 아내의 심정을 알 것도 같은 마음이 든다는 거야."

가가의 말을 들으며 마쓰미야는 퍼뜩 생각했다.

"그럼 마에하라 어머니는 죽은 남편의 심정을 알고 싶어서 치매인 척을?"

가가는 고개를 갸우뚱했다.

"그 어머니에게 그렇게까지 확실한 의사가 있었는지는 나도 잘 모르겠어. 아마 본인도 잘 모르지 않을까? 여장을 하고 다니던 그 할아버지하고 마찬가지야. 아무리 치매인 척해봐도 실제로 치매에 걸린 노인의 심정을 알 수 있는 것도 아니니까. 단지 자신이 어떤 식으로 치매에 걸린 남편을 대했던가, 객관적으로 돌아볼 수는 있었을 거야. 우리가 잊어서는 안 되는 건, 노인에게도, 아니, 노인이기 때문에 더더욱, 지워지지 않는 마음의 상처가 있다는 거야. 그것을 치유하는 방법은 사람마다 다 달라. 주위 사람들로서는 도무지 이해할 수 없는 방법도 있는 거고. 하지만 중요한 건 아무리 이해할 수 없더라도 그 의사를 존중해줘야 한다고 생각해."

가가는 재킷 호주머니에 손을 넣더니 한 장의 사진을 꺼냈다. 오래된 사진으로, 세 사람이 찍혀 있었다. 마쓰미야는 숨을 삼켰다.

"이건 교이치로 형이지? 외삼촌하고, 그리고……."

"곁에 있는 건 어머니. 내가 초등학교 2학년 때, 근처 공원에서 찍었을 거야. 우리 식구 셋이서 찍은 사진은 이거 한 장뿐이지, 아마? 아버지 관 속에 넣어주려고 가져왔어."

"교이치로 형의 어머니……. 외숙모는 처음 봤네."

30대 중반쯤일까. 콧날이 오뚝하고 갸름한 얼굴에 매우 조용한 분위기를 풍기는 여성이었다.

"우리 어머니 돌아가신 얘기는 들었냐?"

"센다이의 아파트에서 발견되었다던데……."

가가는 고개를 끄덕였다.

"그래, 거기서 혼자 살았어. 그러다 곁에서 간병해주는 사람도 없이 혼자서 죽었어. 아버지는 그 일이 몹시 마음에 걸렸던 모양이야. 임종하는 순간에 얼마나 아들이 보고 싶었을까, 그걸 생각하면 가슴이 미어지는 것 같다고 하시더라. 그래서 아버지도 결심하셨대, 자기도 혼자 죽을 거라고. 나한테 당부를 하더라. 자신이 숨을 거둘 때까지 절대로 곁에 오지 말라고."

"그래서 교이치로 형이……." 마쓰미야는 가가의 얼굴을 멍하니 바라보았다.

병실 문이 열리고 간호사 도키코가 얼굴을 내밀었다.

"다 끝났습니다. 들어가보세요."

"얼굴이라도 좀 볼까." 가가는 자리에서 일어섰다.

다카마사는 눈을 감고 누워 있었다. 모든 고뇌에서 해방된 듯 온화한 얼굴이었다.

가가는 침대 곁에 서서 아버지의 죽은 얼굴을 내려다보았다.

"만족하신 얼굴이네." 불쑥 내민 한 마디였다.

그리고 그는 옆 테이블에 놓여 있는 장기판으로 시선을 옮졌다.

"그거, 외삼촌이 마지막까지 두던 거야." 마쓰미야가 말해주었다. "여기 이 간호사분하고." 그리고 도키코를 돌아보았다.

그러자 그녀는 왠지 난처한 얼굴이 되어 가가 쪽으로 눈을 돌렸다.

"이제 말씀드려도 괜찮지 않을까요?"

가가는 턱 밑을 슥슥 긁었다. "그럴까요."

"뭔데요?" 마쓰미야는 도키코에게 물었다.

"장기 상대를 했던 건 내가 아녜요. 나는 메일로 받은 대로 말을 옮겼을 뿐이에요."

"메일로?"

"그래서 다카마사 씨가 말을 옮기시면 그걸 제가 다시 메일로 보내드렸어요."

누구한테, 라고 묻기 전에 마쓰미야는 알아챘다.

"앗, 교이치로 형이 상대였구나?"

가가는 푸훗 쓴웃음을 지었다.

"장기 한 판에 두 달? 아니, 좀 더 걸렸구나. 이제 딱 한 번 남은 참이었는데."

마쓰미야는 입이 열리지 않았다. 교이치로 형을 인정머리 없는 사람이라고만 생각했던 게 부끄러웠다. 그는 그 나름대로 아버지와 정을 나누었던 것이다.

"저어, 이거……." 도키코가 가가 쪽으로 오른손을 내밀었다. 그녀의 손에는 장기짝이 들려 있었다. "아버님이 이걸 꼭 쥐고 계셨어요."

가가는 그 장기짝을 집어 들었다. "마馬로군."

"아버님은 아마 진짜 장기 상대가 누구인지 알고 계셨을 거예요."

도키코의 말에 가가는 조용히 고개를 끄덕였다.

"다음은 외삼촌 차례였구나?" 마쓰미야는 물었다.

"응. 아버지는 아마 여기에 놓고 싶었을 거야." 가가는 장기판 위에 말을 놓았다. 그리고 웃으며 아버지 쪽을 돌아보았다.

"아버지, 기막힌 외통수인데? 아버지가 이겼어. 참 잘하셨어요."

평범한 우리, 전혀 평범하지 않은지도 모른다

평범한 한 가족에게 들이닥친 참혹하고도 어처구니없는 살인사건. 도쿄 교외의 한적한 주택가 정원에 누워 있는 어린 소녀의 사체. 어째서 우리 집 정원에 아이의 사체가?

아내의 급한 전화를 받고 회사에서 돌아온 중년의 아버지는 눈앞이 캄캄해진다. 내 아들이, 설마 내 아들이 이런 짓을 저지르다니…….

사건이 차례차례 해명되면서 평범하게만 보이던 한 가족의 결코 평범하지 않은 생활이, 상식적으로 살아왔다고 믿어온 소시민의 결코 상식적이지 않은 인격이, 서서히 그 실체를 드러낸다.

가가 형사의 말대로 이 세상에 '평범한' 가정이라는 건 없는지도 모른다. 저마다 크고 작은 문제를 안고 있으면서도 그 중 요성을 심각하게 받아들이지 못한 채, 혹은 대충 얼버무리고 뒤로 미루면서 생활이라는 나른한 마비의 흐름에 휩쓸려 하루 하루를 쌓아간다. 그 속에서 문제점은 곪고 곪아 끔찍한 괴물 의 모습으로 커버린다.

상식의 선 안에서 살고 있다고 굳게 믿으며 살아가는 평범 한 사람들……, 히가시노 게이고는 이 작품을 통해 그런 믿음 이 사실은 얼마나 허술한 것인지 날카롭게 짚어내고 있다. 읽 어나갈수록 화가 치미는 주인공들의 행태, 그러나 그것이 바 로 나와 우리의 모습인지도 모른다.

자식의 범죄에 휘말리는 중년의 회사원 마에하라 아키오, 그리고 정의감과 혈기가 넘치는 신입 형사 마쓰미야의 시점이 번갈아 교차하면서 처음부터 끝까지 긴박한 속도감으로 이틀 간의 사건 전말이 펼쳐진다. 역시 히가시노 게이고, 도저히 중 간에 책 읽기를 멈출 수가 없다. 뜻밖의 반전으로 끝을 맺는가 싶더니 다시금 놀라운 반전과 반전으로 거듭 독자를 내리치는 히가시노 게이고의 매직이 유감없이 발휘되었다. 소재로 쓰인 현대 일본사회의 가장 큰 문제점, 청소년 범죄와 고령화 사회 에 대한 고찰은 바로 지금 우리의 발등에 떨어진 문제이기도 하다. 나아가 인간이 본디 지니고 있는 선한 의지를 극적으로 드러내 보여준 것은 이 소설에서 얻을 수 있는 가장 큰 감동이 될 것이다.

추리소설이 가져야 할 '안배按配의 규칙'을 이만큼 정확하게, 이만큼 모범적으로 구사한 작품도 드물 것 같다. 추리소설을 좋아하는 독자에게, 또한 단순한 오락에서 끝나지 않는 '의미 있는 책 읽기'를 원하는 독자에게 꼭 권하고 싶은 한 권의 책이다.

현재 일본 추리소설계의 제일인자를 꼽으라면 두말할 것도 없이 히가시노 게이고. 에도가와란포상을 시작으로, 일본 추리작가협회상, 나오키상, 본격미스터리대상, 주오코론문예상, 요시카와에이지문학상, 시바타렌자부로상 등 굵직한 문학상을 두루 섭렵했다. 일본 국내는 물론 해외에서도 가장 인기 있는 베스트셀러 작가로 손꼽히고 있다.

『위키 백과사전』 일본어판에 그에 대한 소개가 상세히 실려 있어서 발췌 정리해보았다.

히가시노 게이고, 1958년생. 오사카 부립대 공학부 전기공학과를 졸업하고, 현재 〈덴소〉로 사명이 바뀐 〈일본전장電裝 주식회사〉에 근무했다. 그곳에서 엉뚱하게도 추리소설을 썼다. 어린 시절에는 별로 책을 읽지 않는 아이였지만 고등학교에 올라가면서 읽은 『아르키메데스는 손을 더럽히지 않는다』라는 한 권의 책을 계기로 추리소설에 푹 빠져버렸다. 이 책은 제19회 에도가와란포상을 수상한 고미네 하지메(1921~1994)의 작품으로 '청춘 추리소설' 분야의 신호탄이 된 작품이었다고 한다. 그 후 회사에 다니면서 틈틈이 집필한『방과후』가 1985년 제31회 에도가와란포상을 수상하면서 화려한 데뷔에 성공하였다. 마침내 도쿄로 거주지를 옮겨 작가 생활에 전념하게 된다.

초기에는 추리물, 서스펜스, 패러디, 엔터테인먼트 등 다채로운 작품을 발표하였는데, 전통적인 본격 추리물의 공식에 맞춰 의외성에 무게를 둔 작품이 많았다. "비밀이나 암호처럼 추리소설의 이른바 고전적인 '소도구'가 아주 마음에 들어서, 가령 한물간 유행이라는 말을 듣더라도 계속 활용하고 싶다"라는 의견을 밝혀 본격 추리소설의 '규칙성'을 추구하는 자세를 보였다.

이과 전공자답게 원자력발전이나 뇌 이식 등, 해박한 과학 이론을 구사한 작품들도 눈에 띈다.『라플라스의 마녀』시리즈가 그 대표적인 작품이다. 대학 시절에 양궁부 주장으로 활동했을 만큼 스포츠에도 관심이 많아서 양궁, 검도, 야구, 스키 점프를 소재로 한 작품도 다수. 나아가 추리소설이라는 장르 자체를 소재로 삼거나 출판업계에 대한 비판과 풍자를 담기도 했다.

이후 서서히 작풍이 변화를 보이면서 1990년경에는 "범인은 누구인가, 어떤 트릭이 숨어 있는가 하는 매직을 구사하는 것, 그런 수수께끼를 풀어나가는 것도 좋지만, 또 다른 스타일의 의외성에 대해서도 작가적 상상력을 발휘하고 싶다"라는 방향성을 밝혔다. 이는 추리소설의 세 가지 요소 'Who done it? How done it? Why done it?' 중에서도 'Why' 쪽으로 무게 중심이 옮겨 간 것으로 이런 작풍이 더욱 발전하여 최근에는 당대의 첨예한 사회 문제를 소재로 도입하여 추리소설의 외연을 넓히는 데 주력하고 있다.

〈형사 콜롬보〉에서도 알 수 있듯이 추리소설에는 시리즈물이 많고 한 주인공이 계속해서 등장하는 일이 많은데, 히가시노 게이고는 시리즈 캐릭터를 필요 최저한밖에는 사용하지 않는 것으로도 유명하다. 〈라플라스 시리즈〉의 특이한 능력을 가진 마도카, 〈매스커레이드 시리즈〉의 닛타 형사와 호텔리어 나오미, 그리고 이 책『붉은 손가락』에 등장한 멋진 형사 가가 교이치로 등 손꼽을 정도밖에 없다. (가가 교이치로 형사, 그리 쉽게 만날 수 있는 인물이 아니었다!)

영화를 좋아해서 영화감독을 꿈꾼 일도 있다는데, 그래서인지 자작의 영상화에 관해서는 관용적인 자세를 보인다. 그의 작품 중 25편 이상이 영화 및 드라마로 제작되었다. 특히 영화〈비밀〉과 〈g@me〉 등 여러 편에 카메오로 딱 한 장면씩 직접 출연하기도 했다. 가장 최근에 개봉한 영화판 〈매스커레이드 호텔〉은 박스 오피스 1위에 올랐다는 소식.

고양이를 기르는 작가로도 유명하다. 고양이 이름은 '유메키치夢吉', 누군가 내버린 고양이를 주워 왔다고 한다. 이 고양이는 한때 그의 인터넷 공식사이트의 배경으로 사용되었고, 에세이의 주인공으로 등장하기도 했다.

『붉은 손가락』은 원래 단편으로 《소설 현대》 지상에 발표되었고, 뒤를 이어 2000년에 간행된 단편집 『거짓말, 딱 한 개만 더』에 수록될 예정이었다. 하지만 주제나 구성이 단편의 틀을 뛰어넘는 작품이어서 6년간의 공백 끝에 대대적인 수정을 거쳐 '나오키상 수상 이후 첫 장편'으로서 간행되었다. 그래서 구상에 6년이 걸렸다는 광고 문안이 발표되었지만, 실제 구상은 몇 달 정도고 나머지는 계속 작가의 머릿속에 정체되어 있었다고 저자는 한 인터뷰에서 솔직하게 밝히고 있다.

히가시노 게이고에게 『붉은 손가락』은 정확히 60권째가 되는 기념비적인 작품이다. 우리 독자에게도 울림이 깊은 감동의 의미가 충분히 전해지기를 빌어본다.

붉은 손가락

지은이 히가시노 게이고
옮긴이 양윤옥
펴낸이 김영정

초판   1쇄 펴낸날 2007년 7월 25일
개정판   1쇄 펴낸날 2019년 7월 25일
개정판 10쇄 펴낸날 2024년 6월 19일

펴낸곳 (주)현대문학
등록번호 제1-452호
주소 06532 서울시 서초구 신반포로 321(잠원동, 미래엔)
전화 02-2017-0280
팩스 02-516-5433
홈페이지 www.hdmh.co.kr

ISBN 978-89-7275-009-3 04830
         978-89-7275-000-0 (세트)

• 책값은 뒤표지에 있습니다.
• 파본은 구입처에서 교환해드립니다.